致青春 024

初次見面，我們閃婚吧！

酒小七　著

高寶書版集團

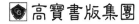

目錄
CONTENTS

第一章

我攪拌了一下手中萬惡的咖啡，在幽雅得讓人昏昏欲睡的音樂中選了個舒適的姿勢往椅子上靠，然後重新打量了一下坐在對面的男人，送去一個哀怨的眼神。礙於我這身行頭建立起來的淑女形象，我理智地把哈欠憋了回去。

我從來不認為咖啡是給人類喝的東西，但是我喜歡體會浪費咖啡時的那種快感。難喝的東西就是用來糟蹋和浪費的……儘管眼前這一小杯咖啡夠我喝好幾盒優酪乳了。

對面的男人一直看著我，表情莫測，興許是看出了我不耐煩的樣子，他終於開了尊口：「那麼，談一談妳對房事的看法吧。」

這男人果然沒有讓我失望，竟然談起這麼無聊的話題。我單手拄著下巴，把我對這個行業唯一的了解說出來：「房市有風險，投資須謹慎。」當時我並不知道，他所說的那個「房事」，並不是我理解的這個「房市」。

興許是困倦導致的錯覺，有那麼一瞬間，我竟然看到這男人的臉蹭地綠了一下，緊接著恢復了正常。他用指尖輕輕點著杯壁，沉默了一下，突然抬頭直勾勾地盯著我，開口說了句瞬間能把我震醒的話。

他說：「很好，現在我們談一談我們的婚事問題。」

我：「……」

善了個哉的，我現在應該說什麼？「你有沒有搞錯」？「這樣會不會太快了」？還是「你給我滾」？不管是哪種回答，對於眼前這個僅僅認識不到半個小時的男人，殺傷力好像都不夠大。

實在不知道應該用什麼樣的表情面對他，我只好面無表情地悲嘆道：「腦子有問題就不要跑出來相親嘛……」

他此時正喝著咖啡，聽到我的這句話，非常不幸地嗆了一下，於是劇烈地咳了起來。他取過紙巾擦著嘴角，幽怨地看了我一眼，想說話又說不出來，因為一直在咳嗽。

我幸災樂禍，想說一句「裝不了紳士就不要裝嘛」，不過看到他微微挑起的眉毛以及變得淩厲的眼神，我瞬間把已經到嘴邊的話咽了下去……

他咳完之後，突然一本正經地說：「我知道妳也不想結婚。」

這句話讓我很驚訝，第一，他知道我「不想結婚」，他怎麼知道的？暫且當他是猜的吧……第二，他知道我「也」不想結婚，那麼除我之外，還有人不想結婚嘍？這個人應該就是他吧，若是別人，他也沒必要和我聯繫。嗯，肯定他和我一樣，也是被家裡逼婚吧。

很好，我們都被逼婚了。

想到這裡我的心裡坦然許多。就好像看到自己受苦的時候很難受、委屈，可是看到別人和自己一樣也痛苦的時候，小心肝就舒服多了，尤其當那個人還比我們高出不知道多少層，就比如我眼前這位。我雖然是都市偽白領，無業小廢柴一枚，但看人識人的基本功還是有一些。從眼前這個人的衣著談吐舉止，也能稍微看出他有良好的家教和社會地位。就算他是偽裝出來的，但這個騙子也是一個有前途的騙子，不是我們這種整天為柴米油鹽瞎操心的小廢柴可以比的。

我的心裡豁然開朗，於是朝他豪邁地笑了笑，說道：「同是天涯淪落人。」

他並不接受我的示好，只是淡淡地說道：「反正我們兩個都不想結婚，結了婚之後正好可以各自過各自的生活，互不干擾，毫無牽掛，」頓了頓，他又補充道，「包括性的問題。」

這種人倒是少見，看來是已經有意中人了，而家人又極力反對他和他的意中人在一起。我在心裡用最快的速度編了一個淒淒慘慘的狗血愛情故事，小小感動了一把，然後肆無忌憚地盯著他那副上等皮相，輕笑道：「你就不怕我見色起義，勾引你？」說到這句話，心底隱約地莫名其妙疼了一下。

他用懷疑的目光打量著我，那種懷疑，完全是赤裸裸的、對一個女人的硬體設施的懷疑。我怒了，抬頭挺胸地瞪回去，我是美女！！！

他終於把目光側過去，在我以為他要妥協，承認我有這個實力時，他淡淡地輕啟薄唇，再一次震飛了我。

他說：「我是Gay。」

這次輪到我咳嗽了。

他好心遞來紙巾，我一手拍開他，一邊自行掏出紙巾捂著嘴巴，一邊對他怒目而視。自己是Gay，還找女人相親嗎？

他的心情似乎也不怎麼好，冷著眼神看我，不說話。

我想他大概是誤會了，好心解釋地道：「我並沒有歧視Gay的意思，只是，呃……比較震驚，畢竟你們是少數品種，咳咳，少數人，所以看到的時候很驚訝也是可以理解的。」他是我在現實生活中見到的第一個Gay，至少是第一個我知道他是Gay的Gay，這話怎麼這麼拗口……

他招呼服務生結了帳，然後依然淡淡的，語氣裡帶著點碎冰地說：「既然官小姐並無誠意結婚，那麼我們就沒必要在這裡浪費時間了，再見。」

「站住。」我在後面叫住了他。

他身形頓住，並不回頭。

我清了清嗓子，力圖讓自己的氣場強大起來：「我們什麼時候登記？」

他緩緩地轉過身，那個動作，嘖嘖，像機器人一般。當我看到他臉上複雜多變的神情時，心裡特別開心，於是呲牙朝他笑了一下。

我姓官，叫官小宴。雖然我出生在普通的工農階級家庭，但受到拜金主義和官僚主義荼毒幾年的我，特別喜歡別人叫我官小姐，怎麼樣？多氣派！

我今年二十七歲，屬於花朵凋零了，果實又沒有結出來的年紀。我還是個老處女，咳咳，雖然我很想甩掉這個帽子，奈何一直沒有好時機。

本來我的生活平靜無波，男人於我，是一件可有可無的東西。奈何隨著我年齡的增長，我那熱心、熱情、熱血的老媽終於坐不住了，天天淚眼汪汪地在我面前晃，說閨女妳一天不結婚，妳娘我就一天吃不好，睡不香。雖然我很懷疑她的眼淚是通過什麼途徑流出來的，但是考慮到整天被一個老太太追著訴苦也不是個辦法，我只好狠下心，決定把自己嫁出去算了。

反正嫁人於我來說，也是一件可有可無的東西。

即使不嫁出去，也要裝模作樣地相相親，緩解一下那老太太的症狀，至少省下了買眼藥水的錢。

前陣子在網路上看到一個男人的徵婚文，這個徵婚文很獨特，主要內容是一堆測試題，應聘者，喔不，相親者們做一遍測試題，把選項傳到指定的信箱裡，等待對方聯繫她們。我雖然覺得這個男人好囂張，不過對那些題目倒是很感興趣，於是湊熱鬧做了一下，然後傳了過去，之後就把這件事情忘了。

後來就時不時跟陌生男人相相親，順便測試一下對方的抗雷強度，生活倒也充滿樂趣。

直到昨天，我接到一通電話，通知我可以去面試，喔不，見面了。

此時，我連對方的名字都忘記了，不得不翻出之前的貼文重新看一下。

姓名：江離。年齡：30。工作：工程師。聯繫方式後面是一個信箱，也就是投遞答案的那個信箱。

除了名字，我也沒得到什麼想要的資訊，確切地說，我也沒什麼想要知道的資訊，反正網路上的虛假資訊很氾濫，一切等見面之後就知道了。

我承認我很無聊，相親正好可以打發時間。因此只要能夠和我的代溝保持在兩代以內，我管你是幹什麼的。

當然了，我也不是每一場約會都會去赴約，昨天給我打電話的那小子聲音很好聽，所以我就來了。

於是，今天就有了這場讓人哭笑不得的相親。

然後還有一個讓人更加哭笑不得的結果。

此時那個傢伙正費解地看著我，小心問道：「妳確定？」

我聳聳肩，反問道：「這不正是你想要的結果嗎？」

「可是，我什麼都給不了妳。」看得出來，他還算一個講道理的人，雖然從他的眼神裡我也讀出了他對我的不喜歡。

我無所謂地道：「我又不想從你這裡得到什麼。反正跟誰結婚都無所謂，你說得很對，我們結了婚之後正好可以互不干擾，而且我還免去了生孩子這項麻煩。」我心裡一直有一個念頭，孩子就是父母的債主，有孩子的人，這輩子也別想過安生了。

他猶豫了一下，說道：「孩子我們可以找人代孕。」

我點頭表示贊同：「那你找別人，我只負責當繼母。」繼母在心情不好的時候，是可以虐待孩子的，我邪惡地想。

他一時也不知道說什麼，但我也看出了他臉上不滿的神色。於是我又不合時宜地問道：「以你的條件，想娶個傀儡老婆也不難吧？況且現在有好多所謂的腐女，是很願意嫁給一個Gay的。」我不是腐女，這也僅僅是我聽說的。

他更加不滿地瞟了我一眼，皺眉答道：「我只是想少一些麻煩。」

怎樣才能少一些麻煩？那當然是找一個從來都不認識的人娶了，這樣才不會把一些事情扯到他的朋友圈和親戚圈裡吧？我自作聰明地這樣想。而且腐女們對Gay的熱情似乎都很狂熱，他們……應該不會希望被女人打擾吧？

可是我又有點不懂了：「那你可以找個女同性戀啊，這樣最安全最環保了。」

他大有深意地看了我一眼，答道：「妳做的那個心理測試，測試結果就是妳很有同性戀的傾向。」

我：「……」

這是什麼心理測試！

不過話說回來，自從二十三歲起，我就不認為男人是可靠的。與其這樣，倒不如找個和自己性取向相同的男人，這樣也可以斷絕了自己對男人的希望。我覺得這個想法真是聰明至極。

此時，江離托著下巴沉思了一會兒，說道：「我們今天就結婚吧。」那語氣就像在說「我們今天吃頓飯吧」一樣輕鬆。

於是我也只好輕鬆地答道：「好啊。」語氣比吃飯還輕鬆。

第二章

今天是週三，我最近剛辭職在家，因此不用上班。只是不知道江離為什麼也不用上班，難道他也失業了？

風騷的寶馬一路揚塵，停在我住的社區樓下。我讓江離在車裡等我，自己一個人蹬蹬蹬地跑上去拿戶口名簿。今天我媽去醫院探望我的一個阿姨，因此也讓我有了可乘之機。並不是我怕我媽反對我們的婚事，那老太太巴不得有人娶了我，估計豬八戒來求親，她也會興沖沖地把我打包送出去。關鍵問題是，老年人你們都懂吧？不懂也看過電視，看過小說吧？老年人的一個特色就是囉嗦，尤其是老年的女人。我媽要是知道我有中意的人（咳咳，暫時江離就算我中意的人吧），一定會召集我的那些阿姨嬸嬸、各色親戚，對那倒楣男人來個三百六十度全方位無死角的評鑑，到時候婚還沒結，先把人逼瘋就不好了。

於是此時，我大搖大擺地走進我和我媽的共用臥室（我不敢一個人睡覺，汗），在櫃子裡一陣翻找，終於把那本銷魂的小本子翻了出來。一起被翻出來的還有我各階段的畢業證書，以及其他各種千奇百怪的證書，甚至我小學時的一個校級演講比賽的優秀獎都在其中。我媽就是這樣，是個證書控，在她看來，估計戶口名簿也算是一個證書吧，囧。只是這一堆東西裡，唯獨沒有她當年和我爸的離婚證書，想到這裡我不免戚戚然，唏噓了一會兒。直到手機鈴聲響起，傳達著江離在樓下的不耐，我才胡亂收拾了一下，拎著戶口名簿衝下樓去。

江離拍了拍方向盤，語氣中不無譏諷：「你們家戶口名簿藏得可真深。」

「過獎過獎，」我把戶口名簿塞進包包裡，擦了擦汗，「好了，該你了……你家住在哪裡？」

江離目不斜視地發動車子：「不用，我帶了。」

我：「……」

善了個哉的，這小子總是帶著戶口名簿去相親？還真是一朵奇葩……

今天領證的人不多，因此我們登記結婚的過程進行得很順利。交錢的時候，江離正在掏錢包，我當前拍上一張二十元人民幣大鈔，嘿嘿笑道：「這次我請客吧。」中午的飯是你請的，我們不能白占別人便宜吧？

那工作人員看了看江離，估計是顧慮到男人的尊嚴，他沒有接下我的二十元人民幣大鈔。誰知道江離卻擺擺手，說道：「算了，反正以後都是一家人了。」

工作人員微不可察地「哼」了一聲表示自己對吃軟飯者的鄙視。我站在前面有幸聽到，不知道身後的江離有沒有聽到。江離啊，對不起，你就讓我風光這麼一次吧……

多年後，面對一個姓江小屁孩對某人的盲目崇拜，我會憤慨地教育他：妳爸有什麼了不起，結婚的時候還不是我請的客……

從證婚處出來之後，我深呼一口氣，自言自語道：「擺脫了未婚，又沒擺脫單身，這真是一個圓滿的結局啊……」

江離鄙夷地瞥了我一眼，毫不留情地說道：「妳真是一個奇怪的女人。」

我灑然一笑：「過獎過獎，至少我不會帶著戶口名簿去相親。」

江離也不反駁我，轉身去取車，一邊走一邊說：「我們的婚禮是免不了的，妳做好準備。」

看得出來他不希望舉行婚禮，但是肯定不敢違抗某些人的命令。能把自己的孩子逼得這麼無可奈何的，這世界上除了「媽媽」這種生物，我想不出別的了。

暈，我想起我老媽來了。現在是不是該告訴她我結婚的事了？算了，能拖一會兒是一會兒，反正免不了一陣狂風暴雨。江離啊，本小姐是頂了多巨大的壓力來和你結婚啊。

江離問我需不需要他送我回家，我擺擺手說不用了，我不回家。

於是他很乾脆地鑽進車子，一溜煙就開走了。

我汗，過河拆橋就是在說他！

我掏出手機，傳了條訊息給盒子。

盒子的大名叫何姿，住我家隔壁。我從穿開襠褲的時候就認識了她（盒子的證詞是，她在娘胎裡就認識我）。兩人從小學一直到高中都是同班同學，到大學的時候，我們倆的學校也是鄰居。我要是男的，早就和她是青梅竹馬了。

盒子現在正在上班，不方便接電話，於是我傳訊息給她：親愛的，我結婚了。

過不到一分鐘，盒子打了電話過來：『小官（她就這麼稱呼我，囧），妳要結婚了？怎麼之前沒聽妳提起……』

我打斷她：「糾正！不是要結婚了，是結婚了，注意時態！」

那邊的人像被雷劈到一般，久久沒有回應。我很滿意這效果，尋思著要是經常性地結個婚嚇一嚇盒子，那生活也會充滿樂趣。

此時，盒子那邊終於復活成功，扯著嗓子喊道：『妳說什麼，妳結婚了？』

我差一點把手機扔掉。抹汗，盒子這爆發力太震撼了，這個嗓門要是當個職業粉絲，也是相當有前途的吧。

後來，盒子告訴我，當時她正在開會，於是躲在桌子下打電話的盒子，成功地把所有人的目光從經理那裡拉向了她……

＊　＊　＊

麻辣燙真是一種不可多得的美食，便宜又好吃，請客的時候，你吃爆肚皮我也不會破產，多麼美妙的東西。當盒子幾乎是以踩著風火輪的速度，跑到我所在的麻辣燙小吃攤前時，我正咬著一串金針菇，看到她後一邊抖著手裡的白菜串招呼她坐下，一邊對她送上一個「抱歉我現在不能說話」的微笑。

盒子直接揪著我的後領，把我從座位上拎了起來，一邊拎一邊吼道：「官小宴妳給我說清楚，這到底是怎麼回事！」

那絕無僅有的嗓門招來了無數路人的側目。

我淡定地丟下白菜和金針菇，掏出紙巾擦了擦嘴巴，然後拉著她坐下。我拽著盒子的手，語重心長地說道：「年輕人啊，妳精神的韌性還不夠強大啊。」

盒子此時根本沒心思和我開玩笑：「別跟我胡扯！我就不懂了，妳怎麼不吭一聲就結婚了？我幾乎是在娘胎裡就認識妳了，竟然連妳什麼時候有了男朋友都不知道！」

我笑：「誰說結婚一定要有男朋友了？」

盒子聽得莫名其妙：「妳給我原原本本，一字不漏地說清楚，這到底是怎麼回事！」

我清了清嗓子，換了一種悠遠的口吻：「一個月前，在一個月黑風高的晚上……」

還沒繼續說，腦袋上就挨了盒子的一記爆栗：「妳給我老實點！」

其實我也沒說錯，這本來就是因為一個月前那個徵婚文引發的婚姻。我非常老實地把事情的經過都和盒子說了，當然，江離是Gay的那段略過。雖然我和盒子的交情好到能穿同條褲子，但是這畢竟關係到其他人的隱私，我不是那麼沒有分寸。我只告訴她，我和江離屬於一見鍾情，不離不棄的那種（我自己先吐一下）。

盒子聽了我的話，睜大眼睛，不可置信地看著我，驚嘆道：「你們第一次見面就結婚了？」

我點頭，在效率型的社會裡，速度就是戰鬥力。

盒子搖頭，不安地說道：「妳也太把婚姻當兒戲了！」

我委屈地看著她：「我們一見鍾情了嘛……」汗，自己先掉了一地的雞皮疙瘩。其實我想說的是，婚姻於我來說，本來就是兒戲……

盒子明顯相信了我的話：「一見鍾情也不能這麼沒理智啊。大家都說，結婚是兩家社會關係的總和，妳現在連他的來歷都不知道，就和他登記了，妳、妳真是被愛情沖昏頭了……」

我低頭默念：我是被我媽哭昏了。

盒子朝我伸手：「結婚證書拿來，我看看。」

我乖乖奉上。

盒子看著結婚證書上的照片，評鑑了一番，點頭道：「長得倒是不錯。他有多高？」

我搖頭：「不知道，大概比我高一個頭吧。」

盒子又點了點頭，接著審問道：「什麼工作？」

我：「不知道，據說是工程師。」後來才知道，工程他個大頭鬼……

盒子：「工程師也分好多種，他不會是想渾水摸魚吧？他開什麼車？」

我：「寶馬，具體型號沒看清楚。」是沒看。他開什麼車關我什麼事，那「別摸我（BMW）」三個大字……也是一個不小心撞進我眼裡的。

盒子：「不會是租來的吧？」

我：「……」盒子妳思維太縝密了！！！

盒子把結婚證書遞給我，意味深長地說道：「小官，妳別怪我多事，我是怕妳被人騙，現在這個年頭，什麼樣的騙子都有。」

我：「妳改個稱呼，我就不怪妳。」

一句話招來的是盒子的怒目而視。

我只好把眼睛湊到冒著熱氣的冬粉上熏了一下，然後擦著眼睛說道：「盒子，妳放心，我知道妳是為我好。」

盒子眼眶一紅，拍了拍我的肩膀……她很吃這一套。

我再一張嘴，沒想到眼淚真的流了出來：「這麼多年了，我……」我汗，弄巧成拙，我真不爭氣。

盒子攥著我的手，哽咽著說道：「什麼都別說了，他要是敢對不起妳，我這個姊妹第一個上去砍了他的腦袋。」

我也不知道怎麼的，眼淚就嘩啦啦地掉了下來，收也收不住。今天這冬粉的功效怎麼這麼厲害，難不成是用辣椒做的？

本來今天是我登記結婚的好日子，兩個傻ㄚ頭竟然坐在一起抱頭痛哭？善了個哉的！這次麻辣燙被我和盒子吃成了「何姿與官小宴同學的友誼回憶會」，席間我們一會兒哭一會兒笑，互相揭露彼此的糗事，還一邊喝著啤酒，一直到老闆趕人才依依不捨地結帳走人。

當時我很感慨，我們才認識二十多年，爆對方的料時能一直揭發到深更半夜，那麼等我們認識五六十年的時候，那豈不是要陳述個三天三夜？想一想滿驚悚的。

我把我的想法和盒子說，誰知她大手一揮，口齒不清地說道：「妳都結婚了，哪還有那麼多時間和我耗？要是要爆，也得由妳的寶馬哥哥來爆啊……」

「他不叫寶馬，他叫江離。」我傷感之餘還不忘糾正，雖然這個名字也不比寶馬好不到哪裡去，一聽就是個路人。

這時盒子又詩興大發，迎著夜風高喊道：「『扈江離與辟芷兮，紉秋蘭以為佩』，好名字，好名字！」

果然酒後吐真言，我早就看出來了，盒子骨子裡其實是一個騷得不行的詩人，要不然也不會風中淩亂地朗誦《離騷》。

於是我戳戳她的咪咪，不屑道：「那他怎麼不叫秋蘭？多高雅的名字！」

「秋蘭是女人的名字。」

我剛想誇獎盒子還算清醒，卻突然發現剛才說這句話的人……是個男人？

我驀然回首，只見一個男性人類正站在我們身後的路燈下看著我們。他背著光，眉眼看不清楚，但我還是能依稀看出他是……江離？

善了個哉，我沒喝醉啊……

我揉揉眼睛，再仔細看了看他——沒錯，就是江離。於是我訕訕地朝他打了個招呼，說道：「好巧……」

他走過來，目光有意無意地掃過我剛才戳盒子的那根手指，不鹹不淡地說道：「妳果然有這種嗜好，怪不得那麼快就答應和我結婚。」

我重新審視了一下盒子的D罩杯，搖頭道：「我還沒那麼重口味，呵呵……」

江離看著我懷裡醉得不省人事的盒子，說道：「我送妳們回去。」很肯定的語氣，不容別人違抗的那種。我嘆，這個男人……有點強勢……

盒子此時已經醉得神志不清，人神共憤，但還不忘給我丟人。她坐在江離的車子後座靠著我的肩，哼哼唧唧地說道：「叫妳的寶馬哥哥來接我們啊，你們不是已經結婚了嗎……」

江離語氣不善地道：「寶馬哥哥？妳是這樣和她介紹我的？」

我撓著後腦勺呵呵傻笑：「她無師自通。」

盒子接著哼唧：「你們不是一見鍾情了嗎？」

江離嘲諷道：「一見鍾情？」

我繼續裝傻：「她自學成才。」怎麼，難道非要我一五一十地告訴她你是同性戀？

盒子的身體軟趴趴地下滑，我把她拎起來重新靠在我的肩上，她又口齒清晰（注意這個詞，我很鬱悶！）地說道：「他要是敢對妳不好，我就閹了他！」

江離似乎被氣笑了：「閹了我？」

我閉目養神，遮蔽掉一切聲波。

最後，在盒子的胡言亂語之中，江離一針見血地總結了一句：「物以類聚。」

等了半天都沒聽到他說「人以群分」這句，我淡定地，怒了。

因為我怒得很淡定，所以我什麼都沒說，靠在車上繼續裝失聰。

我總結了一下，我在江離心目中的印象。

首先，不檢點？相親第一次見面就結婚。第二，男女通吃？調戲自己的閨蜜，還對他的伴侶虎視眈眈，這也驗證了第一點。第三，現實？用「寶馬哥哥」來介紹他，這也能驗證下一點。第四，虛榮？自稱和江離是「一見鍾情」。第五，彪悍？詭異？這個我也說不上來，畢竟「閹」這個字的意境太深遠飄渺了一些……

車內的氣氛一時有些尷尬，盒子繼續胡言亂語，我和江離都不說話。

快到我家的時候，江離突然問道：「妳和她住一起？」剛才江離問我她家住哪裡，我說出了和我家一樣的地址，當時他的眼神就有些怪異。

我搖頭解釋：「不，我們是鄰居，」說著，我又猶豫了一下，補充道，「我不是拉拉。」

我知道一般的 Gay 都不喜歡接觸女人，所以非常善解人意地拒絕了江離要幫忙的好意，一個人拖著盒子爬上樓。好在我們家都住在二樓，不算難爬。

從盒子的包裡翻出她家鑰匙，我俐落地開門，開燈，進臥室，然後把她甩到床上。盒子的父母沒和她住在一起，也就是說，這個二十七歲的老女人寂寞地獨居著……沒父母在身邊就是好啊，可以為所欲為，喝到大半夜才回家，而我呢……沒關係，反正姊都是有結婚證書的人了，以後那老太太也拿我沒辦法，總不能一直替女婿管教我吧？我想到這裡，越覺得自己結婚的決定真是英明，反正和江離結婚之後，我想什麼時候回去就什麼時候回去，夜不歸宿他都管不著我。

我躡手躡腳地回到家，本以為我媽已經睡了，卻不料我剛踏進客廳兩步，裡面暫態燈火通明。

我媽正一臉幽怨地看著我，看得我心裡愧疚的小火苗蹭蹭亂躥，恨不得立即抱著她的大腿痛哭一番。

我媽不等我說話，先發制人，抖著淒怨的聲音說道：「宴宴，妳怎麼忍心讓妳媽我一人獨守空房？」

我：「……」

咳咳，你沒看錯，真的沒看錯！這就是我那風華絕代的老媽，我這二十多年一直都是和她鬥智、鬥勇、鬥臉皮走過來的，我好過嗎……

於是此時我吞了吞口水，弱弱地回了一句：「我這不是回來了嗎。」

老媽立即精神抖擻地漂移到我面前，把我上下左右嗅了一下，眉頭緊鎖道：「又去喝酒了？」

我特別坦然地否認：「沒有，是盒子，喝得爛醉如泥，我剛把她送回來。」盒子，姊姊保證，這是最後一次出賣妳。

我媽翻了個白眼，表示絕對不相信我的鬼話：「我還以為妳是去約會了呢，原來又是和盒子鬼混。」

我正義凜然地糾正她：「媽，我和盒子不叫鬼混，和男人出去才叫鬼混。」

老媽困倦地打了個哈欠：「我多希望妳能和男人出去鬼混個幾次。」

我看著老媽的那一臉倦容，心想現在告訴她，殺傷力會不會比較小一些？

於是，我拉著我媽坐在沙發上，委婉地從包包裡掏出那個大紅色的本子，雙手呈到我媽面前：「媽，給妳看個東西。」

我媽接過結婚證書，一邊翻著一邊抱怨：「妳這孩子，怎麼隨便把別人家的結婚證書拿走……妳要是自己也有一個該……」話說到這裡，戛然而止。

我把頭埋得低低的，不敢看她。

一秒，兩秒……

我媽遲遲不給點反應，於是我只好抬頭看她是不是被人點了穴，怎麼就一點聲響都沒有。

老太太的神經不比年輕人啊，到底還是脆弱、遲緩了一點。我抬起頭的時候，看到她正舉著那大紅色的本子發抖，全身上下似乎每個細胞都在發顫。

她好歹是我親媽，於是我十分孝順地拉了拉她的手，不無擔憂地說道：「媽，妳不用開心成這樣吧？」

我媽終於反應過來，拎著大紅色的本子直接蓋在我的頭上，惡狠狠地吼道：「我不是妳媽！」

我拿起結婚證書，湊過去指著結婚證書上的照片，極盡諂媚之能事：「媽妳看，這是妳女兒，這個是妳女婿，妳不是一直想把我嫁出去嗎？」

我媽拍開我的手，眼淚唰地就掉了下來。我在一旁看得嘆為觀止啊，她的眼淚，怎麼能這麼收放自如，說來就來呢……

此時，老太太揪著我的袖子擦著眼淚，哽咽道：「可是妳也不能完全沒通知我一聲，就登記了吧？我還是不是妳媽了……」

我輕拍著她的後背安慰她道：「我不是想給妳一個驚喜嗎？」

我媽的接受能力與適應能力，在她這一輩的同齡人中算是佼佼者。此時她收了眼淚，重新搶過我的結婚證書，打量了一下照片上的江離。

然後，老媽發問了：「他多高？什麼工作？開什麼車？有房子嗎？」

我盯著她，非常嚴肅地說道：「媽，其實盒子才是妳的親生女兒吧？」問的問題幾乎一樣！

我媽搧了一下我的頭，不耐煩地說道：「妳胡說什麼呢，快回答我的問題！」

我只好把白天和盒子說過那些話，重新為我媽介紹了一下。

我媽又端詳了一下江離那張俊臉，自言自語道：「不會是騙子吧？」

善了個哉的，盒子一定是她親生女兒！！！

我忍著暴走的衝動，扯著我媽的袖角撒嬌道：「媽妳放心吧，就算是騙，也是我騙他啊。」看姿色也知道，抹汗。

我媽也點著頭，表示同意我的觀點：「也對。可是他條件這麼好，怎麼就看上妳了呢？」

我：「……媽，我們去做個親子鑑定吧？」

我媽顯然正在走神，沒有聽到我這個非常有建設性的提議。她摩挲著我的結婚證書，語氣那叫一個飄渺：「女兒啊，我怎麼還是覺得不能接受？」

我：「又怎麼了？我為妳挑了這麼好的女婿，還不滿意？」

「不是，」老太太的聲音很恍惚，「我就是覺得，這件事發展得……怎麼這麼跳躍呢？」

「媽，妳看，感情其實是可以培養的，鑽石王老五又不是滿街都是，好不容易被我們抓到一個，那還不趕快先下手為強？難道還要等別的妖魔鬼怪搶人？到時候我們連湯都沒得喝！」我繪聲繪色地和老太太解釋。

我媽幽幽說道：「為娘只是沒想到，妳這麼有覺悟。」

我：「那個，咳咳，呵呵呵……」

我媽直接忽略我的啞口無言，接著又自言自語道：「可是，我的寶貝女婿怎麼被妳說成了一鍋排骨湯了呢？」

妳的、寶貝、女婿？

＊　＊　＊

因為一個小小結婚證書的刺激，我媽今晚失眠了。她失眠的後果就是，她女兒被她像烙燒餅一般翻來翻去，想睡也睡不成。這老太太一直問江離的情況，每個問題至少重複十遍，我被鬧得不勝其煩，更何況我和他只見過兩面，怎麼可能知道那麼多他的事情。我一怒之下真想抱著被子回自己房間睡，可是……可是我不敢，前面已經說了，我一個人不敢睡覺。善了個哉的，太欺負人了！

因為某個老太太的鬧騰，我早上睡到十點才醒。一早醒來便看到我媽留給我的紙條，說她今天出去晨運，要晚一些才回來。也不知道什麼晨運，要搞一個上午才回來，無語。

我在廚房裡翻了點吃的，那老太太還算良心未泯，留了點早餐給我，我沒胃口，只湊合吃了兩口，就來到客廳拿起手機來看。

因為和我媽睡一個房間，怕老太太的身體受不了，我通常在晚上都會乾脆把手機關靜音，丟在客廳裡，反正大晚上的，也沒人有什麼正事，有正事的都給我去死。

手機顯示有幾通未接電話，我翻看了一下，竟然都是江離的，從今天早上六點到九點多，也不知道他有什麼急事。我又翻看了一下訊息，這才了然。

江離：不方便接電話嗎？

江離：我爸媽今天早上十一點的飛機到B市，妳能過來嗎？

這小子還挺孝順，急著帶媳婦見娘呢。也不知道他媽媽要是知道這個媳婦其實是個有名無實的媳婦，會不會一巴掌呼到他頭上，或者我頭上。

我看了看錶，已經十點半，現在是趕不及去機場了，除非我是超人或哆啦A夢。我翻出江離的號碼，想打個電話給他，又不太好意思。打電話怎麼說，直接告訴他我睡過頭了？他要是很聽話地如實向他娘稟報，那這媳婦還沒見面就惹得婆婆討厭，多不好。我不在乎江離是不是討厭我，可是我知道要是他娘討厭我，那我日子估計好過不到哪裡去。

於是我猶豫著，含羞帶怯地傳了封訊息給他：你就和你爸媽說，我非要去，你死活不讓我去。

過了一會兒，江離回訊息：妳真極品。

我想回個「過獎過獎」或者「一般一般」給他，但考慮到我這個人其實很矜持，於是就沒再理會他。

我把手機丟在沙發上，從櫃子裡翻出一把鑰匙，去找盒子。盒子這個人特別有憂患意識，她總是怕自己突然得什麼急性發作的病症，而她又是獨居，萬一她死在家裡都沒人知道怎麼辦。所以她就留了把鑰匙在我家，讓我有事沒事都去看看她，看她死了沒。

昨天盒子實在喝太多了，我覺得她今天肯定上不了班，所以揣著鑰匙潛入了她家。我進去的時候，盒子正躺在床上哼唧：「死小官，也不說來看看我！」

我湊過去，一把撩開她的被子，笑咪咪地說道：「死鬼，我不是來了嗎？」

盒子白了我一眼，有氣無力地說：「我渾身難受，妳得伺候我。」

我倒了杯熱水給她，又跑回家端了那盤先後被我媽和我臨幸過的早餐，熱好之後擺到她面前。她給我的表現打了及格分數，這才津津有味地吃著早餐。

我單手拄著下巴，不無憂慮地問道：「盒子，妳這麼蹂躪妳的工作，不會被炒了吧？」

盒子瞪了我一眼，凜然道：「他敢！」

盒子他們部門的老大是她的男朋友，除非她得罪了部門老大的老大，不然被炒的機率還是很接近於零。

我又沒話找話：「那你們什麼時候結婚？」

我覺得這一直是在幫盒子創造機會鄙夷我自己，果然，此時盒子瞄了我一眼，不屑道：「都像妳？腦子發熱，不管不顧。」

我嘿嘿傻笑。我記得國中的時候，政治老師和國文老師都喜歡念叨「抓住機遇，迎接挑戰」這句話，現在我看到有機會我就抓住了，而且我連挑戰都不用迎接，多完美的結局啊。當然後來我就發現我其實錯了，說什麼「不用迎接挑戰」，江離他這個人，本身就是一個挑戰！

我在盒子那裡有一搭沒一搭地說了點廢話，把她哄得龍心大悅，連午飯都不吃就又睡下了。她昨天喝太多，今天也該好好睡一會兒，我也沒再鬧她，悄悄離開她家，進了我家。

現在已經快十二點了，我想我媽應該回來了吧。我這個人特別沒出息，都奔三的老處女了，還得靠我媽飼養。主要不是因為我懶，而是我做的飯入不了我媽的眼，當然更不能入她老人家的口。其實我一直覺得，我做飯也沒那麼難吃，至少我覺得還不錯，但誰讓我媽嘴刁呢。

我媽果然已經回來了，她此時正在廚房裡忙著做飯，一見到我，第一句話就是：「妳沒和江離在一起啊？」

我汗：「哪能老黏在一起啊，得保持一點新鮮感。」誰愛和他在一起！

我媽犀利地揭發我：「你們已經夠新鮮了，昨天才認識。」

我一邊幫我媽剝蔥一邊說道：「沒事，反正結了婚之後可以天天在一起。」結了婚之後我也沒空搭理他！……這才是我的心聲。

我媽接過我的蔥，滿臉歉意地說道：「我以為妳和他在一起，所以只煮了一個人的飯。」

我：「……」

我媽不喜歡吃剩菜剩飯，也不喜歡浪費，所以做飯的時候喜歡按照嘴巴的數目來做，除非遇到特殊情況，比如飯量很不明確的嘴巴，當然那種情況是少之又少的。

此時我真的要翻桌了。肖綺玲，妳真的是我親媽嗎？妳就這麼急著把我送出去？

我媽很不屑地將我的憤怒盡收眼底，然後翻出一些麵，又開始切菜。雖然我比她高半顆頭，但她的氣場絕對比我高出一顆頭以上。

我覺得上帝創造我就是為了讓人們多一個鄙視的東西，用來滿足他們驕傲的自尊心。我未來的老公鄙視我，我死黨鄙視我，連我親媽都鄙視我！聯合國是不是應該考慮頒發一個特別奉獻獎給我？

我垂著腦袋走回客廳，靠在沙發上看電視。瞥一眼身邊的手機，撿起來看有沒有人記得我。

很好，有好幾通未接來電。我打開一看，善了個哉的，這小子還陰魂不散。又是江離。

我查了下訊息，只有一條，也是江離的：妳到底在幹什麼？

我莫名其妙地有些心虛，不敢回他電話，於是傳了條訊息給他，順便厚臉皮地先發制人：你為什麼老是趁我不在的時候對我的手機下手？

很快，他回了我一串刪節號。

我心虛：有話快說，我很忙。

江離：不方便接電話？

我猶豫地計算了一下，和他通話估計不超過一塊錢，於是很大方地打了過去。

才嘟了一下，那邊的江離就接起了電話。

我：「你不會是想我了，想聽聽我的聲音吧？」反正他是個Gay，調戲一下也無所謂。

江離：『妳倒是挺有想像力……找時間帶妳家人和我家人一起吃個飯吧。』

我大概是因為被他誇獎有想像力而得意忘形了，大腦一時短路，傻兮兮地問道：「那你呢？」一說出來我就反應過來了，頓時後悔不已，剛想開口說點含金量高的話來補救一下，那邊江離就開口了。

他說：『沒想到我娶了個傻媳婦。』

他還說：『麻煩妳在我爸媽面前給我點面子，別讓他們懷疑我的審美觀。』

我怒，冷嘲熱諷道：「對不起，貨已售出，概不退還。」

他從容道：『不想退，因為根本不想用。』

我也淡定了，反正據說一般的Gay都不喜歡女人，被他鄙視一下很正常。於是我提醒他：「那別人用的時候你也別管。」萬一天上掉下一個個性取向都正常的美男砸在我頭上，我好意思不讓人家用一下？

他似乎不想在這個問題上和我討論太多，於是言歸正傳：『那麼，妳那邊什麼時候方便？今晚怎麼樣？』

「你等一下，」我捂住電話，朝廚房喊道，「媽，今天晚上吃大餐，有人請客，去不去？」

我媽的聲音伴著滋啦啦的炒菜聲傳過來：「好吃我就去！」

於是我重新舉起手機放在耳邊，對江離說：「搞定，時間地點你定吧，我媽不愛吃西餐，其他隨意，重點是那大廚的手藝要絕對夠好，我媽的嘴很刁的。」

江離「嗯」了一聲，隨即結束通話。兩人像商量好了一樣，連個再見都沒說。

我想盒子晚上肯定有她男朋友陪她，因此也用不著我瞎操心，就放心地和我媽去赴宴了。

＊　＊　＊

晚餐的地點離我家不遠，是一家我媽經常誇獎的中餐廳，當然其實她總共只去過一次。也因為這樣，我媽還沒見江離，就先顯現出三分滿意的微笑了。我在一旁一個勁地提醒她，「媽，矜持點。」

江離的父母看起來比我想像的還年輕一些。一看到他爸媽，我心裡就釋然了，怪不得江離長得這麼好看，絕對是基因問題！他媽媽真是個大美人，雖然現在年紀大了，但依稀可以看出她當年的風韻。尤其是她的皮膚，保養得真不錯。他爸爸也很帥，而且渾身散發出一種成熟老男人才有的穩重和睿智。

大家互相問好之後，我媽率先拉起她親家母的手，問她皮膚是怎麼保養的。

江離的媽雖然看起來比較含蓄端莊，但天下女人哪個不愛美，何況是這麼一個美女，因此她眉間透著喜色，親切地和我媽交流美容經驗。

本來作為女人，我也應該加入美容陣營，但考慮到這樣也許會冷落了江離他爸，嗯嗯，我一直是個懂事的孩子，所以禮貌地和江伯父聊起天。

很不幸，因為我媽的攪和（我堅持認為是因為她的攪和才形成這麼明顯的兩個陣營），江離被冷落了。

江伯父是很健談的人，而且和藹，喜歡笑，笑的時候很慈祥，總之，比他兒子強多了。

通過交談，我得知，原來江離的爸媽都是高中老師退休，爸爸教數學，媽媽教國文。可嘆我高考時數學多出國文五十分，那時候寫八百字的作文比便祕還痛苦，導致我現在一看到國文老師就汗毛倒豎。儘管眼前這個國文老師是個和藹的美女，還是我婆婆，可是我……高考帶給我的摧殘是不可逆破壞，所以我也不指望什麼了。因此江離的媽媽看我的時候，我就只對她笑，不說話，笑的時候臉上的肌肉還像結凍似的。

江離坐到我身邊，他突然湊過來我的耳邊，偷偷說道：「妳是不是嫉妒我媽漂亮？」

我夾了塊紅辣椒到他碗裡，側頭，他配合地把耳朵湊過來，於是我解釋道：「我有國文恐懼症。」

他低低地笑了起來，一看就很假，估計是故意在他爸媽面前和我秀恩愛的，我無語，這小子也算用心良苦了。

我抬頭正要和江伯父聊一聊江離小時候的傻事，以便以後鬥嘴的時候用得上。這時，卻見那三個爹娘輩的人都已經不再聊天，曖昧地看著我和江離。很顯然，江離剛才那一招並不逾距的親昵動作對他們很受用。

我雖然臉皮厚，但好歹是個老處女，於是騰地紅了臉，夾了塊冬瓜放到美女國文老師的碗裡，操著蚊子聲說道：「伯母，吃菜，這東西美容。」說著，我又夾了塊苦瓜放到江老師哥的碗裡，對他微微一笑：「伯父，苦瓜退火。」老年人嘛，一般都比較需要退退火。

然後我媽就不幹了，盯著我的筷子等我幫她夾菜，我特別想把那根骨頭夾給她，又怕她不夠矜持，當場收拾我，於是直接忽略她的眼神，埋頭吃飯。

這時，江離夾了一塊牛肉放到我媽的碗裡，語氣既溫和又禮貌：「阿姨，您嘗嘗這牛肉燉的火候怎麼樣。」

我媽立即笑咪咪地把牛肉送入嘴裡，咬了兩下，點頭笑道：「很好，比我做得好。」

我琢磨著她其實是想說：「勉強能和我燉的比一比」，只是在女婿一家人面前，她又不好意思自戀。

於是江離諂媚地道出了她話裡的真相：「肯定不能和您燉的比啊，小宴還和我誇獎您的手藝呢。」

我媽獎勵性地看了我一眼：「小宴總是亂說。」

抹汗，我我我我……我不過是說，您、的、口、味、比、較、刁……

接著江離又說：「阿姨，這麼多年來，小宴讓您很操心吧？」說著還不忘用貌似寵溺的眼神掃了我一眼，誤導大家的視聽。

我媽一說到這個，來了興致，她平常最擅長的不是做菜，而是揭發我！

我這回真的要無語凝噎了。

好在我媽也還沒徹底糊塗，估計是怕江離一家人嫌棄我，悔婚。所以她就說了那麼三兩件比較有代表性又不會太讓我傷形象的事情，不過這樣一來，大家總算找到共同語言了，那三個爹娘輩的人爭相揭露自己兒女比較讓人不滿意，但又可愛的一面，當然，太丟人的事情肯定不會說，大家又不是傻子。

於是餐桌上的格局改變，我和江離被晾在一旁。

我覺得江離真是厲害，他就好像是控制整個局面的那一個人，三言兩語就能改變大家的方向。不知道他在工作的時候是不是也這樣，如果是這樣，那他的寶馬應該不是租來的吧？

我正胡思亂想著，江離突然湊到我耳邊說道：「妳爸爸呢？」

我發現他想和我說的話都是只能和我說，不能讓別人聽到的，怪不得總是搞得一副打情罵俏，甜言蜜語的樣子，雖然我不喜歡，但還是必須接受。

於是我湊到他耳邊低語：「告訴你個祕密。」

江離「嗯」了一聲，等待下文。

我：「其實我媽和耶穌他媽一樣，不用男人就能懷孕。」我覺得有些事情，只能是一個人想說就說，人家要是不想說，你最好連問都不要問，就比如我爸這種事情。

江離送來一個理解的眼神，又附過來低聲說道：「我要交差。」

我頓時明白了，今天我爸沒來，估計江離他爸媽回去的時候肯定會問江離，官小宴的爸爸怎麼了？我既然都已經是江離的老婆了，他總不能不知道這件事吧？總不能到時候他答一句「你等一下，我問問啊」，這樣即使我們不穿幫，我們的婚姻也會受到質疑，甚至他爸媽還會覺得我不信任他們兒子，這樣的媳婦他們估計也不敢要。

果然還是江離想得比較周到，我釋然，湊過去說道：「離婚，我高二的時候就離了。」

為了做戲做全套，江離聽了我的話，親昵地拍了拍我頭，兩人便不再說話。

第三章

本以為這一頓飯吃得大家賓主盡歡，其樂融融就算了，卻沒想到，那幾個爹娘輩的人還真能暖場，把場都暖得熟透了，我甚感……不欣慰！

何謂暖得熟透了？就是基本上他們三個已經站在統一戰線上，對於我和江離的婚禮以及蜜月各項事宜達成共識，甚至已經開始討論孩子的撫養，以及是否要生第二胎了！

因為那三個爹娘都迫切地想看到我和江離住在一起，所以他們大手一揮，決定婚禮就定在兩週之後。江伯伯還比較理智地建議先問一問兩個孩子的看法，結果那兩個媽媽幾乎異口同聲地說：「問他（她）幹嘛！」

我不敢反抗，因為我有國文恐懼症。

江離也不反抗，因為他是個好女婿。

所以我們倆都默默地吃飯。我非常淡定地夾了一塊八角大料丟在江離的碗裡，誰教你不抗議！

江離也禮尚往來地回報了我一根魚骨頭，妳不也沒抗議！

然後那幾個異常興奮的人又開始商量度蜜月的問題。我本來不想度蜜月，更不想和一個同性戀去度蜜月，奈何看到他們那麼興奮，我也不想說「不」了，現在我和江離扮演的好歹是一對恩愛夫妻啊。看看江離，估計他也是這麼想。

所以當爹娘們問我們想去哪裡度蜜月，我興致勃勃地回答馬爾地夫，江離則堅持想去北歐。這兩個地方風格迥異，難以找到折衷點。

於是一爹二娘乾脆直接無視江離，確定了去馬爾地夫的行程。

我笑，這就是性別優勢。看什麼看，看什麼看？誰教你不是女人！

看著飯桌上越談越興奮的三個老人，我心裡突然油然升起一種愧疚感，於是湊到江離耳邊，不安地說道：「你說，我們這樣做是不是太過分了啊？」他們那麼開心，而我們卻是在唱戲。

江離答道：「謊言的作用不就是哄人開心？他們開心我們滿意，有這樣的結局，誰還會去在乎過程的真假呢。」

我覺得他這話有些彆扭，可一時又不知道該怎麼反駁，只好更加不安地說道：「可是，他們在談論孩子的問題……」

江離用食指和拇指輕輕捏了一下我放在桌沿上的那一隻手，嘴巴幾乎貼到了我的耳朵上，噴著熱氣對我說道：「妳想生就生，妳不想生的話，我也有辦法。」

我放下心來。

很久之後，江離告訴我，他當時並沒有把話說完，最後一句其實是，「妳不想生的話，我也有辦法讓妳生！」……江離你這個敗類！

❇　❇　❇

婚禮被那三個無德爹娘定在了兩週後舉行，這下可要了我的親命。好在他們還有點良心，幫忙張羅、忙裡忙外的，也很辛苦。雖然這樣，要在兩週之內把一個婚禮打點好，也不是什麼容易的事情啊。

還好我現在沒工作。不過江離也奇怪，每天都不去上班。這就不對勁了，他貌似是一個強悍的人，難道也會丟了工作？

我問江離，江離正經八百地回答：「工作哪有結婚重要。」

虛偽！

對於許多新人來說，結婚前的準備是一件沒有頭緒的事情，因此他們會亂了陣腳，當然對我來說並不是這樣。除了時間上比較倉促，我倒沒有別的不適應，所有事情打理起來還算是井然有序。

於是江離讚嘆：「看不出來妳還挺專業。」

我趾高氣揚地說道：「雖然我是個老處女，但在法律意義上來說，你算是我的第二任丈夫。」

我沒撒謊。我曾經還有一任，還有一個婚禮——不，應該說是差點有一個婚禮……呃，總之，結婚前半年到婚禮前一天晚上的所有事情我都經歷過，只差那關鍵的最後一步。這種事情比較狗血，但確實發生了，要不然怎麼說狗血都是源於生活的呢……

此時，江離高深莫測地勾著嘴角似笑非笑，我在這種情況下竟然還有心情讚嘆他這個樣子真是無可挑剔的好看。

江離從背後環住我的腰，低頭狀似深情地望著我。我回頭，正對上他那一臉十分之欠揍的微笑。他低頭作勢欲吻我，然後從嘴裡低低地溢出幾個字：「看不出來妳也有這麼不堪回首的過去，嗯？」那一聲上揚聲調的「嗯」，充分撩起了我心中的怒火，這小子簡直就是幸災樂禍！

不過，我很快就抓住他話中的另一個資訊，什麼叫妳「也」有這麼不堪回首的過去？於是我鎮定而從容地回他一個淡淡的微笑，輕聲說道：「彼此彼此。」也不知道他曾經被哪個美男淩虐過，一想到這裡我竟然沒來由地高興起來。汗，我腐了……

不遠處的攝影師喊：「不錯不錯，就這個姿勢，這個笑容，很好，新娘再湊近一些……」

看吧，我們總是做著最親密的動作，說著最鋒利的話，想想還真是諷刺。

此時我們正在拍婚紗照，攝影師說我們的姿勢很好很標準，笑容很炫目、很幸福，我頓時覺得這攝影師真是虛偽，我們的笑容，叫做各懷鬼胎……

我又不是第一次穿婚紗——雖然這一次的比上一次漂亮，而且是特別訂製的。更何況在這種情況下陪這種人穿，能笑出來就不錯了。只是我心中總是莫名其妙地湧起一種淡淡的失落，我想也許是因為這個如形式一樣的婚姻讓我覺得心虛，愧對我們家那個活寶老太太。

拍婚紗照的動作無非就是那幾種，有幾個動作我很熟悉，這也總是讓我恍惚，覺得自己回到了四年前，那個炮灰官小宴的時代。那時我沉浸在一種幸福之中啊，然而，後來這種幸福尚未到來，就已經離我遠去。

我和江離站在草地上，隔著一段距離。我抱著一束花朝江離跑過去，耳邊有風悄悄地擦身而過，頭上的陽光分外燦爛。我覺得有些恍惚，卻加快了腳步。那個修長的身影，站在草地上一動不動，面對著我。我突然拋下花束，奔向他。

江離張開雙臂將我抱起來，然後在原地轉圈圈。我的腳離開了地面，彷彿被巨大的漩渦捲向海的深處，整個人都天旋地轉起來。

江離的臉慢慢消失了，取而代之的是另外一個。柔和的眉眼，寵溺的眼神，他笑吟吟地看著我，認真地說，宴宴，我愛妳。

我的眼裡瞬間有熱熱的東西流了出來。

這個場景，是那麼熟悉。

那麼那麼熟悉。

我的腳重新回到地面，臉上的淚水被人拭去，那冰涼的指尖讓我清醒回來。我眨眨眼睛，面前的人又變回了江離。

他擁住我，在我耳邊輕嘆道：「活在過去中的人，總是比較容易犯傻。」

我閉上眼睛，眼淚又流了出來：「沒有人願意活在過去中。」

攝影師全程拍下了這整個過程，期間還做了許多抓拍。他十分興奮地告訴我們，我們今天這個場景的拍攝，是他有史以來拍過最成功的一對，原來哭的效果比笑的效果還要好。我心裡感嘆，我們卻是有史以來最不成功的夫妻。

我媽像兔子一樣跳著（原諒我如此形容，但是她的確太過激動）來到我們身邊，扯著我的婚紗淚眼汪汪地說道：「兒啊，原來妳遺傳了我的全部優點！」

我知道她最大的優點就是眼淚比自來水還容易控制，想調侃她幾句，可是心裡悶悶地又不知道說什麼好。

江離的爸媽也擺出一副「理解就要結婚的年輕人澎湃而多樣的心情」的樣子看著我們，此時我面對著美女國文老師，連冰凍笑容都擺不出來了。

有些東西，在旁觀者看來，你覺得它是幸福的，它就是幸福的，你覺得它是悲傷的，它就是悲傷的，就比如淚水。

兩個當事人自然知道，她的眼淚並不是為他而流。

＊　＊　＊

我從小到大，一直都是被盒子鄙視長大的。無論是長相、身材、智商、成績，我硬軟體都不如她，她唯一一次誇獎我是因為我能吃。然而，自從見到江離之後，盒子竟然非常不遺餘力地動用了許多形容詞來誇獎我的眼光，這讓我實在受寵若驚，更不敢告訴她江離的性取向問題。

因為我的「眼光」很好，所以盒子對我的婚事也積極起來，一下班或者到週末就幫忙奔波忙碌，這讓我一下子忘記了她曾經對我的淩虐，分外感激她。

盒子毫無意外地成了我的伴娘，而另外一個伴娘是我的大學同學，艾雪。話說，其實我大學四年裡最好的朋友並不是艾雪，而是另有其人，只不過我們現在基本上形同陌路了，原因嘛比較狗血……她搶了我的男人，而且搶得那麼成功。《奮鬥》大家都看過吧？裡面有一孩子叫米萊。我覺得我沒有米萊的幸運，卻擁有她的霉運。

哎呀哎呀，這些都是過去的事情，不提也罷。

盒子的幫忙讓我省了許多麻煩，卻給我帶來一個更大的麻煩——因為她直接插手了我結婚的某些高端決議，所以導致我在婚禮上差一點破了功。

雖然忙了兩個星期，我也堅持以為，婚禮於我來說，也不過是一場形式，我只要像喝一杯白開水一樣，經歷它就好了。然而，我卻始料未及，那白開水裡會憑空多出幾隻讓人噁心的蒼蠅。呃，說白了就是，婚禮上會出現一些我不想見到的人……你沒看錯，是「一些」，不是「一個」。

於是，本來置身事外的我，卻被迫入戲。

❇　❇　❇

婚禮其實真的是一件很無聊又無趣的事情，我就像一個巨型布娃娃一樣被別人擺布，走那些奇怪又繁瑣的儀式。不僅這樣，還必須笑，不僅要笑，還必須笑得矜持而端莊……我實在不明白，結婚明明是兩個人的事情，為什麼全世界的人都要跑來湊熱鬧？

我抱著咬牙挺過最後一關的心態，面帶微笑，和江離牽著手踏上了紅地毯。

然後，當我看到坐在我媽身旁的那個人時，我連最起碼的微笑都做不到了。

江離發現了我的異樣，他輕輕在我手心捏了一下，用只有我能聽到的聲音說道：「他是誰？」因為嘴唇沒有動，所以他說得有些含糊。

我也學著他的樣子，說道：「生物意義上來講，我爸。」我猶記得我明確告訴我媽了，用不著讓他知道我結婚的事情，可他怎麼還是來了？

江離突然抬起另外一隻手，捏了捏我的臉蛋，說道：「妳放鬆一點，沒什麼大不了。」

此時周圍的人都在向我們行「注目禮」，氣氛堪稱嚴肅，他這麼一個隨意的動作顯然不夠莊重，引得大家一陣唏噓，甚至還有人跟著起鬨——當然大家都是善意的，或者說不懷好意的。然而，就是他這樣一個假惺惺，略帶寵溺的親昵動作，讓現場的氣氛頓時輕鬆下來。他之前似乎說過，婚禮又不是葬禮，用不著那麼嚴肅。

因為他這麼一搞，我也沒那種硬著頭皮的難受了，感覺周圍的空氣也沒那麼膠著，於是我的臉部肌肉也放鬆了一些，自然而然地擺出微笑給觀眾看。

不得不承認，江離還是很擅於調節氣氛的。

後來據目擊者稱，江離當時看我的眼神，簡直溫柔得能溺死人。雖然這種形容的方式比較低俗，但我還是很佩服江離演戲的境界，那叫一個出神入化，信手拈來——這小子一直都是披著偶像派的外衣，藏著演技派的實力。

我自始至終都沒看我那生物意義上的爸爸一眼，即使眼神一不小心遇到他，也直接飄過，反正周圍人那麼多，看誰不行，幹嘛非要看他，噁心自己！

我把戒指戴在江離的無名指上，他的手指很修長，指甲很圓潤，總之很好看。依稀記得以前也有人有過這麼一雙手，只是我並沒有機會為那個人套上婚戒。

正胡思亂想時，江離突然捧起我的臉，輕輕柔柔地吻到了我的唇上。

我的身體有些發抖，緊閉著眼睛，忍住不讓淚水流下來。很久以前，我也經常夢想著，那個人能這樣把婚戒戴在我的手上，然後我們接吻，互相昭告對方的歸屬權，我們還會受到很多人祝福。四年之後，這一天終於到來，卻是物是人非。

江離的嘴唇離開我的嘴唇時，他面帶微笑地和我說了一句：「麻煩妳專心一些。」語氣裡透著不滿。

很好，他的微笑永遠是留給別人看的，只有不滿和不耐煩是給我的。我頓時有些慶幸，幸虧我嫁了一個自己不在乎的人，這樣不管他怎樣對我，我都不會在乎。

接下來就是一桌一桌敬酒，作為一個矜持的新娘，我當然不能多喝，只能跟在江離身旁意思意思地喝一點，剩下的被伴娘和新郎擋掉。江離的酒量竟然很好，這倒讓我刮目相看。

敬完親戚，要敬同學和朋友。當我眼睛無意間掃過同學朋友的那幾桌酒席時，意外看到一個我這輩子都不想看到的身影。我腿一軟，差點當場倒在地上，還好江離及時扶住了我。

于子非？

此時于子非正看向我，神情莫測。

我怔怔地盯著他，不明白他為什麼在這裡，我並沒有邀請他。今天這個婚禮還真是讓人無語，怎麼這麼多不速之客。

江離一手扶著我的腰，一手拉著我的手臂，他湊到我耳邊，語氣裡帶著一絲譏誚和嘲諷，涼涼地說道：「第一任？」

我側頭，盯著江離因為距離太近而放大的臉，竭盡全力對他扯出一個大大的笑容，說道：「麻煩你幫個忙，我們表現得幸福一點好嗎？」

江離「深情款款」地答道：「我表現得夠幸福了，只是妳，一直魂遊太虛。」

我拉著他的手，硬著頭皮率先來到于子非他們這一桌。我喜歡把痛苦的事情率先做完，這樣才能享受接下來的快樂時光，要不然老惦記著即將到來的痛苦，手頭上的快樂也會變成痛苦。

江離反牽住我的手，走到于子非面前。他收斂笑容，舉起滿滿一杯酒，對于子非說道：「謝謝。」然後，仰頭一飲而盡。

我覺得他這一句「謝謝」可以有很多解釋，比如謝謝你幫我養女朋友，或者謝謝你把她留給了我之類的，但大體都是帶著囂張和得意的成分，還有點讓對方心裡生恨的虛偽，因此我很滿意。我承認我這個人有點壞，我就是不想看到于子非過得好。

我不敢看于子非，側頭一直看著江離，目光儘量柔和、專注並帶點深情。

後來江離告訴我，其實他當時特別想和于子非說一句恭喜，恭喜他沒有遇上我這種女人……囧。

在座有一些人知道我和于子非的過去，大家也不好說什麼，紛紛舉起酒杯岔開話題。我臉上一直掛著有些僵硬的微笑，在轉身奔向下一桌時，幾乎是落荒而逃。

江離拉著我的手不緊不慢地走著，低聲對我說道：「妳還真是無聊。」

他大概以為我是故意請于子非過來，然後在他面前作秀吧，天知道我有多不想看到他！我回頭狠狠地瞪了一眼盒子，一定是這丫頭搞的鬼。盒子此時眼神亂飄，一看就是心虛……善了個哉的，等我回去收拾妳！

因為中間發生了于子非這麼一段插曲，因此當我看到坐在下一桌的雪鴻時，心情那叫一個平靜。

雪鴻，大學四年裡幾乎跟我黏在一起的一個女生，我把心肝肺全掏給了她，後來她在我婚禮的前一天晚上，成功攻克了我的未婚夫，于子非。

我又補瞪了盒子一眼，這雪鴻絕對也是她招來的。

盒子回瞪我，怎麼樣？就是我招來的，怎麼樣？

我無語，端起一杯酒和雪鴻碰了杯，然後把酒遞給身旁的盒子，妳給我喝！

盒子也不含糊，雖然酒量不怎麼樣，但酒膽還是有一些，關鍵時刻也能鎮一鎮場面，於是仰頭乾了。

不得不說，江離的心思還真是剔透，他此時已經看出了我和雪鴻之間的不正常，於是等盒子喝完酒後，他又端起酒杯，眼神有意無意地掃過于子非，這才開始朝雪鴻敬酒。

雪鴻的臉頓時紅了一些……江離你太壞了！

雪鴻和于子非分兩桌坐，說明他們已經分手了，江離此時瞥一眼于子非，明顯是在向雪鴻叫囂：看見了吧，搶來搶去，最後不是妳的終究不是妳的，現在妳丟了朋友也丟了愛情，活該了？

我必須承認，雖然江離的行為不怎麼君子，但是我真的爽到了……

敬完雪鴻這一桌，江離拽了一下我的手指，湊近一些輕聲說道：「妳滿意了沒？」

我朝他鄭重地笑了笑，答道：「謝謝你。」

江離無視我的感激之情，略顯不耐地說道：「滿意了就給我專心點，在婚禮上走神是一件很丟人的事情。」

我配合地點點頭。雖然江離對我的態度讓我很不滿，但他今天確實給足了我面子，要是我一個人面對于子非，我估計說話都會顫抖。好在我們今天在那兩個人面前也沒說什麼毒舌的話，但我們的氣場完全戰勝了他們。當然，氣場這種東西和我沒有半毛錢的關係，確切地說，是江離一個人的氣場，直接蓋過了他們兩個的。

江離的哥兒們之中，大部分是比較陽剛的男人，陰柔的挺少，這讓我對江離的角色產生了懷疑。雖然我不是腐女，但是我對於Gay之間的攻受問題也有一些瞭解。以前我一直認為江離應該是個小攻，然而看到今天這麼多陽剛的男人跑來鬧洞房，我又猶豫了。難道，江離他……嗯？

我上下打量著江離，從他身上還是難以找到小受的影子。

大概是純爺們和純爺們之間很難產生協調的美感吧，我一想到江離和一個大老爺們之間冒粉色泡泡，我就……風中凌亂。

於是我婉轉地偷偷問江離：「今天你男朋友沒來？」為什麼來的是一群壯漢！

江離和我真有默契，他很快明白了我的意思，於是他面無表情地答道：「他們並不知道我的事情。」

明白了，還沒出櫃。也難怪江離會選擇和這一群人做朋友，他要是弄一堆婉約的小美男放在身邊，萬一哪天一個沒忍住，獸性大發，那不就原形畢露了嗎？

想到這裡，我已經很確定江離是個小攻了。於是歡歡喜喜鬧洞房，我就縮在那裡任由他的兄弟朋友們使勁折騰。

一般情況下，我被戲弄時，江離總是會選一個特別舒服的姿勢袖手旁觀，腦門上赫然寫著四個大字：幸災樂禍。這讓我不爽得很，不過考慮到他的性取向問題，估計他看到女人被虐就心裡特別痛快。於是我也只好大度地原諒他，反正過了今天，大家就真的塵歸塵，土歸土，互不相關了，到時候除了住在同一個屋簷下，其他的估計不會有什麼交集吧。

總算大家還記得睡覺這回事，鬧完洞房各自散去。我最後把盒子叫住，別人走，她可不能走，我心裡還壓著火呢。

盒子今天果然氣短……不過幸好她白天沒喝醉，不然不曉得現在誰虐誰呢。

我說：「盒子，妳可真夠姊兒們，把全天下我不想見的人都叫來了！」

盒子先舉手發誓，舉報我媽：「妳爸可不是我能叫來的，那是肖阿姨最後決定的。」

還沒用刑，她就把同黨供了出來，我對盒子這種漢奸精神十分地鄙視，於是繼續逼問：「那于子非和雪鴻呢？也是我媽請來的？」

盒子立即陪笑道：「我不是看見請柬剩下兩張沒寫嘛，當時覺得浪費也挺可惜的，所以就……」

這是什麼破理由！我一巴掌呼到她頭上，怒道：「妳隨便請兩頭豬來我沒話說，幹嘛非要讓他們來？今天我這一身修為差點散盡！」

盒子低頭小聲嘟囔著：「妳都有新歡了，還怕見到舊愛嗎？」

我聽到這話，一時不知道怎麼反駁她。這時，江離出來打圓場。他拍了拍我的肩膀，對盒子溫和地笑道：「妳別介意，她今天是太高興，不知道怎麼表達了。」

有了江離的撐腰，盒子的氣焰頓時長了三分，涼颼颼地說道：「可是有些人，總是把別人的好心當做驢肝肺。」

江離按住我，不讓我生氣，他在一旁繼續說道：「妳也瞭解她，好幾年的恩怨終於發洩出來，她精神不正常是很正常的。」

什麼叫，我精神不正常是很正常的？

盒子很快就信了江離的鬼話，對我做了個鬼臉就離開了。我一腳踢到門上洩憤，卻疼得我差點哭出來。

江離不鹹不淡地對我說：「妳太激動了。」

我我我我我哪裡太激動了？

他似乎也不打算解釋，只是露出一絲譏誚的笑：「有了新歡，卻忘不了舊愛？」

我惱怒地瞪他：「誰忘不了他，我已經把他忘得乾乾淨淨了！」

「隨便妳，」他無所謂地揮了一下手，「和我又有什麼關係。」說著，他換了衣服，準備洗澡。

我坐在地板上，開始正視于子非這個問題。

我真有那麼賤嗎？到現在還對他念念不忘？

我仔細想了一下，排除以上假設。雖然我這個人偶爾比較傻，但自己是否喜歡一個人，我還是能區分的。我現在見到于子非，並不是當初的那種感覺，沒有幸福也沒有激動，甚至沒有渴望。

可是，我為什麼會不安，會緊張，會不知所措？我又沒有做虧心事……

心煩意亂，我只好順手打開電視，準備消遣一會兒。

綜藝節目中總是少不了俊男美女，作為外貌協會的鐵杆會員，這東西真的很合我胃口。於是被那一張張各具特色的俊臉吸引，我很快就忘記了于子非這回事。

看了一會兒電視，江離洗完澡走過來。我不經意地瞥了他一眼，頓時傻掉。

善了個哉的，這小攻還有這麼魅惑的一面啊，天理何在！！！

江離已經換上睡衣，渾身散發著一種慵懶而從容的氣息。他的頭髮濕漉漉地搭在額前，五官本就完美，此時因倦容而顯得柔和了許多。他穿的睡衣是那種沒有釦子的，只在腰間繫了一個腰帶。然後他修長的脖頸、性感的鎖骨，以及結實的胸膛，就這麼耀武揚威地展示在我面前。他的睡衣很薄，身材在那一層薄薄的睡衣下若隱若現，越發顯得他腰窄腿長，十分結實與挺拔。

這身材，這比例，嘖嘖，絕非凡品……

江離的一句話打斷了我的神遊。他說：「想看？」

我回過神來，發現他正笑咪咪地望著我，雙手已經搭在了腰帶上，彷彿馬上就要解開一樣。然後，他又重複了一句：「想看？」

我的臉騰地紅了，轉過頭繼續看電視。善了個哉的，我有表現得那麼色嗎？看電視看電視，本人思想很純潔！可是，可是……可是我真的很想看啊！電視裡的那些男明星，和江離一比，簡直太遜了！而且，沒穿睡衣……我沒出息地吞了吞口水，盯著電視繼續神遊。

我正眼睛不眨一下地盯著電視，江離突然坐在沙發上，說道：「想看也不給看。」欺人太甚！

我努力從臉上擠出一個鄙夷的神色，瞟了他一眼，陰陽怪氣地說道：「以為誰想看？什麼姿色！」

江離不慌不忙地說道：「先把妳嘴上的口水擦掉再說這些話，效果會更好一些。」

我慌忙地抬手在嘴巴上蹭了幾下，哪有口水？

身旁傳來江離因得逞而更加鄙夷我的低笑聲。

我把遙控器往沙發上一丟，卸妝洗澡睡覺！我才沒工夫陪這個敗類聊天，重點這不是聊天，是精神層次的施虐與被虐！

＊＊＊

我和江離早就決定好分房睡，像我們這樣從洞房花燭夜就開始分房的夫妻，還真是罕見，重點是我們分房都分得那麼坦然，那麼自然，可喜可賀，可喜可賀。

其實關於分房，我還是有一些顧忌的。這顧忌和江離沒關係，主要是我個人的問題。我前面不是說過嗎？我不敢一個人睡覺，這個陋習是我在四年前失戀的時候不小心養成的。那時候結婚被于子非放了鴿子，結果後來很長一段時間，我幾乎天天都作各式各樣的怪夢，大都是夢見自己在孤島中，或者戰亂中，或者災難中，然後大家在逃難的時候一個不小心拋棄了我，我就縮在那裡抖啊抖，抖啊抖……後來我就養成了半夜被噩夢驚醒的好習慣。驚醒了之後睡不著怎麼辦，我就看恐怖片。我這個人特別害怕看鬼片，可是我也不知道自己當時腦子到底灌進什麼東西了，突然就喜歡上一個人在大半夜看鬼片了，大概是物極必反吧。看完鬼片之後我通常都會抖得更厲害，那個顫抖啊，心臟像隨時都會跳出來一樣。當時總感覺自己的房間裡充斥著各種鬼，被子裡有，床底下有，枕頭上也有……驚悚。後來我看完鬼片就爬到我媽的床上去睡，意外地竟然能睡得很香……

再後來，我就每晚都去騷擾我媽，結果奇跡般地治癒了我的噩夢和疑神疑鬼。只不過後來只要我一個人睡覺，那所有恐怖的感覺就會回來找我敘舊。

就這樣，因為一場失戀的洗禮，我養成了看鬼片的愛好，以及不敢一個人睡覺的特色。我都二十七歲了，說出去真丟人！

我的二十七歲生日快到了，於是我十分有理想地想打造一個全新的官小宴，好吧，先從一個人睡覺開始。

我把臥室裡所有的燈都打開，一個人捲在被子裡，一個勁地對自己說：「沒事沒事，我什麼都不怕，什麼都沒有……」

我覺得我真沒出息，這麼大一個人了還裝嫩。不過，此時我雖然很累，卻分外地清醒，怎麼睡都睡不著。睡不著也好，省的作噩夢。

算了，還是看鬼片吧。我怕鬼，可是我晚上沒事的時候就是想看鬼片。那種感覺，就是那種明知道某種事情不能做，做了之後後果會很嚴重，卻心裡癢得不行，非要做一做的那種感覺，我不知道你有沒有體會過。

盒子這個人雖然有時候會搞砸事情，但大部分的時候都還挺合我意。前幾天她送了我幾張恐怖片的 DVD 光碟，揚言說這是留給我打發時間和活躍氣氛用的。雖然我覺得用恐怖片活躍氣氛實在是一種腦子有病的想法，但本著「不要白不要」的原則，我很乾脆地收下了。沒想到這麼快就派上了用場。

看恐怖片的最佳配置就是，大房間，大螢幕，深夜，還要一個人，除了電視，所有的光源都要關掉。然後一個人縮在沙發上，一邊發抖一邊看，這才刺激。

江離家，喔不，現在應該說是我們家，我們家客廳很大，而且客廳裡擺著一個四十五吋的液晶電視，裝備堪稱精良。於是我捏著光碟，輕手輕腳地跑到客廳，打開電視放入光碟，調好音量，這樣不至於把江離吵醒。關燈之後，我就縮在沙發上滿含期待地看了起來，做好尖叫的準備。

開頭就是一個冷豔的美女，神色那叫一個奇怪，我想這八成是一個女鬼，要不然就是被鬼附身了。於是繃緊神經，接著往下看，然而越看越納悶。整部電影沒有字幕，說的話也是嘰哩呱啦的，全是名副其實的鬼話——外語，這讓我怎麼看？盒子買禮物給我也太不用心了！而且，而且這鬼片貌似很淫蕩啊，那標題裡有幾個漢字，我能認出來，竟然還是違禁詞！我心裡越想越奇怪，估計這美女是被人先姦後殺的，真可憐。

然後，就冒出一個長相堪稱猥瑣界里程碑的男人，跑來和美女說話，嘰哩呱啦地也不知道說些什麼。整部電影的背景也開始變化，那色調，一點恐怖靈異的感覺都沒有，倒讓人覺得有點……情色，呃？

再然後，兩人開始親親摸摸起來。

太可惡了，現在的恐怖片市場也墮落了，竟然透過床戲來賺取眼球！我十分地憤慨。尤其讓我無法忍受的是，他們竟然挑這麼猥瑣的男人來演床戲，那是什麼導演，你確定你不是在毀掉這部戲？

我這個人有一個特點——不到黃河心不死。所以當電視裡那巨大的限制級畫面跳入我的眼睛時，我才徹底幡然醒悟，淚流滿面。

善了個哉的，這是哪門子恐怖片，這根本就是A片！盒子妳好樣的！

此時我傻呼呼地盯著螢幕，全身的神經都像被電流擊中了一般，一時有些不知所措。

江離就是在這個時候降臨的。他像鬼一樣飄到我身旁，陰森森地說：「妳在看什麼？」

我條件反射地從沙發上跳起來，躥到電視前，想用自己的身軀擋住那兩條糾纏在一起的身體，奈何我那臀圍八十七的屁股實在無法招架那四十五吋的液晶螢幕。

我並不是沒有看過A片，只是在一個男的面前看，我實在覺得彆扭，儘管這個男的其實對女人不敢興趣。於是我硬著頭皮說道：「在看……驚悚片。」我沒有說錯，這東西確實驚悚到我了。

此時，那畫面雖有一部分被我擋住，奈何那聲音我是怎麼也擋不了。電視中傳來女人咿咿呀呀的聲音，聽得人心裡亂顫。那個猥瑣的男人還嘰哩咕嚕地說著一些鬼話，還好是鬼話，我聽不懂。

然而，我聽不懂不代表江離聽不懂，哭。我們沉默了一會兒後，江離突然說道：「這驚悚片的臺詞倒是挺有意思的，我為妳翻譯一下？」

我一個沒站穩，差一點當場摔倒在地。於是一怒之下，我非常俐落地把電視關了。

這下平靜了，屋子裡也陷入了黑暗。

突然陷入黑暗的時候，人的感光度往往很低。我跟瞎子一樣，摸索著想回自己的房間，然後被沙發前的桌子一絆——我摔下去的時候，心想江離肯定能接住我，這可是狗血的精華之所在。

於是，下一秒我就特別安然地躺在江離的懷裡了。大概是因為身材好吧，他的懷抱讓人挺有安全感的。

我剛想開口和江離說一聲謝謝，他就毫不客氣地把我甩到沙發上，然後大步走到門口把燈打開。我就不明白了，他怎麼就不會絆倒呢？

然後江離連看都不看我一眼，直接進了浴室。

我挺好奇他想幹什麼，於是問道：「你又作什麼怪？」

浴室中傳來嘩嘩的水聲，他似乎顯得很不耐煩：「洗個澡不行嗎？」

我：「你不是已經洗過了嗎？」

江離的聲音像穿堂風一樣涼颼颼的：「又被妳的驚悚片嚇出一身冷汗。」

我：「……」

我就知道他絕對不會錯過這個挖苦我的機會！

我垂著腦袋從沙發上站起來，走回自己的房間。走到門口時，江離欠扁的聲音又飄了出來：「看來妳不是性冷感。」

江離你這個變態！

我只好用重重的關門聲來表達我的不滿。

＊ ＊ ＊

回到自己房間裡，還是不敢睡覺，也沒有看恐怖片的興致了。我只好拎出我那柔弱的小本本，上網吧。

新婚之夜上網，我還真是一個有情調的人（自己鄙視一下自己）。

一直忙於結婚，有好久沒上遊戲了，於是我登了上去。我玩的這款遊戲叫《俠客行》，現在挺流行的，盒子也在玩，而且我們是同一個幫會的。話說，其實我是一個實實在在的遊戲白痴，當初實在無聊，考慮到自己不玩遊戲就是跟不上時代，所以就跟著盒子玩起了《俠客行》。

剛登上遊戲沒多久，就有不下十個人和我說話，內容無一例外的是問我：妳今天不是結婚嗎，怎麼還有時間登遊戲？

看來盒子的舌頭還真是綿長，我無語。

正當我躊躇著怎麼回覆他們時，人約黃昏後發來了消息：『幫掛的？』

人約黃昏後是幫會老大，我琢磨著要是讓他知道我騙了他，以後的日子也不好混，重點是人約黃昏後對我的水準瞭若指掌，他也絕對不會相信現在操作遊戲的這個人是幫掛。因此我只好給他回覆。

官方遊戲白痴：老大，幫個忙，和幫會裡的人說是你找人幫我掛遊戲。

「官方遊戲白痴」是我在遊戲裡的名字。

人約黃昏後：他們都說妳今天洞房。

官方遊戲白痴：洞完了。

人約黃昏後：這麼快？看來妳所嫁非人啊，不如投奔我吧。

官方遊戲白痴：今天大家都太累了嘛……

人約黃昏後：太累了，還有精力上網？

汗，我也無話可說，看來越解釋越麻煩，只得回道：老大，你千萬幫我保密啊，尤其不能讓這件事情傳到盒子的耳朵裡。

人約黃昏後：知道知道，人要臉，樹要皮，這道理我懂。

看來他有些誤解了，可是我又不願意就這個問題和一個男人做深層的討論，只好訕訕回道：老大你別多想，我們還是刷怪吧。

人約黃昏後：話說，妳真不打算考慮我？

官方遊戲白痴：好吧，給你個機會。今晚陪我。

人約黃昏後立即發來一個流口水的表情。

官方遊戲白痴：刷怪。今晚陪我刷怪！

人約黃昏後：……

在我的印象裡，人約黃昏後就是一個花心大蘿蔔，我覺得他長得肯定比較猥瑣，因為在我的認知裡，男人長相的猥瑣程度和他本身的猥瑣程度是成正比的，倒不是我以貌取人。你想啊，像江離那樣的帥哥，如果他性取向正常，女人想倒貼上去都來不及呢，哪裡會留下猥瑣的機會給他？

而我說人約黃昏後猥瑣，也是有證據的。我去人約黃昏後的部落格裡看過，那裡面的照片清一色都是美女，各個身材火爆，性感迷人。有一次我忍不住問他：「這些美女圖片都是從哪裡搜刮來的？全是外國明星吧，要不然我怎麼一個都沒見過。」你猜他怎麼回答？他竟然厚顏無恥地說：「都是我女朋友，不同時期的。」善了個哉的，我終於找到臉皮比我還厚的人了！

人約黃昏後曾多次想要和我交換照片，我自然沒同意。網路畢竟是虛擬的，那就讓它一直虛擬下去吧。

＊　＊　＊

我和人約黃昏後刷了幾個小時的怪，就停下來有一搭沒一搭地聊天。我和他其實沒有什麼共同語言，不過人約黃昏後這個人實在健談，兩個人東扯西扯地，時間過得倒也很快，沒過一會兒，天就亮了。

官方遊戲白痴：天亮了，你去睡覺吧。今天謝謝你啊。

人約黃昏後：別見外啊。不過我還是很好奇，妳老公是個死人嗎？

官方遊戲白痴：你問了一百零八遍了！

人約黃昏後：好了好了，不問了。不過哥哥今天可是放著床上的大美女不理會，和妳敲了一晚上的鍵盤，怎麼報答我？

我覺得他明顯是敲詐，於是不耐煩地回答：好了好了，大恩不言謝。

人約黃昏後：當然，我還是很高興，因為妳的新婚之夜是和我一起度過的，哈哈。

官方遊戲白痴：去睡覺吧，我要吃早飯了。

人約黃昏後：妳不用睡覺嗎？

官方遊戲白痴：你囉不囉嗦。快去睡覺，不管怎麼說，今天謝謝你了。

人約黃昏後：好了好了，我先下了，妳也抽空睡一會兒，女人睡眠不足很危險。

官方遊戲白痴：有完沒完，你其實是一個五十歲的中年婦女吧？

人約黃昏後：跟妳說過多少次了，哥哥我是帥哥，魅力無敵，精神旺盛……現在單身喔！

官方遊戲白痴：滾吧。

剛才還說床上有大美女，現在又說單身，可見他是在敲詐！

人約黃昏後：好了好了，我真的下了，8。

官方遊戲白痴：88。

關了電腦，我伸了個懶腰，並沒有多少困倦的感覺。

洗漱了一下，我走進廚房，從冰箱裡翻出一盒牛奶，兩顆雞蛋。牛奶熱一下，雞蛋煎一下，湊合著可以吃一頓早餐了，真懷念肖綺玲那老太太做的早餐。

吃完早飯，實在無聊，我只好靠在沙發上看電視。昨天的那片萬惡的光碟被我翻出來扔進了垃圾桶，這才稍微平復了一下我心中的怨氣。

看了一會兒電視，江離從外面走進來。他穿著短袖T恤和運動短褲，手裡拎著早點，頭上汗涔涔的，看來是剛剛晨運回來，真是個好孩子。

我連招呼都懶得和他打，繼續靠在沙發上看我的電視。

江離也一句話沒說，徑直走進了浴室，這小子真是有潔癖。

江離一整個上午都在自己的房間裡，偶爾出來上個廁所或沖點咖啡，我則一直窩在沙發上看電視，看累了電視就上網，上網累了就繼續看電視，就這樣一個上午很快就過去了。

江離家的廚房很大，可是廚房裡連根蔥都沒有，我只好到下面的超市買了一點簡單的蔬菜和米、麵，回來做飯。正在做飯時，門鈴聲響起，我圍著圍裙跑去開門。

帶著紅色鴨舌帽的送餐弟弟一臉陽光地對我笑著，說道：「太太，這是你們叫的午餐，一共是五十二元人民幣。」

我疑惑：「我沒有叫外賣啊？」

「是我叫的。」江離的聲音從我身後傳來。他走過來，接過送餐弟弟手中的塑膠袋，然後遞過已經準備好的錢。看來他經常叫這家的外賣，已經對各種食物的價格很熟了，這一事實也可以從他家廚房的寥落程度看出來。

我躲進廚房，又簡單收拾了一下，午餐就做好了。

我端著自己的飯菜走進餐廳時，江離已經在慢條斯理地吃他的外賣了。說實話，我很看不慣男人吃飯慢吞吞的樣子，要風捲殘雲那樣才夠爺們，你說是不是？不過我得承認，江離吃飯的樣子很好看，我第一次發現男人吃飯竟然可以吃得這麼優雅。哼哼，優雅有什麼用，能用來填飽肚子嗎？

我坐在桌邊，瞥了一眼江離手中的免洗筷，說道：「我們國家的這種免洗筷，百分之八十都是衛生檢驗沒過的。」

江離抬眼看了我一眼，忍了忍什麼都沒說，繼續吃飯。

我又看了看他的餐盒，儘量擺出一個鄙視的笑容，說道：「這菜大概都沒洗乾淨吧？會不會吃出一條蟲子來……」

江離涼颼颼地瞪了我一眼，放下筷子走出了餐廳。我為自己報了昨晚的仇而心情大好，拿起筷子美滋滋地吃起飯來。我一直覺得，自己做的飯真的不難吃，雖然比我媽做的差了好幾個檔次。

正當我以為江離已經離開時，他竟然又回到了餐廳，而且手中多出了一雙烏木筷子。我正想繼續噁心他一下，卻沒想到他拎著筷子，直接朝我的盤子而來。

我像小雞護食般雙手護住自己辛辛苦苦炒的菜，怒道：「你幹什麼？」

江離臭著一張臉，說道：「反正妳又吃不完。」

我一點也不掩飾自己臉上的得意之情，笑道：「吃不完我可以留給垃圾桶啊，不勞你費心。」

江離挑了一下眉毛，說道：「盤子是我的，碗是我的，筷子也是我的，還有妳做飯用的瓦斯和電都是我的，所以這菜也有我的份。」

我頭一偏，爭辯道：「婚後夫妻財產歸夫妻兩人共同所有，你的就是我的。」

江離插嘴道：「對啊，妳的就是我的，所以妳做的飯也有我的一半。」

我：「……」

江離不等我說話，像拎臭襪子一般把我的手拎開，開始名正言順地享受我的勞動成果。

我真傻，怎麼會被他騙！

第四章

下午過得很無聊，晚上江離繼續厚著臉皮吃我做的飯，我厚道，我什麼都不說。

今天晚上我依然嘗試了一個人睡覺，可是無論如何都睡不著，而且越想睡覺，腦子反而越清醒。我躺在床上，生平頭一次覺得做人真的是一件不划算的事情，就因為大腦和其他動物構造不一樣，就要多承受這麼多折磨！

我從床上爬起來，又拎出本本，還是刷怪吧。

今天晚上人約黃昏後竟然也在，我一上線，他就傳訊息過來：白痴，妳怎麼這麼晚才來。

白痴是他對我的稱呼，我更正了幾次無效，就隨他叫了。

官方遊戲白痴：你怎麼知道我今天晚上會來？

人約黃昏後：感情破裂的女人都這樣，醉心網路。

官方遊戲白痴：誰說我感情破裂了！

人約黃昏後：要嘛就是，妳根本沒有感情？

還真被他猜對了。我只好轉移話題：你呢，為什麼老在網上耗？

人約黃昏後：我不是為了等妳嘛。

網路上的男人大都這樣油嘴滑舌，我也不去理會，只是順水推舟地說道：正好，今天繼續陪我，刷怪。

人約黃昏後：妳瘋了！

官方遊戲白痴：你才知道？

人約黃昏後：那我只好捨命陪瘋子，陪妳度過妳的新婚第二夜。

官方遊戲白痴：奇怪，你都不用上班嗎？

人約黃昏後：為了妳，我可以不上班！

又來了！對於他的這類話，我向來是直接無視。

＊　＊　＊

今天是我和江離結婚的第三天，也是一個非常重要的日子——回娘家！我現在恨不得坐上火箭回到我媽那裡，然後再也不回來了，娘啊，我想妳想得想睡覺……

早餐之後，我們簡單收拾了一下便出門。我們住三樓，不用搭電梯。我走在江離前面，昂首闊步地走下樓梯。大概是因為要回家，高興壞了吧，我總是感覺頭暈目眩，兩腿發軟，然後一個不小心，腳下一絆，我整個人竟然向前倒下去。在一個狗血的劇情裡，下面應該有一個帥哥接住我，最好兩人再一不小心來個肌膚之親什麼的……

我落地的時候並沒有感覺到痛，原因不是因為有帥哥接住了我，而是，我早已神志不清了……

我醒的時候，聽到身邊有人說話，所以我並沒有及時地睜開眼睛。

一個老太太的聲音：「我的兒啊，怎麼會搞成這個樣子，妳連走路都走不穩了嗎？」一聽那讓人腸子都擰到一塊兒的哭聲，就知道她是我媽。

此時江離正拉著我的手，在一旁解釋道：「醫生說她是勞累過度，睡眠不足。」

「什……什麼？」我媽停止哭聲，緊接著她的聲音甚至包含著一種喜悅，「江離啊，你也讓小宴休息一下嘛……」

江離：「……」

此時，只聽江離說道：「對不起，我沒有照顧好小宴。」

我媽突然嘿嘿嘿嘿地笑了起來：「別謙虛，你把她照顧得很好，好極了！」

我怎麼會攤上這樣的媽！

兩人又聊了一會兒，我媽就走了，臨走時還不忘囑咐江離，要我不用回娘家了。我又開始懷疑我到底是不是她的親生女兒。

正當我胡思亂想之時，江離涼颼颼的聲音突然響起：「妳要裝睡到什麼時候？」

我睜開眼睛：「你怎麼知道我裝睡？」

江離：「我的手快要被妳弄斷了。」

我甩開他的手：「誰讓你先抓我的手。」

江離：「我只抓了妳一下，然後就被妳抓著不放。」

我不服：「一個大男人，手怎麼會那麼不結實。」

江離不甘示弱：「看不出一個過度勞累的女人還能有這麼大的力氣，妳真是金剛轉世，怪不得沒人敢娶。」

我：「……」

好吧我承認，鬥嘴並不是我的強項。

這時，江離又提出了他的另外一個疑惑：「我真不明白，明明什麼都沒做，妳怎麼能搞得好像什麼都做了似的？」

我只好低下頭，很沒底氣地說道：「我不敢一個人睡覺。」

江離愣了一下，然後十分欠扁地呵呵低笑起來，心情很好的樣子。我只好狠狠地瞪他，卻不知道說什麼。

＊　＊　＊

從醫院回到家的時候，已經是晚飯時分，江離還算有點良心，沒有讓我幫他做飯，而是叫了外賣。有鑒於此，我白天對他的氣也消了大半。

可是，我真討厭夜晚，夜晚人需要睡覺，而我睡不著。我躺在床上，正尋思著我是不是應該找個心理醫生看看時，門外竟然傳來了敲門聲。

江離站在我的臥室門外，雙手環胸，居高臨下地說道：「有沒有興趣和我同床共枕？」

我傻愣在門口，不知道說什麼好。

江離轉身欲走：「不願意就算了。」

我在後面叫住他：「你有什麼條件？」我才不相信他有這麼好心，這麼主動。

江離轉過身來，嘴角一勾，「看不出來妳也有聰明的時候。」

我靠在門口，擺出談判的架勢，「說吧，別拐彎抹角。」

江離：「妳幫我做飯，做家事。」

「成交。」我答得很乾脆，雖然這怎麼看都像是一個不平等條約，可是，可是我實在不想創造一個大活人被活活睏死的奇跡。

江離難得地誇了我一句：「爽快。」

我抱著被子和枕頭，灰溜溜地走進了江離的臥室。本來我還在思考我們在床上的地盤劃分，可是當我看到江離的床時，我發現我的擔憂純屬多餘……他的床竟然比我的那張雙人床大上將近一倍！

我咬牙切齒地鋪好被子，擺好枕頭，然後躺在床上。雖然身旁躺著一個男人，不過我對這個和我性取向相同的男人很放心。

天殺的，這次真的很快就睡著了。

＊　＊　＊

第二天吃過早飯，我又打開電腦。剛登上QQ，就發現人約黃昏後留了好幾個留言。大致都是深夜發的，質問我為什麼沒有上線。我無語，要不是走投無路，誰會大半夜陪著一台電腦？

鑒於他前兩天晚上一直陪著我，我也不好意思和他說太過分的話，只是回道：我要睡覺啊。

本以為人約黃昏後昨天熬夜，現在應該已經睡了，誰知道過一會兒，他竟然回覆了我的留言：妳老公恢復體力了？

言笑晏晏：……

言笑晏晏是我的網路名稱。人約黃昏後的網路名稱和遊戲裡的名字一樣，我通常都叫他黃昏。

言笑晏晏：你都不用睡覺嗎？

人約黃昏後：看不到妳的笑，我怎麼睡得著……

我惡寒，只好傳一個冒冷汗的表情過去。

人約黃昏後：有沒有被感動？

言笑晏晏：如果噁心也算感動的一種。

人約黃昏後：話說，你們是不是還要度蜜月？妳老公行不行啊……

言笑晏晏：關你什麼事。

人約黃昏後：那，你們去哪裡度蜜月？

我猶豫了一下，回覆道：馬爾地夫，據說再過個幾十年那座島就被水淹了，現在趕著去看。

反正馬爾地夫那麼多島嶼，他也不可能知道我要去哪一個。

人約黃昏後：這麼巧，我也要去馬爾地夫度假了，妳說我們不會相遇吧？

言笑晏晏：你就瞎扯吧，我看你天天都在度假。

人約黃昏後：什麼意思？

言笑晏晏：你純粹就是一個無業遊民猥瑣大叔，度假應該是你兒子的事情。

我這麼說是有一定道理的，從他的作息上來看，他不像是有工作的人。

人約黃昏後：和妳說過多少次了，我是帥哥！魅力無邊，精力旺盛！

言笑晏晏：帥有什麼用，我老公比你帥多了。

人約黃昏後：然後呢，他很沒用？

還不忘發過一個猥瑣的表情。

言笑晏晏：你怎麼對他的性能力這麼關心？難道你就是傳說中魅力無邊，精力旺盛的……大叔受？

人約黃昏後：地球已經被腐女攻占了。

咳咳，我可不是腐女，可是有一個Gay老公，我若不稍微腐一下，感覺都對不起背後那廣大，默默支持著腐事業的姐妹們……

人約黃昏後：妳老公有那麼帥嗎，敢拉出來和我比比嗎？

言笑晏晏：和你比，就用不著我老公出馬了，我們家旺財就能勝任。

人約黃昏後：……

人約黃昏後：你們蜜月是訂哪間飯店？說不定我們真的能遇到。

言笑晏晏：你真的要跟著兒子去度假？就不怕兒媳婦嫌你礙眼？

人約黃昏後：沒關係……話說，如果我們真的遇上，那就是老天爺的意思，想讓妳投奔我。

言笑晏晏：……

＊　＊　＊

這幾天和江離相處得還算太平，不過我們很快就要迎來不怎麼太平的日子了——我們的蜜月就要開始了。

馬爾地夫是美麗的，但是去馬爾地夫的過程是痛苦的。還好我們是趕在旅遊淡季，機票和飯店都相對好訂一些，不過將近十個小時的航程，還是讓我有些吃不消，況且中途還要轉機。我一路上基本上就是一邊聽音樂一邊睡覺，睡得我昏昏沉沉，暗無天日的，用江離的話說就是，我不屬豬真是可惜了。

晚上到了馬累機場的時候已經是晚上十點多，還要過安檢。我們訂的飯店在另外一個島嶼上，好在離馬累不遠，通關之後，坐上快艇一會兒就能抵達。忙來忙去，等我們到飯店，也已經快十二點了，兩個人簡單收拾一下就洗洗睡了。江離在睡前還不忘挖苦我：「妳都睡了一天了，怎麼還能睡著。」

我對此不予理會，心裡認定了他這是嫉妒，嫉妒我吃得飽，睡得香，比豬還快活！

我覺得江離真是個瘋子，旅遊還不忘晨運，大清早的，他硬是繞著小島跑了一圈才回來吃早餐，這也更加深了我對他的鄙視。

飯店的早餐是自助的，很豐盛，但是以西餐為主，沒什麼合我口味的。不過這裡的水果還不錯，我將就著吃了點水果和糕點，胡亂喝點飲料，打發了早餐。

早餐之後，我們來到碼頭，和另外幾個人一起參加列島遊。列島遊就是帶著我們去附近的一些原住民小島上繞繞，感受一下當地的民俗風情。

馬爾地夫的海上真是漂亮，海面很平靜，一眼望去，讓人的心中有一種很開闊的感覺。島上的植被、海灘、別墅，以及建在水上的木屋，配上明淨天藍的海水，如畫一般，寧靜而美麗。我舉著相機一個勁地拍照，這種美麗的景色千萬不能錯過。

今天才知道，原來馬爾地夫的原住民也很會做生意嘛。這裡有許多當地人開的小店，賣一些紀念品。這裡有許多東西都很好玩，比如木漆的盒子，還有用貝殼和魚的牙齒做的小吊飾。店主很熱情，我不好意思拒絕，於是多挑了幾件……反正有人付錢。

逛了一上午的各種島嶼，我也有一些累了。不過午餐之後的節目比較令人心動，那就是——潛水。

江離那只巨大的旅行箱裡面，裝著一套堪稱精良的深潛設備，還有潛水相機，貌似十分專業。他武裝完畢之後就拎著相機直接潛了下去，不管我的死活。

江離的身影很快就消失在水裡。這裡的海水很清澈，水下將近十公尺都能看清楚。如此說來，江離是潛了不止十公尺吧。哼，去他娘的，愛潛幾公尺就幾公尺，我一點都不羨慕！他最好沉在水裡餵了鯊魚，永遠都別出來了。

相比江離，我的這一身行頭堪稱寒酸。救生衣、浮潛三寶，再加一台從飯店租來的潛水相機，就是我的所有道具。

浮潛是一件很簡單的事情，也很安全，當然能看到的景色也有些局限。我裝備好後，潛入水中，慢慢向遠處遊去。

水下的景色很美麗，竟然讓人有一種心跳加速的感覺。這是我見過最清澈的海水了，置身在這樣的水中，讓人覺得生命都跟著變得純淨安詳了很多。

水中時不時會有一群群我叫不出名字的魚遊過，牠們大多色彩絢麗，外形很美。有些魚的膽子很大，直接從我身邊遊過，對我視若無睹。我伸出手指去戳牠們的肚皮，換來的是牠們靈巧的躲閃，真是一群可愛的小傢伙。我玩心大起，試著往更遠的地方遊了過去。

遊了一會兒，就見到珊瑚了。美麗的珊瑚顏色各異，姿態萬千，叫人嘆為觀止。大自然真是一個奇妙的傢伙。

在珊瑚叢中玩了一會兒，估計快要退潮了，我才依依不捨地離去。明天一定還要來玩，這珊瑚我還沒看夠呢。

回到飯店時，江離已經回來了，他正在房間裡上網。我覺得他肯定是潛水潛得沒意思，所以早早收兵了。想到這裡，我不免起了得意之色，於是取過本本，塞好相機的記憶卡，調出剛才潛水時拍的照片和他炫耀。

江離瞥了一眼我的電腦，像看蘿蔔白菜一般，面無表情。

我笑：「羨慕就直說，我很好奇你在水底下都幹了什麼。」

「幹這個。」江離說著，調出了一張圖片給我看。

我看著他的電腦螢幕，頓時兩眼放光：「這珊瑚好漂亮啊，好像會發光耶！還有這魚，太美了，我都沒有看到！」

江離在一旁解釋道：「這個珊瑚會動。」

？？？

江離把我的頭推開，以避免我的口水流到他的鍵盤螢幕上，然後說道：「這是軟珊瑚，會動。」

太驚豔了，我第一次聽說這世界上還有軟珊瑚，真想親自去看看啊！

江離看出了我的想法，一句話阻斷了我的念頭：「以妳的資質，考深潛證照恐怕有一些困難。」

我扁扁嘴，把他按著滑鼠的手撥開，然後控制著滑鼠，看他有沒有拍到別的漂亮圖片。

五分鐘之後。

「江離，你就拍了這幾張？」找來找去，江離的電腦裡只有幾張關於那軟珊瑚的照片，拍的是漂亮珊瑚的各種形態，美則美矣，可是……太少了吧？

江離點頭表示承認：「別的東西都沒什麼好拍的。」

我：「開什麼玩笑，深水裡一定有許多好玩的，好不容易來一趟這裡，機會多難得。」

江離又掃了一眼我的電腦螢幕說：「拍照貴精不貴多，弄一堆垃圾回來有什麼意思。」

我怒，你才是垃圾！

＊　＊　＊

我們所在的小島海灘很美，在這裡散步，絕對是一種享受。我輕輕地走在海灘上，瞇著眼睛享受輕拂過來，夾著海水味道的海風，可惜啊可惜，據說這兩千多個美麗的小島就要被海水吞沒了，想想就讓人黯然啊。

我的皮膚對陽光很敏感，很容易曬傷。因此雖然塗了防曬油，為了多一層保障，我今天穿得還是比較多。下身是休閒七分褲，上身罩了一件寬大的T恤。這身行頭在這裡的沙灘上略顯怪異，但著實實用。那件大T恤是我二十五歲生日的時候，盒子送給我的生日禮物，是她自己設計然後找人訂做的。T恤的正面是一些奇奇怪怪的符號，據盒子所說，那是世界上各大文明遺留的古老符號，能辟邪。而背面，印著用毛筆字書寫的「言笑晏晏」四個大字，還有幾句詩詞。我雖不懂書法，但看到那幾筆毛筆字時，卻是怎麼看怎麼順眼。據盒子交代，那些字是她專門找某個書法名家求的云云。對於盒子這些話的可信度，我保留意見，但這絲毫不影響我對這件衣服的喜愛，同時它也讓我對盒子的審美刮目相看。

在這麼怡人的地方，怡人的陽光，穿這樣一件極品的衣服，那是再合適不過了。

我正在沙灘上漫步著，突然有人從後面拍了一下我的肩膀。我以為是江離，正詫異他怎麼會突然主動來搭理我，轉身之後卻發現，面前是個陌生的男人。

他是個黃種人，頭髮比較長，還挑染著絲絲的黃色。我雖然討厭他的髮型，但不得不承認，他的臉長得還真是不錯，五官很好看，而且眼角眉梢似乎總帶著笑意。這樣一個人，站在陽光下，陽光也會因他增色不少吧？

我瞬間覺得我這個人的魅力真是不小啊，竟然有帥哥主動來搭訕。於是矜持地朝他抿了一下嘴，剛想說話，他卻先開口了。

他稍微偏了一下頭，眉毛一挑，送上我一個迷人的微笑，然後說道：「白痴？」

白痴兩字咬得異常清晰，而且，是疑問語氣。

我覺得無辜又氣憤，我招你惹你了？怎麼一上來就罵人白痴！無論哪一個正常的女人被陌生人叫成白痴，都會受不了吧？更何況對方是一個帥哥，這是不可原諒的！

於是我覺得眼前這人真是缺乏教養，對於這種人我實在不想理會，只好轉身就走。心裡默念，天下腦殘那麼多，每個都要罵一遍，豈不是要累死。

誰知那個不知好歹的傢伙卻說道：「妳在『俠客行』裡是不是叫『官方遊戲白痴』？」

我突然止步，不可置信地回頭看他。

這人……我突然想到了前幾天人約黃昏後和我說，要來馬爾地夫度假的事情……

可是這一切也太巧了吧？

我狐疑地上下打量著他：「你是人約黃昏後，還是他兒子？」

他有些抓狂：「妳非要我把妳在幫會裡幹的那些糗事都說一遍才甘心？」

「咳咳，那倒不用了，我信，我信。」我擺著手，終於屈服在他的淫威之下。

人約黃昏後心情好了一些，臉上重新掛上笑容：「愣著幹嘛，去酒吧裡坐一會兒吧。」

雖然我和人約黃昏後是第一次見面，但好歹也算是認識了，於是我點頭答應。反正我現在無聊得很，江離又不會屈尊來陪我玩。

這時，人約黃昏後招呼不遠處一個身材火辣的亞洲美女過來，在她臉上親了一口，然後說道：「我和一個朋友敘敘舊，妳先自己玩。」

那美女把我從上到下仔細打量了一下，大概是確定我對她構不成威脅，於是回親了一下人約黃昏後，然後放心地離開了。

我打從內心裡油然生出一種挫敗感。

人約黃昏後看著那美女的背影，說道：「我還是比較喜歡亞洲人，傳統。」

我看著那美女身上穿的火爆比基尼，心裡感嘆：這也太傳統了一點吧……

我要了一杯雞尾酒飲料，和人約黃昏後坐了下來。

我對人約黃昏後問道：「你是怎麼認出我來的？」

人約黃昏後笑道：「我要是認不出妳，都對不起妳穿的這件衣服。」

我突然想起我T恤背後的網路名稱，恍然大悟。人約黃昏後當時也只是猜測吧？如果我不承認該多好……

可是，我還是有點像作夢一般的恍惚，畢竟這一切太巧了，巧到讓人懷疑自己真的只是在作一場不可思議的夢。

人約黃昏後看到我發呆，用手肘碰了我一下，說道：「嘿，想什麼呢？」

我：「沒什麼，我只是覺得這一切太巧了，真不敢相信。」

人約黃昏後卻很得意：「這就是緣分，『有緣千里來相會』，說的就是我們。」

我對這樣的緣分真是無可奈何。

人約黃昏後又說：「我叫王凱，妳呢？」

他的名字可是比他的臉遜色多了。我尋思著既然老天爺安排我們在這裡見面，那就說明緣分的確是一件匪夷所思的東西，我也不好意思再矯情什麼，於是大方地說出了我的姓名：「我叫官小宴。」

王凱一聽我的名字，頓時樂了：「官小宴啊？我也認識一個小宴，還真是巧呢，要不要介紹給妳認識一下？」

我覺得他這純粹是在裝熟，於是說道：「不用了。」認識你我都不大情願。

他會心一笑，說道：「我就知道妳不信，不過話說回來，那樣的女人也沒必要認識。」

聽他說話的語氣，八成被那個女人耍過……

王凱見我又在發愣，不滿道：「妳又在想什麼，在想我會不會對妳有企圖？」

我尷尬地咳了一下，說道：「沒有。」

他卻無所謂地笑了笑，說道：「妳想也沒有關係，反正我早就對妳有企圖了。」

我對如此厚顏無恥的人實在沒有辦法，只好說道：「我不喜歡開這種玩笑。」

王凱：「那我們換個話題……話說，妳不是來度蜜月的嗎，妳那性無能的老公呢？」

我：「不准刺探我的隱私。」

剛說完，我突然發現在我視線的不遠處、王凱的背後，有一個身影很熟悉。啊啊啊，那不是江離嗎？天哪，王凱不會有召喚技能吧，一提到江離，江離就出現了！

江離此時也發現了我，而且發現了王凱。他放下手中的酒，朝我們走來。

王凱卻沒有發現這一切的異常，他看到我的表情有異，大概是認為我不滿意他揭發我的老公，於是語重心長地說道：「其實小宴啊，妳不覺得性生活是婚姻生活的一部分嗎？妳就算嫁一頭豬，也比嫁個性無能好吧，當然了，其實豬和性無能都不能給妳幸福，所以妳不如來投奔我吧……」

此時江離已經走到他的身後，王凱滔滔不絕地講著，估計都被江離一字不落地聽到了。

我看著江離那陰暗得如同積雨雲的臉色，心裡忽然生出一計，急忙打斷王凱，說道：「是啊是啊，你說的有道理，我覺得今天晚上有人要紅杏出牆了。」

王凱兩眼放光地盯著我，那表情彷彿是在說：哎呀，妳終於覺悟了……

我得意地對他笑笑，你看好了！

我用手肘碰了一下王凱：「你住哪裡？」

王凱曖昧一笑：「走出飯店往右轉，第一間水上屋就是我的住處。」

我眨著眼睛：「知道了，今天晚上別鎖門喔。」

王凱：「小宴，妳真是越來越可愛了。」

就在這時，王凱身後那朵積雨雲開口了：「難得有人如此誇獎她。」說完，走過來坐在我的身旁。

王凱疑惑而略有不安地看向江離：「你是……」

江離直勾勾地盯著我，那眼神彷彿要冒出火來，然後把我燒成灰。然後，他咬牙切齒地說道：「我是她那性無能的老公。」

王凱：&%￥#&*！

❉　❉　❉

從王凱走後一直到晚飯，江離一直沉著臉，我連看都不敢看他一眼。可是……可是我真的什麼都沒說啊……

我鼓了半天勇氣，終於對江離說道：「不是我說的。」

江離看都不看我一眼，冷冷地說道：「是妳說的也沒關係，反正正常男人在妳面前都會性無能的。」

我：「……」

晚上，江離在房間裡上網。我洗完澡，從浴室中走出來，發現他的臉依然不怎麼好看。我的心裡不禁感嘆，這個男人，未免太小心眼了吧？

然而我是真的沒出息，江離臉色一不好我就肝顫，想離他遠遠的。此時我踮著腳，輕輕地從他背後走過去，想儘量不引起他的注意。

誰知道我走過他的背後時，這小子卻突然以迅雷不及掩耳盜鈴之勢，從椅子上竄起來然後一把抓住我的手腕，將我帶入懷中。

我實在不知道自己此刻的心情是膜拜還是驚嚇，總之很激動。我顫抖地問道：「你你你你你想幹什麼？」

江離不說話，他突然把我推到床上，然後整個人都壓到了我的身上。我發現他的眼睛裡閃著兩簇憤怒的小火苗，心想這下完了，聽說大部分的 Gay 都是變態，不知道他要怎麼虐待我。

江離盯著我的眼睛，薄唇一張，吐出幾個字：「我是性無能？」那聲音，就像秋天的北風，又涼又嚇人。

我覺得被人壓死實在是一種很可笑的死法。好在人在面臨危險的時候，潛力總是無窮的，此時我急中生智，大聲說道：「有地震啊，快跑！」

江離總算馬上從床上跳下來，剛想拎著我往外跑，卻回過神來了，哪裡有地震！

我用力甩開他的手，站在床上，拍著他的肩膀慷慨激昂地說道：「出了飯店往右轉，第一間水上屋就是那帥哥的老巢。Come on boy！趕快去向他證明你其實很有能力吧！」

江離似是憤怒似是嫌惡，又是似不耐煩地瞪了我一眼，轉身出門了。

江離走後，我的腦子裡立即跳出了許多不純潔的畫面，耽美大神原諒我吧，我不是故意的。我只是一想到王凱被江離折磨得慘兮兮的樣子，我就暗爽到內傷……

❉　❉　❉

江離回來的時候已經很晚了，身上帶著酒氣，臉色也正常了許多。我想王凱一定讓他很消火吧。想到這裡我又不禁得意，那廝整天調戲女人，這下被男人調戲了吧，哈哈哈……

第二天晚飯過後，我在酒吧裡閒坐時，竟然又遇到了王凱。他看起來心情沒有我想像中的那麼壞，這小子真那麼豁達？

王凱看到我之後，毫不猶豫地坐在了我的旁邊，然後幽怨地說道：「小宴，妳真絕情。」

我拚命忍住笑，一臉無辜地問道：「怎麼了？」

王凱埋怨地看我一眼，幽幽地說：「妳知不知道妳那性無能的老公昨天和我說了什麼？」

我不可置信地說道：「經歷了昨晚，你還認為他性無能？」實踐是檢驗真理的唯一標準，有這麼一句話吧？

王凱眼中精光爆漲，惡狠狠地說道：「昨天的事情果然是妳讓他做的！」

我尷尬地咳了兩下，一不小心暴露行蹤了⋯⋯

王凱又說道：「不過好在他還是個正常人。」

？？？江離是個正常人？拜託，你那是什麼眼神啊⋯⋯

王凱看到我臉上的震驚和疑惑，便憤怒地和我講述了昨晚發生的事情。

事情大致是這樣的：昨天晚上，江離突然闖進王凱的住處，對他講了兩件事情。第一，他老婆派他來強X王凱，不過他本著人道主義的精神就先放他一馬；第二，以後王凱最好離他們遠一點，不然他說不定會乖乖聽了老婆的話；第三，也是最重要的一點，他江離性能力很正常，很強大！你王凱要是不相信的話，我們現在就可以試試看！然後說完這些話，江離就離開了。

我聽得滿頭問號，江離他說了這些話就離開了？那他後來幹什麼去了，怎麼那麼晚才回來？

王凱講完這些，做了總結性的陳述：「官小宴，妳真是腐到無藥可救了！」

我幽怨地碎碎念：我不是腐女不是腐女不是腐女⋯⋯

王凱話鋒一轉，又說道：「不過妳老公似乎也不把強X男人當成一回事，他不會真的是個雙性戀吧？」

我搖頭，斬釘截鐵地說道：「他才不是！」他是個純種的同性戀！

❇ ❇ ❇

來馬爾地夫也已經好幾天了，這裡的一切都好，唯獨飲食，讓我無法接受。

飯店裡供應的是西餐，雖然豐盛，卻不怎麼合我的胃口。剛開始的時候還能將就著吃，可是吃了幾天之後，我就開始膜拜起西方人的自虐精神了……這種東西他們能吃一輩子，一輩子！

我終於發現中式料理的美好了，不管是山珍海味還是粗茶淡飯，至少能讓人吃下去……

我想，如果我是一隻猩猩，我在馬爾地夫一定會過得十分健康快樂，因為我每天的三餐主要就是吃水果。

可惜我是一個習慣吃五穀雜糧的人，所以結果就是，在來到馬爾地夫的短短幾天裡，我竟然奇跡般地減掉一公斤！

當然，我對飯店裡附加的這個減肥功能實在不怎麼喜歡，可是沒辦法啊，沒辦法。早知道這裡的飲食這麼變態，當初我就什麼都不帶，直接扛一箱泡麵過來就好了！

也因為如此，我還不得不佩服江離了。看得出來他似乎也不喜歡吃西餐，可是人家照樣吃得津津有味。

於是我問道：「江離，你喜歡這裡的飯菜嗎？」

江離：「不喜歡。」

我：「那你怎麼還吃這麼多？」

江離：「不吃會餓，笨蛋！」

好吧，我不得不承認，一個變態的思維和正常人有很大的差距，我們可以理解。

於是我不失時機地問他：「那我做的飯好不好吃？」說好吃，說好吃！

江離思考了一下，終於下了一個比較中肯的評價：「還不錯。」

我：哇哈哈哈……

＊　＊　＊

這天，我和江離正在吃晚餐，我的手機突然響了。

太可惡了，是誰趁這時候打電話給我，浪費我電話費！我掏出手機一看，竟然是陰魂不散的王凱。

我猶豫來猶豫去，那傢伙打了一遍又一遍，意志非常堅定，於是我只好按下接聽鍵。

我：「王凱，你回去幫我付電話費！」

王凱：『小宴，到海灘上來！』

我：「什麼事？」

王凱：『今天是妳生日，我有東西要送給妳。』

我恍然大悟：「啊呀，今天我生日，我都忘了……」

王凱：『快點來快點來，我有好東西要送給妳。』

我：「什麼東西，你不會又騙我吧？」

王凱：『看來妳也不怎麼心疼妳的電話費嘛。』

我：「好了好了，我馬上過去，你要是敢騙我，哼哼。」

王凱在某些時候還是很會哄人開心的，這種人在一般情況下比較受女人喜歡。我突然想起他部落格裡貼的那些美女照片，現在看來，說不定真的都是他「各個階段的女朋友」。天哪，如果真是這樣，那他未免也太強大了……

我來到海灘的時候，看到王凱正雙手揹在後面，對我笑。

我走到他面前，朝他一伸手，說道：「拿來。」

然後王凱就從身後變出一個讓我感動得一塌糊塗的東西。

泡麵啊，我朝思暮想的泡麵！！！

此時那桶經典紅燒牛肉麵，正熱氣騰騰地擺在我面前。我十分不矜持地一把搶過來，送上一個大大的微笑，說道：「謝謝！」

然後不等王凱說話，我就坐在砂灘上開始毫無形象地吃了起來。

蒼天啊，太好吃了！

我那顆忍受了好幾天猩猩級待遇的胃，終於得到了這一點點安慰。

大概是我的吃相讓王凱很震驚，他在我身邊沉默了半天，才開始說話。

王凱：「妳吃慢一點，別噎著。」

我：「呼嚕嚕，呼嚕嚕……」

王凱：「我怎麼覺得妳像個難民呢。」

我：「呼嚕嚕，呼嚕嚕……」

王凱：「這可是我從別人那裡高價買來的，怎麼樣，感動吧？」

我：「呼嚕嚕，呼嚕嚕……」

王凱：「我在房間裡幫妳煮麵，這可是違規的，怎麼樣，感動吧？」

我：「呼嚕嚕，呼嚕嚕……」

王凱：「！！！」

我把麵湯都喝乾淨了，因為王凱一直攔著，所以我沒有去舔那個碗。

我拍拍肚皮，極具滿足感地說道：「謝謝你啊。」

王凱難得溫順了一把，他坐在我身旁，展顏一笑，說道：「妳開心就好。」

說不感動是假的。女人都是多愁善感的動物，我和王凱的交情並不怎麼深，而他竟然記得我的生日，而且還變出一碗泡麵來哄我開心……雖然我知道他的目的其實不單純，可是我心裡還是挺暖的。

當然感動歸感動，該堅持的原則，還是要堅持。於是我義無反顧地將王凱搭在我肩上的爪子拎開。

我十分凶惡地斥責道：「小子，一碗泡麵就想泡到我啊！」

王凱厚著臉皮搓搓手，笑道：「那妳說，要怎樣才行？」

汗，差點被他騙了。我扭過頭去，擺擺手說道：「什麼都不行，這是個原則問題。」

王凱思考了一下，說道：「這好辦，那妳還是先離婚，後出軌吧！」

我把身體往外挪了挪，十分鄙夷地哼道：「你用這種方法毀了多少個幸福家庭？」

他攤攤手，答道：「我基本上都是被勾引的那一位，妳應該理解。」

這世界上還有比他更厚顏無恥的人嗎！

我低下頭，用十分認真的口氣和他說道：「王凱，這世界上有兩種人，一種是玩感情的人，一種是被感情玩的人。我笨，玩不起感情，但是我也不想被感情玩。」這樣說，夠明顯了吧？

王凱的聲音充滿了探尋：「然後，妳的方法就是不再碰感情？」

我猶豫了一下，點點頭，大概就是這個樣子吧。

王凱突然呵呵地笑了起來，他愉悅地說道：「官小宴啊官小宴，妳還真是個笨蛋啊。」

我怒，你才是笨蛋！

王凱又說道：「別人要是玩妳，妳就加倍地玩回去，看誰玩死誰。」

我站起身，拍拍身上的沙子，低頭看著王凱那一頭雜毛說：「我們的世界觀不一樣，我沒辦法和你交流。」說著，我轉身離去。

＊　＊　＊

回到飯店的時候，江離已經回去了。我悻悻然地躺在床上，想著剛才王凱的那句話。

別人要是玩妳，妳就加倍地玩回去，看誰玩死誰。

我發現我確實沒有這個本事，如果我想要玩誰的感情，估計還沒等到收網，我就已經付出真感情了吧。盒子經常罵我在感情這方面是一根筋，容易吃虧……看來她罵得對。因此我也越來越佩服王凱了，他在和別人玩的時候，就沒有一點難過，一點心虛，一點不適感嗎？王凱這個人還算講義氣，但如果他真的把我和他的那些女朋友看成同樣的人，那我就真的沒辦法和他做朋友了。

正胡思亂想時，江離突然說話了：「今天是妳生日？」

我一愣：「啊？嗯，怎麼了？」

江離：「那麼，生日快樂。」

他的這個舉動，友好得讓我心裡發毛。我呵呵傻笑了兩下，說道：「快樂，當然快樂。」

江離：「這麼開心，那小子送妳什麼好東西了？」

我：「泡麵！他真是雪中送炭啊！」

江離鼻子裡不屑一顧地哼了一聲：「這種東西，他也送得出手？」

習慣了他的毒舌，我並不在意，只是得寸進尺道：「那麼，你有沒有準備禮物給我？」

江離理直氣壯，十分乾脆地答道：「沒有。」

善了個哉的，你就一點都不覺得內疚嗎？

江離見我臉色不善，難得沒有和我對著幹，只是說道：「妳要什麼，回去補給妳。」

我搖頭：「算了吧，我們非親非故的。」

江離卻不以為然：「妳怎麼說也是我老婆。」

我堅定地搖頭：「不用了，我們不熟。」其實我主要考慮的是，江離送我東西，等他過生日的時候我也得回送他，而且還要差不多價位，這筆開支還是免了吧……

江離似乎也嫌麻煩，於是沒再說什麼。

現在睡覺還早，於是我拎出電腦，上網。

QQ裡有幾個朋友的留言，祝我生日快樂的，包括盒子那欠扁的方式：小官，恭喜妳又老了一歲……

馬爾地夫比北京時間晚四個小時，現在盒子她們應該已經睡覺了吧，我只好百無聊賴地逛論壇。

逛了一會兒論壇，發現有人和我說話。

人約黃昏後：小宴，妳還沒睡吧。

我是潛水黨，於是不理他，只當自己已經睡了。

然後他又傳留言給我：我知道妳在潛水。

我驚悚，馬上回他：你怎麼知道？

人約黃昏後：我就是試試，沒想到妳真的在。

那一行小小的，再普通不過的黑色九號宋體字，在我眼前卻好像在耀武揚威地獰笑著：傻了吧，傻了吧……

我怒，於是不搭理他。過了一會兒，他又留下留言。

人約黃昏後：小宴，我想通了。

我：？

人約黃昏後：妳雖然臉蛋還不錯，但是身材不火爆，思想很陳舊，還膽小不熱情，最重要的是妳反應太慢、智商太低、根本無法溝通，而且不懂風情。

我怒：你所謂的想通，就是想通了怎麼貶低我？

人約黃昏後：所以我想通了，妳這人不適合當情人。

我咬牙切齒地回道：你只要把你思想的結果彙報給我就行了，至於過程，給我憋著！

人約黃昏後：所以我們還是當朋友吧，我不嫌棄妳。

其實自戀，也是一種戰鬥力，它可以讓你肝膽俱裂，五內俱焚，汗流浹背，氣喘吁吁……

人約黃昏後見我不回話，又說道：怎麼樣，感動得流淚了吧？

我顫抖地回覆：流汗了……

✻ ✻ ✻

在馬爾地夫當了十天的猩猩，我終於又踏回了祖國的領土。

經過這次的馬爾地夫之旅，我含淚發現：還是自己國家好啊，在自己的國家有饃吃……

回到家之後，我拖著江離，提了三個環保購物袋跑去超市，買了一大堆的食材讓江離扛回來。什麼？江離怎麼會任我驅使？開玩笑，他還想不想吃飯！

然後我做了一大桌豐盛的菜餚。

然後吃飯。

然後我就吃多了……囧。

因為晚飯吃太多，我像個孕婦似的，連動一下都費勁。我躺在床上，摸著肚皮，一邊滿足地打飽嗝，一邊撐得直哼哼。

江離十分鄙夷地看了看我，說道：「妳這是縱欲過度。」

江離的表達能力實在是讓我驚悚，因此我也懶得理他，吃力地從床上爬起來，從抽屜裡翻出健胃消食片來吃。

我正吃著藥，江離也從床上坐起來，拿過我的藥瓶翻看著，心不在焉地問道：「看來妳經常吃撐？我還真是開眼界了。」

我懊惱道：「哪有，我的生活很健康。」

江離看著那個藥瓶，突然瞇起眼睛，笑道：「確實很健康……妳這藥起碼有三年沒吃過了吧？」

我：「？」

江離晃了晃手中的藥瓶，十分溫和地宣布了一個讓我痛心疾首的消息：「這藥過期了。」

我大驚，奪過藥來看，善了個哉的，還真的是。這可怎麼辦？難道要挺著肚皮去醫院，告訴醫生我是先吃太撐了，然後又吃錯了藥？太丟人了！

我猶豫了一下，問江離：「你說，我需不需要去醫院啊？」

江離思考了一下，「應該不用吧？」

我點頭表示贊同：「對對對，我也是這麼想的！」

然後江離接著說：「只要全部吐出來就好了。」

不用去醫院，只要全部吐出來就好——這是什麼鬼主意！

我覺得江離這是在幸災樂禍，於是不再理他，翻過身體躺在床上。還是睡覺吧，再多的東西，一個晚上的時間也夠消化了。

江離卻用枕頭砸我的頭，完全不想讓我睡覺。他說：「我可不想明天一早背妳去醫院。」

我吃力地翻了個身，不耐煩地說道：「用不著你！」

江離卻不依不饒：「上次妳睡死過去，還不是我把妳抱過去的？比豬還重！」

江離的最後一句話徹底把我激怒了。你說誰誰誰比豬重？！

我一下從床上站起來，將身上的被子扣到江離頭上，然後朝他踢了兩腳，還不等他反應過來，我就跳下床跑了出去，連拖鞋都來不及穿。

我跑到洗手間，對著馬桶乾嘔了半天，可惜還是沒有培養出嘔吐的情緒。於是我學著電視裡的樣子，伸出食指在嘴裡亂攪，也無濟於事，倒把自己塑造成了一個咬手指流口水的智障……

我正忙著，冷不防地有人從後面拍了一下我的肩膀，我一個驚嚇，差點被口水嗆住。

我收回手指，擦了擦嘴角的口水，依然彎著腰，對江離說道：「你離遠一點，這個場面很暴力。」

江離並沒有離遠一點，而是在我身後揶揄道：「妳還能再笨一點嗎？」

我正想反駁一下，告訴他這東西跟智商沒關係，純粹是經驗問題。這時，江離卻把一隻手搭到了我的脖子上……他他他，他想幹嘛？

我還沒說話，江離又說道：「把嘴張開。」

我老老實實照做。

江離抬起另外一隻手，伸出兩根手指探進了我的嘴巴裡。

我汗，咬自己的手指已經夠丟人了，現在還要咬別人的手指，這讓我情何以堪啊，情何以堪……

江離似乎也不太適應，他不耐煩地說道：「妳別咬我，舌頭也別亂動，緊張什麼，我又不會殺了妳……」

我乖乖地低著頭任他蹂躪。一邊配合他一邊心想著，他是不是應該先洗個手啊……

江離把手指伸進我的口腔深處，在我的舌根上輕輕一壓，然後迅速抽回。我還沒反應過來怎麼回事，已經控制不住哇地一下吐了出來。

江離一邊輕輕拍著我的後背，一邊嫌惡地自言自語道：「真噁心。」

我在心裡腹誹他：你才噁心，你比便便還噁心……

雖然嘔吐是一件痛苦的事情，不過肚子的確舒服多了，而且不用擔心因為吃錯了藥而中毒。我吐完後，把馬桶沖乾淨，然後在洗手檯清洗自己。江離也在另一個洗手檯洗手。

清洗完畢，我抬頭想和江離說一聲謝謝，誰知一看到江離的臉，我就發現了一件十分離奇的事件。

莫名其妙地，江離的臉，竟然紅了！！！

他的臉本來是一種珍珠色，現在覆上了一層淡粉，一副任君採擷的小模樣，天哪，太勁爆了！我要是 Gay，就直接把他撲倒了！

我吞了吞口水，兩眼放光地打量著江離，說道：「你你你你，你的臉怎麼紅了？」

江離側過臉去，沒好氣地說道：「還好意思說我，麻煩妳先照照鏡子。」

我轉身看看鏡子中的自己，頓時羞憤交加。此時鏡子中的那枚女子，睡衣的第一個釦子抖開了，胸前春光乍泄，因為剛才的嘔吐，現在兩頰通紅，雙眼含淚，呼吸還有點急促……

我慌忙扣好釦子，平復了一下呼吸。為了化解尷尬，我故作鎮定地和江離開玩笑：「你是不是被我身上隱含的某種純爺們的氣質吸引了？我小時候還總是被人追著說是個假男生呢。」

江離不理我，面無表情地轉身走出廁所。

我跟在他後面，又說道：「還是說，你本身就對女人也感興趣？」天哪，那樣我不就危險了？

江離突然轉身，居高臨下地說道：「我是怕妳色迷心竅，侵犯我。」

我：「……」

是不是所有男人都是自戀狂！

❇　❇　❇

這幾天我正在忙另外一件事情：找工作。

我和江離雖然結婚了，但是現在還是各過各的生活，我當然不能老是花他的錢。即使他不介意，我也會介意，畢竟對我來說，靠男人生活是一種極不具安全感的生活。

找工作就像找老公，是個全方位多角度的雙向選擇問題。我先後去了幾家公司面試，最終不是因為我不滿意，就是因為人家公司不滿意，一直沒有找到合適的。於是在某一天，我在網路上和王凱訴苦，說現在找個工作怎麼這麼難這麼難……

當時王凱問我：「來我們公司吧……妳會做什麼工作？」

我：「我當了三年的祕書，有工作經驗。你們公司是哪裡？」

王凱：「XXX廣告公司，我們公司的副總正好缺個祕書，明天妳就來上班吧，待遇還不錯。」

我：「……」

找了兩個星期的工作，沒想到就這樣三言兩語解決了。我很興奮，對王凱也充滿感激。

第五章

XXX廣告公司是南星集團控股的子公司，這個南星集團我聽說過，規模不小。

為了給新老闆留下個好印象，我今天早上起得很早，好好把自己打扮了一番。江離看到我打扮得人模人樣的，好奇地問道：「妳要約會了？」

「不，我要工作。」我終於翻身農奴把歌唱，不用當江離的私人廚師兼保姆了，可喜可賀，可喜可賀！

江離不屑：「妳在家吧，我發薪水給妳。」

呿，誰稀罕！我昂起我那驕傲的頭顱，說道：「作為一個新時代的女性，女強人才是我的終極目標，請理解我。」

江離更加不屑：「妳能成功地當個女人已經不容易了，還女強人？」

我怒：「誰不成功了？我多有女人味！」

「無所謂，反正小時候被人追著叫假男生的又不是我。」江離說著，不再理會我，直接走進廚房了。

喂喂喂，那是小時候好不好！我發現自己真有挖坑的潛質——總是挖坑把自己埋進去，然後江離會在旁邊順勢踩上兩腳，悲哉！

當然江離也沒得意太久，他在廚房轉了一圈，就憤怒地衝出來。他走到我面前，說道：「早飯呢？」

我沒理他。廢話，你看不出來嗎？我一大早起來就忙裡忙外的，誰有功夫伺候你！

江離：「妳一整個早上，就是在塗抹自己這張臉？」

「塗抹」一詞，著實驚悚。

因為心情好，我不和這個傢伙計較，收拾一下，出門。

一想到今天江離那鬱悶的樣子，我就有些幸災樂禍。沒辦法，一個人被欺負慣了，總要討一些本回來吧。

＊　＊　＊

我一直認為王凱是他們公司的人力資源總監什麼的，不然副總祕書也不是他說決定就能決定的。

我來到XXX廣告公司的櫃檯，本來是打算先找王凱的，沒想到那櫃檯小姐一看到我就熱情地笑道：「官女士是吧？請跟我來。」

我只好尾隨著她，來到副總經理辦公室。

偌大的辦公室裡，有個人坐在辦公桌後看報紙。那人聽到我們來，緩緩放下報紙，露出被報紙擋著的臉。那張臉除了好看之外，最大的特色就是，它總是若有若無地帶著笑意。

這張臉大家都不陌生，因為它主人的名字叫做，王凱。

我此時就彷彿拿錯了劇本的演員，立在原地不知道如何是好。誰能告訴我，這到底是怎麼回事？

王凱往椅子上靠，悠閒地說道：「官祕書，別來無恙啊。」

我恍然大悟，善了個哉的，王凱就是副總？？？

此時王凱饒有興致地看著我的反應，似乎很滿意。

我真的有一種衝上去把他那一頭雜毛一根根拔乾淨的衝動，你小子哪天不鬧出問題會死啊？

王凱看出了我的不滿，於是恬著臉笑道：「我這不是想給妳個驚喜嘛。」

我壓了壓心中的怨氣，說道：「那你怎麼沒和我說？」

「妳又沒問。」王凱無辜地看著我，那眼神，讓人看了窩火。

我捏了捏拳頭，又放了下來。好吧，就當作是因為我自己笨好了。

可是王凱成了我的頂頭上司？這個總讓我覺得彆扭。上司嘛，本來就是應該敬而遠之的，可是如果你眼前的這個上司是和你一起打怪，一起玩鬧的朋友，那麼你以後要怎麼樣對待他呢？繼續打怪玩鬧？我做不出來。敬而遠之？好像還是做不出來。

我左思右想，終於說道：「王……總啊，您能不能幫我換個職位？」

王凱對我笑了笑，說道：「妳幹嘛老躲著我啊？難道真的是怕自己禁不住誘惑，迷上了我？」

這話說的好像我是妖怪，而他是降妖除魔的法師一樣。我正想反駁他，卻聽他又說道：「我請妳來是要妳幫我工作的，妳又在瞎想什麼？」

從他說這句話時的表情，我實在看不出他是在裝正經還是真的很正經，不過一想到他在馬爾地夫的時候對我說過的那套「想通了」理論，我就釋然了。看來猥瑣男王凱在工作方面還是很積極陽光的，這一點倒讓我刮目相看。

於是我收起自己的小人之心，說道：「王總，以後我就是您的祕書了。」

王凱笑咪咪地點點頭，表示滿意。

＊　＊　＊

很快就到了中午，中午有一個很愉快的節目，那就是，吃飯。

XXX廣告公司裡有一個自己的內部員工餐廳，據王凱所說，味道還不錯。於是他以迎接新員工的名義，準備在員工餐廳裡請我吃頓飯。

我們葷素各點了幾樣菜，便在餐廳裡找地方坐下。讓我感到奇怪的是，周圍總是有各色目光朝我們射過來，當然我是個無名小卒，充其量只能當個陪襯，因此，這些人的目光應該是集中在王凱身上的。

我很好奇：「大家為什麼總是看你？你是外星生物？」

王凱笑道：「大概是因為我長得太帥了吧。」

我笑：「那些男的為什麼也看你？難道你們公司其實是個同性戀大本營？」

王凱扯出一絲苦笑：「實在不理解你們這些腐女的想法，同性戀就那麼有意思？」

說過多少次了，我不是腐女！

我夾了一塊肉放入口中嘗了嘗，還行。

王凱自己也不動筷，盯著我說道：「怎麼樣，味道不錯吧？」

「能將就著吃，比我做的差遠了。」我承認我在吹牛，其實沒差那麼遠，我做的飯也就這個檔次。反正就是開個玩笑而已，王凱也不會信。

本以為王凱會義無反顧地反擊我，沒想到他只是淡淡地一笑，「還真想嘗嘗妳做的菜。」

那你就想吧，反正我不會做給你吃的。江離那傢伙已經夠折磨人了，再加一個王凱，我還活不活了？

王凱見我不說話，又問：「妳老公一定經常吃妳做的菜吧？他倒是有口福。」

我搖頭晃腦道：「那得看他哄得我高不高興。」這個不算吹牛吧，大家互惠互利。

王凱饒有興致地問道：「那他都怎麼哄妳？」

我實在沒臉告訴他，我幫他做飯的條件是，他要陪我睡覺。當然這話要是說出來，到了別人的腦袋裡，尤其是王凱這種傢伙的腦袋裡，那肯定會變個顏色。於是我只好岔開話題：「王總啊，你前一個祕書為什麼離開了呢？是不是被你欺負了？」

王凱：「是我把她開除了。」

汗，我似乎又問到了不該問的，吃飯吧，吃飯。

然後王凱說了一句話，差點把正在吃飯的我噎死。他說：「那祕書長得太漂亮，影響我的工作。」

然後你就找了個醜的？然後你就找到了我？蒼天啊，不能這麼諷刺人啊！

❇ ❇ ❇

為了答謝王凱幫我找到新工作，我決定晚上請他吃飯。王凱說附近有一家店的魚煮得不錯，然後還意味深長地告訴我，吃魚補智商。

我算是看出來了，這小子和江離是同種貨色，以打壓我為樂。

當然，鑒於我是一個比較矜持的人，所以他說哪裡就是哪裡吧。

王凱開車載著我，繞來繞去，讓我不禁產生一種錯覺：我們找的不是飯店，而是武林高手……

當我們最終看到那個極其不起眼的店面之後，我才真的佩服王凱。這麼偏僻的地方，他是怎麼找到的？

王凱對此倒是直言不諱：「以前的女朋友帶我來過這裡，覺得好吃，就記住了。」

我充分發揮了一個聽眾應該有的好奇心：「你來過幾次？」

王凱：「一次。」

很好，來一次就能把路記熟，這傢伙的方向感真不是蓋的。要是我被人綁到這裡來，你把我放了，我都不知道怎麼回去。

然後我又提出了心中的第二個疑問：「你還記得你那女朋友的名字嗎？」

王凱仔細想了好一會兒，終於搖頭：「記不起來了。」

看看，看看，這就是男人的真面目，這麼複雜的路他都記住了，卻連一個人的名字都記不住！

王凱看出了我心中所想，笑了笑說道：「我和那些女人和平戀愛，和平分手，沒有對不起誰。這世界上並不是所有人都像妳一樣死腦筋。」

我愣住了，他說我死腦筋？

王凱接著又意味深長地瞟了我一眼，說道：「其實女人也可以花心的。」

我：「……」

我發現我和王凱簡直就是兩種動物，大腦構造不一樣，思維根本搭不上線。

算了，不探討這個問題了。反正人家是完全自願，又不關我的事，吃飯要緊，吃飯！

王凱說的沒錯，這裡的魚煮得真的不錯。我唯一不明白的就是為什麼這麼好吃的東西，一定要如此矜持地藏在深巷裡。

吃飯時，我的手機鈴聲響起，是江離的電話。我這才猛然想起，那小子大概還在餓肚子吧……

於是我心虛地接起電話。

江離在電話那頭不耐煩地說道：『妳怎麼還不回來？』

我雖然是他老婆兼廚師兼保姆，但也是個有自尊的人，當然不喜歡別人用這種口氣對我說話。於是我也用同樣不耐煩的口氣說道：「我在吃飯，你自己隨便找點吃的就好了。」

江離不淡定了：『妳趕快回來幫我做飯，不然我們就分房！』

這下我徹底怒了。殺千刀的江離，這幾天我稍微不順他的意，就用分房來威脅我，太卑鄙，太可惡，太欠修理了！我被壓迫了這麼多天，終於被逼得揭竿而起了！於是我壓抑著心中的怒氣，咬牙切齒地對著手機說道：「分房就分房，我還怕你不成！」說完不等他反應，我就掛斷電話。

氣死我了！

此時王凱也不吃飯了，愣愣地看著我。我沒好氣地說道：「看什麼，沒見過吵架的嗎？」

王凱夾了塊魚肉給我，笑呵呵地說道：「妳不用動真氣啊，夫妻嘛，床頭吵床尾和……」

「我就從來沒跟他和過！」一提起江離我就覺得憤怒又委屈，「從結婚第一天開始，他就欺負我，我怎麼這麼倒楣啊，我當初幹嘛嫁給他啊……」

王凱順口接了一句道：「是啊，還不如嫁我呢。」

我此時沒心思開玩笑，瞪了他一眼，開始吃飯。也不知道別人是怎麼樣，反正我這個人就是，越氣越餓，吃得也越多。聽說有些人一生氣就不想吃飯，真是神奇。

吃過晚飯，王凱提議送我回去，我欣然答應。深巷裡沒有計程車，而且這麼亂的路線，於我來說就是個巨型迷宮。

王凱：「妳打算回家？」

我：「嗯，不過回的是娘家。」

＊ ＊ ＊

我回到家的時候，我媽正坐在客廳裡盯著電視機傻笑。她一看到我回來，第一個動作是掐了一下大腿，確定自己看到的不是幻覺，這才從沙發上跳起來跑到我面前，幾乎要熱淚盈眶：「妳這丫頭，怎麼不打聲招呼就跑回來了？」

我笑嘻嘻地說道：「我這不是想給妳一個驚喜嗎？」

我以為我們母女之間幾個月沒見，現在應該先來個擁抱然後互訴一下衷腸。當然了，這是常規劇情，而我媽，是一個從來都不走正常路線的人。

此時她一點感動的意思都沒有，重新坐回到沙發上，看著電視傻笑。於是，她的親閨女就這樣被華麗麗地無視了。

我幽怨地走過去坐在她身邊，扯著她的手臂撒嬌道：「媽，我回來妳不開心嗎？」

我媽一句話就揭發了我的本質：「妳這沒良心的，如果不是和江離吵架，妳會莫名其妙地跑來這裡？」

在感嘆我媽怎麼突然諸葛亮附體之時，我心裡也或多或少有一些愧疚。這些天一直忙一些亂七八糟的事情，竟然連親媽都沒有來看望一下。神啊，我有罪！朋友們千萬別學我，我不孝順，我是反面素材……

我媽終於捨得把她的目光從電視機轉向了我，她說：「說吧，妳和江離到底怎麼了？」

我裝傻：「我們很好啊，我不就是為了給妳一個驚喜嗎？看妳說的……」

我媽一記爆栗敲到我的頭上，以表示她對這句話的質疑。然後她說道：「小妮子，和我鬥，妳還嫩多了。」

我終於發現，我媽這人雖然平時瘋瘋癲癲，但關鍵時刻不糊塗，碰到事情，心裡像明鏡似的，特別清楚！

我正在想要怎麼和我媽解釋，才能加深江離罪大惡極的形象，這時，家裡的電話響起來了。我媽於是丟下我，去接電話。

然後我就發現了一個悲哀的事實——那通電話竟然是江離打來的。他要是來個惡人先告狀，我就等著被老太太批鬥吧。

我媽對待江離的態度和對待我的態度形成強烈反差，這讓我再一次懷疑了我體內是否真的有這老太太的基因。此時，她笑咪咪地在和江離聊天，偶爾摻和著一兩句諸如「小宴不懂事，被我寵的」、「明天我叫她跟你道歉」之類的話。看看，看看，這是一個親媽應該講的話嗎……

我媽掛斷電話，就開始對我展開思想教育。從一個母親生孩子有多麼不容易，到我們這一代不珍惜幸福，辜負政府和人民的期盼，再到她的寶貝女婿獨守空房有多寂寞，然後回顧了一下我這二十幾年來犯下的大錯小錯，接著就吵架問題和我交換了意見，最後她得出了一個結論：官小宴，妳是回來找揍的吧！

我就彷彿一棵灰頭土臉的仙人掌，縮在沙發的一角上，享受著我媽的口水澆灌。當然仙人掌好歹也是帶刺的，因此我不服氣地還擊道：「一個巴掌拍不響，江離也有錯。」

我媽說道：「一個人被攻擊的時候，是有權利進行反擊的，要不然他等著被妳拍死？」

我：「是他先拍我的，他威脅我。」

我媽：「幸虧他還有東西可以拿出來威脅妳，要不然妳還不造反了？」

我：「媽，妳被騙了，剛才是他惡人先告狀，所以妳先入為主地站在他那一邊。」

我媽：「胡說，江離打電話來一個勁地和我道歉，說他沒照顧好妳，這叫告狀嗎？我看真正的惡人是妳吧，妳不僅是惡人，還是小人……」

我：「……」

江離把壞人做得很好。

而我，把失敗演得很成功。

女婿離間丈母娘，親媽不認親女兒，這是活脫脫的人間慘劇啊！

我媽又過了一把罵我的癮，便告訴我：「江離明天來接妳。」

我委屈道：「我不走！」

我媽滿不在乎地道：「那也好，明天他來了也不用走了，你們就住我這裡吧。」

我：「！！！」

坐以待斃是不行的，重挫之下，必有勇夫，於是我一著急，便想到了盒子。

我親媽不要我，盒子總歸還是會收留我的吧？我正尋思著這事要怎麼和盒子說，才能更加深刻而形象地表達出我的悲慘遭遇時，盒子卻打電話來了。

果然心有靈犀，不點也通啊，我欣喜地接起電話：「盒子啊，我想妳了。」

盒子卻一點也沒有想我，她對著手機吼道：『死小官，妳還學會離家出走了？』

我：「？？？」

盒子接著就我離家出走的事情對我展開了批判：『夫妻之間有什麼問題可以當面說清楚啊，離家出走算什麼？妳這個沒出息的傢伙，什麼時候能給我長大！』

我哆嗦著說道：「那個……妳是怎麼知道的？」

盒子：『你們家江離怕妳出事，打電話問我妳有沒有在我這裡。』

我冷笑道：「他還真是個大嘴巴。」

盒子：『妳閉嘴！他也是擔心妳。』

我：「那他怎麼不打我的電話？」

盒子嘿嘿奸笑了兩下，說道：『妳這句話我是不是可以理解為吃醋？他當然是不敢、不好意思啦，畢竟你們才剛剛吵過架嘛……看見了吧，妳老公這麼關心妳，妳還有什麼好不滿的？』最後這句話純粹是威脅的口氣。

我打了個冷顫……關心？他這叫策反吧？我親媽和我死黨紛紛倒戈，到時候我就無家可歸，只好乖乖地回去給他當御廚了！這小子壞透了！

為了堅持和剝削階級鬥爭到底，我偷偷地傳了訊息給江離：你明天不用來了，我不在我媽這裡。

為了無產階級革命的勝利，偶爾撒個小謊也是很有必要的。

過了一會兒，江離回覆我：妳國文果然沒學好，一句話就讓我看出破綻。

我竊以為他這是在試探：隨便你。

江離：那麼我明天還是會去拜見一下我的岳母。

我：我媽不喜歡你。

江離：那我更要去討好她一下。

我：喂，我真的不在。

江離：沒事，明天我去的時候，妳在就可以了。

我：你別逼我。

江離：我懶得逼妳。不過如果妳想讓我岳母擔心，隨便妳去哪裡吧。

江離總是能一語點破別人的突破口，這真是一個可怕的能力。看著那條觸目驚心的訊息，我最終還是選擇了妥協……姊妹們，以後嫁人千萬別嫁太聰明的，會被玩死的……

＊＊＊

第二天是週六，早上我睡得正香，卻被我媽從床上拎了起來。老太太一頭是驚喜一頭是恨鐵不成鋼，搖晃著我：「閨女，江離來了。」

我嗯了一聲，又倒了下去接著睡。這世界上有一種奇怪的人，比如我媽，再比如江離，大週末的不睡懶覺，那麼早起幹嘛！

我閉著眼睛聽到我媽丟下一句「你來收拾她吧」，就出去了。心裡默默地流淚……

江離站在我的床邊，叫了一聲「官小宴」。

我很睏，想睡覺，也懶得搭理他。於是哼哼了兩下，抱著被子扭過去接著睡。

江離帶著威脅性的口吻說道：「妳再不起床，我就扒了妳的衣服。」

你敢！

誰知江離一把掀開我的被子，然後一隻手按到了我的肩膀上。我觸電似的轉過身，拍開他的手，然後睜大眼睛怒瞪他：「你幹什麼！」為什麼我在我的地盤裡還是被欺負？

江離此時正雙手抱胸，低頭看著我，臉上浮起一絲得意之色。他挑了挑眉毛，說道：「我還能幹什麼？」

我拎起床上的一隻玩具小熊朝他的臉砸去，惡狠狠地對他說道：「出去！」

江離一把接住小熊，然後乾脆一屁股坐在我的床上。他盯著我看了一會兒，突然像下了很大的決心一般，說道：「老婆，別生我的氣了好不好？」

我差點以為自己是聽錯了，他他他他……他有毛病啊？江離說這句話的時候，雖然面無表情，但那聲音……那聲音很明顯就是說給他的那些小受男朋友聽的，溫柔得能膩死人。

江離挑眉看了我一眼，然後嘴角輕勾，似乎在等著看笑話。他肯定沒安好心。

善了個哉的，兔子急了還咬人呢，老虎不發威，你當我 Hello Kitty 是吧？我怒從心中起，惡向膽邊生，直接把他推翻在床，騎在他身上，掐著他的脖子惡狠狠地說道：「你又作什麼怪！」

江離很配合地倒在床上任我折磨。我以為他這算是悔改了，手下的力道便小了幾分，畢竟殺人是犯法的，本大爺今天就留他一條狗命！

當然我忽略了一點，那就是，江離怎麼可能這麼講道理呢？就在我放鬆警惕的時候，他做了一套讓我吃驚的動作：他先是拉開我的雙手，呼吸了兩下空氣，然後驚恐地說道：「救命啊，小宴謀殺親夫了！」說完，他又把我的手放回了他的脖子上。

我驚訝地看著他這一連串的動作，一時沒回過神來。然而就在這時，房間的門「呼」地一下被打開，我媽站在門口，看到我們那不黃但是很暴力的一幕。

我媽氣呼呼地走上前，把我和江離分開。她一邊敲著我的腦袋一邊怒道：「妳這死丫頭怎麼不開竅啊！妳想氣死我啊……」

我坐在床上任我媽蹂躪著，明白了剛才是怎麼回事：我媽肯定一直在門口偷聽我們談話，以她的品行，這種猥瑣的事情她的確幹得出來。那麼，我媽偷聽，這事我不知道，江離卻知道，於是他老老實實地被我虐待，然後適時地呼救一下，好讓我被我媽抓現行。

江離太壞了！我此時真恨不得把他的腦袋敲開，然後把他的大腦挖出來餵豬……那是一個發達而邪惡的大腦，這種大腦對人類的破壞性太強。

江離揉了揉脖子，對我媽笑道：「媽，妳別怪小宴，她和我開玩笑的。」

我媽聽他這麼說，乾脆一巴掌拍到我的頭上，怒氣沖沖地說道：「開玩笑？有拿人命開玩笑的嗎？」

我忍！

江離抬手揉了揉我頭上被我媽拍到的地方，然後順手把我摟在懷裡：「媽，妳休息一下，我勸勸她就好了。」

我那親媽終於發現她實在不應該插手管人家夫妻之間的事情，況且她剛才在門口也沒幹什麼好事。於是她和藹地朝江離笑了笑，說道：「那我就把她交給你了，實在不行，你也掐死她吧。」說著，轉身離去。

我幽怨地目送我媽的離去。等她關上門之後，我一把推開江離，怒目而視。

江離無辜地看著我，低聲說道：「誰教妳不配合我。」

我十分配合地踹了他一腳：「出去，我要換衣服！」

＊　＊　＊

江離算是跟我媽站在統一戰線上了，他現在就是我媽的親兒子，而我，就是那受盡折磨的小媳婦，天理何在！

中午我媽做飯的時候，我趁機對她說：「媽，江離愛吃辣，越辣越好。」

我媽不屑地瞥了我一眼，說道：「我早問過了，他除了辣的，什麼口味都能吃。」

我一看讒言不成功，頓時溜之大吉。反正江離和我媽聯合起來，就是讓我一點鑽漏洞的機會都沒有。

當然，我本來以為這形式上是女兒、女婿、丈母娘，實質上是兒子、媳婦、惡婆婆的三人組合已經夠讓我鬱悶了，晚上的時候卻又添了一員大將——小姑。

所謂小姑，就是和我媽沒血緣關係，但關鍵時刻總讓人懷疑她就是我媽親生女兒的某D罩杯女郎，盒子。

媳婦會受到婆婆的責罵，媳婦會受到小姑的鄙視，媳婦還會受到丈夫的蹂躪……我現在有充分的理由相信，我是真的拿錯劇本了。

反正這頓晚飯吃得，大家是其樂融融，賓主盡歡。兩個人批鬥，一個人圍觀，再加一個人默默地在心裡流血流淚……我終於在心裡做了一個十分英明的決定：以後不要輕易得罪江離，即使得罪了，也不能讓那兩個喪心病狂，喪盡天良，吃裡扒外的傢伙知道……

吃過晚飯，江離牽著我的手和我媽及盒子告了別，然後把我塞進了車裡，揚長而去。

我乖乖地坐在車裡，一言不發。

江離看了一眼後照鏡中的我，說道：「妳還生氣呢？」

我沒好氣地說道：「廢話，要不然你也試試眾叛親離的滋味？」

江離：「沒妳說的那麼嚴重，她們也是為妳好。」

我搖搖頭，有氣無力地說道：「少在這邊虛情假意，一切都是你算計的！」

江離的表情有些無辜：「我是要給妳面子，才表現得好一點，誰知道妳一點都不上道。」

臉不紅氣不喘地說出這麼厚顏無恥的話，江離的臉皮厚度真是得到我媽的真傳了。

江離大概是因為做了壞事比較心虛，所以他先妥協示好：「好了，以後不會隨隨便便和妳開玩笑鬧分房了。」

我氣色緩和了一下：「這可是你說的。」

江離補充道：「那妳以後也不能讓我挨餓。」

我：「行了行了，就知道你沒那麼好打發。」

過了一會兒，江離又說道：「妳是在哪裡上班？如果順路的話，我去接妳吧。」

我狐疑地打量著他，問道：「你有這麼好心？」

江離直言不諱：「我對妳的人品沒信心。」繞來繞去，還是怕我不幫他做飯。

＊＊＊

國慶假期是個好日子，我是個宅慣了的人，所以也不怎麼亂跑，江離這傢伙白天通常會消失，然後晚上準時回來吃飯。

這天晚上，我正在客廳裡上網，突然間，電腦螢幕上跳出一個黑色的視窗，這個黑色的視窗，大家都很熟悉吧。

我的小本本雖然動不動就抽搐，不過還是很少有這麼彪悍的行徑。我以為這只不過和那萬年受經常上演的當機之類的小把戲同屬一類，於是正打算關機。然後，意料不到的事情發生了。

那黑色的對話方塊上出現了幾個字：官小宴？

當時我就懵了，這唱的是哪一齣戲？那萬年受的電腦竟然喊我的名字？於是我興沖沖地招呼江離：「江離快來看啊，我的電腦已經是世界上最領先的人工智慧了……」

江離走到我身後，瞟了一眼我的電腦螢幕，然後像在看白痴一樣看著我，面無表情地說道：「妳被駭了。」

好吧，因為我是個電腦白痴，所以對於這類事情並沒有什麼經驗，也沒有想過「駭客入侵」這種東西。

又因為我是電腦白痴，所以我對駭客是很崇拜的，因此我此時懷著敬畏的心情，顫抖著在那黑色窗口上敲了一行字：「敢問大俠，何方高人？」

對方卻囂張地回覆：沒想到妳的電腦這麼容易入侵，還好我是個有道德有品質的人，沒有隨便動妳太多東西。

我有些炸毛：那你到底想幹嘛？

對方：想妳了唄，難道妳不想我嗎？我說你這幾天怎麼一直窩在家裡不出來啊，不如明天我們去爬山吧？

胡說八道又囉嗦無比，這種說話風格，在我認識的人當中，只有王凱一人堪當。於是我定了定神，回覆：你是不是王凱？

對方：答對了！小宴宴妳真是越來越聰明了，獎勵妳一個擁抱！

我壓抑著心中的怒火，回道：真無聊，麻煩你滾出我的電腦。

王凱：好吧，不過我在妳的電腦裡改了個東西，估計這幾天妳的電腦都不能用了……

我：你到底要怎樣！

王凱：明天陪我去爬山吧，爬山回來就幫妳改回來。

我：你太卑鄙了！

王凱：小宴，別這樣嘛，妳看妳那性無能的老公都不陪妳，我好心陪妳出去玩，妳還這麼說我。

那句「性無能的老公」徹底激怒了江離，他把我拎開，坐在我的電腦前，靜靜地回覆了一句：我是她那性無能的老公。

這句話好熟悉……

王凱那邊久久沒有回應。

然後江離細長的手指在鍵盤上跳動著，敲擊道：今天我不會強X你。

江離：我只會強X你的電腦。

我還沒反應過來，江離便重新打開一個黑框框，飛快地敲打著鍵盤。然後那黑框框裡跳出一串串我看不大懂的符號。

我很想裝出一副很懂的樣子，耐心地看著。奈何那些符號實在很有催眠的功效，我看了一會兒便撐不住了，只好打著哈欠離開江離，去廚房幫他沖了杯咖啡，算是答謝。

江離重啟電腦，然後接過咖啡，隨口說了句：「妳的電腦真破。」

我以為他是敗給了王凱，因此在找藉口，於是反駁道：「技不如人就承認吧，關我的本本什麼事！」

江離舒舒服服地往椅子上一靠，說道：「明天幫我做點好吃的吧。」

汗，打了敗仗還好意思邀功？

這時，電腦已經重啟完畢，江離把座位讓給我：「那小子只能重裝系統了。」

我兩眼冒星星地望著江離，感嘆道：「原來你是個網路工程師，怪不得這麼厲害。」

江離摩挲著咖啡杯，答道：「以前是。」

我好奇問道：「那你改行了？現在是幹什麼的？」

「現在什麼都幹，」江離十分囂張地回答著，他低頭看了一眼杯中的咖啡，皺眉道，「大晚上的，妳沖咖啡給我幹嘛？」

暈，剛才我太睏，就淨想著幫他用點提神的東西。不過這小子的態度也著實惡劣，好歹說聲謝謝嘛！

江離不等我回答，端著咖啡喝了一口，然後眉頭皺得更深了：「這味道真奇怪，妳以後別沖了。」

喂，我是第一次沖這玩意兒好不好！

快睡覺的時候，我收到了一條來自王凱的訊息，整個訊息只有一串刪節號。

於是我囂張了，我得意了，我爽到了。我笑咪咪地回覆他：你真是個受啊，禁不住幾下折磨就掛了。

王凱一掃平日裡囉哩吧嗦的形象，再也沒有搭理我。我想，他是真的傷到自尊了吧……反正不管怎麼說，這是自找的。

＊　＊　＊

雖然我對於王凱的行徑很不齒，不過他說的話也不無道理，畢竟十一長假一年才有一次，老是窩在家裡待著，確實無聊，於是我決定，還是出去轉轉吧。

一個人出去太無聊，和江離一起去的話，可能會更無聊，況且還有可能被他欺負。盒子和男朋友打得火熱，才沒工夫理會我。王凱這廝……因為剛剛虐過他，所以我也不太好意思去找他，況且他現在說不定和哪個美女在一起呢，這麼長的假期，他怎麼可能甘於寂寞，一個人過。

好吧，還是去找我媽吧，好不容易放假，我也該孝敬孝敬她老人家了。

我媽以為我又和江離吵架了，我解釋了半天，她才相信，然後假裝不情不願地答應和我一起去郊區的農家院度個假……這老太太還真是彆扭。

農家院真是個好地方，這裡風景很好，飯菜做得十分可口，主要是因為這裡的食材很好，新鮮。

我媽雖然性格上瘋瘋癲癲的，卻有一個和她的性格極其不相符的愛好——釣魚。以前我很想不通，她喜歡什麼不好，為什麼偏偏喜歡釣魚，那可是一項很需要耐心的活動。後來經常和她去釣，我就發現了，原來她純粹是把釣魚當聊天來著。有好幾次，她只顧著和我說話，魚兒上鉤了也不管，一直到我提醒她，她才會慢悠悠地把魚竿提起來，重新裝上魚餌。

總之，對於我媽，與其說是釣魚，倒不如說是餵魚比較貼切。

來到農家院的第二天，我媽就迫不及待地抓我陪她去釣魚了，我也只好老老實實地遵命。

秋天已經來了，今天天氣不錯，秋高氣爽的，而且湖水清澈，讓人心情舒暢得很。我突然發現這樣時常出來活動活動還真是不錯，總是悶在家裡會發霉的。
我媽坐在一塊大石頭上，裝上魚餌，甩了幾下魚竿，像模像樣地開始釣魚。
過了一會兒，她扭過頭看著我，似乎想說話，但是又有些猶豫。
奇了怪了，我媽也有難以啟齒的事情？我揣著好奇心，問道：「媽，妳想尿尿了？」
「咳咳，」我媽不好意思地乾咳了兩下，「小宴，媽跟妳說件事。」
我：「什麼事？」
我媽說道：「妳爸前陣子有來找過我。」
我皺眉：「然後呢，妳有沒有把他打得滿地找牙？」
我媽無奈地搖搖頭，說道：「他畢竟是妳爸，妳何必這麼恨他。」
我：「妳不恨他嗎？」
我媽一改平時的瘋瘋癲癲，嘆息道：「都是過去的事情了，我早就沒有力氣恨他了。」
我：「可是他背叛了妳。」
我媽不答話，只是問道：「那麼，妳恨于子非嗎？」
于子非？聽到他的名字，我有些黯然。我不想見他，不想提起他，可是，我恨他嗎？
我媽見狀，又說道：「妳看，妳也已經放下于子非了，這世界上哪有那麼多愛啊恨的，好好過自己的日子才是正確的。」

我抬頭，說道：「誰說我放下了？我恨于子非，我恨所有拋棄我的人！」

我媽握著魚竿的手抖了一下，她說：「小宴啊，妳這孩子太偏激了。妳要知道，一個人幸福不幸福，不在於別人怎麼對待他，而是他怎麼對待這個世界。」

我低頭不語。

我媽又說道：「傻丫頭，放下別人，也是為了放過自己啊。」

＊　＊　＊

十一假期過得還不錯，我媽雖然都快領老年證了，不過還能上山下河，精神好著呢。

當然有一件事還是讓我不爽了一下。據我媽交代，我那生物意義上的爸之所以找她，是想趁著假期，和我們母女倆吃頓飯。我問我媽，有沒有答應他。

我媽搖頭，告訴我：他已經是她的陌生人了，只是不知道妳願不願意。

我冷笑，我當然不願意！

我媽於是無奈地嘆口氣，說，早知道妳會這樣。

快樂的日子總是容易過得飛快，很快的，我的假期結束了，我也和大多數人一樣，該上班的上班，該上學的上學。

收假後第一天上班，我神清氣爽地來到公司，大概是因為好久沒上班，我也破天荒表現積極了一次，比平時早來了幾分鐘。一進公司的大門，就看到策劃部的李敏。每個公司都有這樣的一群人，他們消息靈通，精力充沛，且十分具有八卦精神，所有能吊起別人的腦神經的事件，都不會逃過他們的嘴巴和大腦。從智利大地震到人民幣匯率，從明星緋聞到各種網路紅人，一切都能成為他們的談資。當然以上這些算是佐料，他們的主力話題一般會圍繞在與公司相關的新聞，大的小的，好的壞的，官方的小道的，統統會被他們的口水浸泡一遍。

李敏剛好就是這樣一個人。

我看到李敏，笑著和她打了個招呼便打算離開。誰知這些八卦之星不僅口才好，身手也不差。李敏眼明手快，很快湊到我身邊，神祕兮兮地說道：「官祕書，妳知道嗎？」這算是開場白。

我只好打開耳朵，問道：「什麼？」

我的態度極大地鼓勵了李敏，她眼睛亮晶晶地閃爍著，說道：「我們公司新調來的市場總監，帥得要命！」

喔，帥哥啊。大概因為我最近吃苦都是因為帥哥，所以現在對帥哥提不起太大的興趣。事實證明，凡是長得帥的，都不大正常，要嘛花心，要嘛同性戀，說不定還有施虐傾向！

李敏見我不怎麼關心，以為我是不信，便信誓旦旦地說道：「我說的是真的，剛才親眼所見！而且他不僅長得帥，氣質又好，一看就是個謙謙君子。」

連謙謙君子都說出來了，這李敏真是被迷昏頭了。不過我極度懷疑，她說這句話的時候是在拿王凱來比較……

我們兩人正在說話，這時，我只聽見身後傳來說話聲：「官祕書，妳來得這麼早啊。」

我回頭，王凱正一臉賊笑地望著我。士別三日，他一點沒變。長相還是那麼出眾，氣質還是那麼猥瑣。

李敏先擺出一個微笑，甜甜地叫了一聲：「王總。」

王凱朝李敏點了一下頭，還不忘附贈電死人不償命的廉價微笑一枚。這種微笑有個學名，叫勾引式微笑。我在一旁看得，甚是無語。

從電梯裡出來，王凱和我肩並肩走著，低頭和我調笑道：「官祕書啊，妳吃醋了？」

我抬頭，笑咪咪望著他，答道：「王總，電腦重裝得怎麼樣？」

王凱頓時變臉，憤憤地看了我一眼，幽怨地說道：「他不就會點反入侵的小伎倆嗎，這只能算是作為丈夫的附加功能，妳可別忘了，他的主要功能還不過關呢。」

又來了！我翻了翻眼睛，懶得理他。

王凱把一份資料遞給我，說道：「把這個拿給市場部經理，順便叫新來的市場總監來我這裡一下。」

小的遵命。我接過資料，轉身出門。

據說今天市場部新調來的總監是個帥哥，好吧，我雖然最近對帥哥不怎麼感冒，但也確實好奇他是帥到什麼程度，才能是帥得要命，更何況還很有「謙謙君子」的氣質。

我連市場部的大門都還沒進去，就差點摔一跤。大概是因為走得太急，腳下一絆，我朝市場部的門口跌去。

正常情況下，這時候應該從天而降一個帥哥，一把扶起我，然後也許我們會來個一見鍾情什麼的……當然，鑒於以前的教訓，我知道這種情況是最不正常的，所以也沒什麼指望，只是下意識地去抓門把，希望不要摔到地上。

然後，奇跡出現了。就是這時，市場部突然有人拉開門，我便不得不放棄門把，直直地朝那個人撲去。

那個人見到一個不明物體突然從門外撲進去，慌忙地一把接住。

我站起身，抬頭想和對方說句謝謝或者對不起什麼的。然而，當我看到他的那張臉時，我一時什麼話都說不出來了。

于子非低頭看到是我，明顯也是一愣。

我只感覺腳底一股寒意升起，然後遍布全身，接著，我的心越來越沉，很快就沉到了底部。

于子非扶著我，不可置信地看著我的臉，喃喃地叫了一聲：「宴宴？」

我推開他，勉強在他面前站穩，然後說道：「借過。」說著，從他身側走進去。

把資料交給市場部經理後，我順便朝他打聽：「新來的市場部總監姓什麼？」

市場部經理答道：「他姓于，剛剛才來過，」說著，他朝門口望了一下，又說道，「就門口那位，他還沒走呢。」

我心裡又顫了一下。和市場部經理說了謝謝之後，我硬著頭皮挪到一直像石頭一樣站在門口的于子非面前，低頭說道：「于總監，王總讓你過去找他。」

沉默。

我以為于子非沒聽懂我說什麼，正想再重複一遍，沒想到他卻開口了。

他低聲叫了一聲：「宴宴。」

「于總監，請叫我官祕書。」我說完，不敢看他，低著頭從他面前走過。

從腳步聲來判斷，于子非跟了上來。

我聽說，人的魂魄是可以離開身體的，我想我今天的狀態，大概就這個樣子吧。那是什麼樣的感覺呢？恍惚，失神，總感覺自己的腦袋被墨水浸泡著，渾渾噩噩地失去了思考的能力，連王凱和我說話，我都回不過神來。

「官祕書，妳怎麼了，臉色這麼難看？」

「喔。」

「身體不舒服嗎？」

「喔。」

「小宴宴，中午想吃什麼？」

「喔。」

「要不然我們去吃情侶套餐吧？」

「喔。」

「小宴宴啊，今晚我們去開房間吧？」

「喔。」

「官小宴，妳到底有沒有在聽我講話！」

王凱的一聲怒吼，讓我精神一振。我遲鈍地抬起頭望著他，呆呆地問道：「王總，你剛才和我說什麼？」

王凱擔憂地低頭看我，說道：「我以為妳中邪了。」

我低頭：「喔，我沒有，只是……有些不舒服……」

王凱拉起我的手腕，說道：「走吧，我帶妳去醫院。」

我掙脫開他的手，淡淡地說道：「不用了。王總，你……能不能讓我放半天假？」

王凱點點頭：「好吧，我送妳。」

「不用，真的不用。」我說著，走出他的辦公室。

「小宴，」王凱突然從後面叫住我，他猶豫了一下，說道，「別忘了，有困難找長官。」

「嗯，謝謝長官。」

❇　❇　❇

我回到家，疲憊地靠在沙發上，此時我已經感覺渾身的力氣都被抽走了。

為什麼又遇到他呢？世界這麼大，為什麼偏偏是他呢？我這輩子都不想見到他了，可是為什麼還是要遇到他呢？我明明都忘記他了，可是為什麼一見到他，就大腦一片空白？

他為什麼叫我「宴宴」？他有什麼資格？

我感覺有點冷，秋天來了，世界果然變冷了。我看著客廳地板上鋪灑的秋日陽光，依稀能清楚地記得，在那些豔陽高照的秋天裡，他站在陽光裡，笑吟吟地叫我「宴宴」。

可是現在，他又有什麼資格呢？

突然感覺十分困倦。

太累了，還是休息一下吧。

於是我倒在沙發上，沉沉地睡去。

迷迷糊糊中有人開門，關門，然後腳步漸近。此時我已經被吵醒，但瞇著眼睛躺在沙發上不願起來。

江離走近了，低聲說了句：「這個笨蛋。」

我懶得理他，繼續在沙發上瞇著睡覺。睡覺真好啊，睡覺就不用面對那些亂七八糟的東西了。

這時，我的身上忽然重了一下，原來是江離難得發了一次善心，把外套蓋到我的身上。

我揉揉眼睛，坐起身來。看到他依然站在沙發前，便低聲說了一句：「你回來了。」

江離一看我醒了，立刻不滿地向我開炮：「妳是怎麼回事？打電話又不接，提前回來也不說一聲，讓我白跑一趟。」

我低頭「喔」了一聲，說道：「對不起。」

大概是我的態度讓江離很驚奇，他此時也忘了數落我，而是彎下腰，抬起我的臉仔細盯著看了一會兒，驚訝道：「妳怎麼了？失魂落魄的。」

我偏過頭，淡淡地說道：「跟你沒關係。」

江離站起身，抱著胸說道：「那就說點跟我有關係的，妳的飯做好了？」

我搖搖頭，剛睡醒。

江離皺眉，生氣了：「官小宴，妳太過分了。」

我開口剛想說話，眼淚卻「刷」地一下流了出來，止也止不住。

江離蹲下身子，不可置信地看著我的臉：「妳……哭了？」

廢話，你看不出來嗎！

江離語氣緩和了一下：「妳哭起來比笑起來好看。」

我抬眼看了一下他那張近在咫尺的臉，真想一拳掄過去把他的臉打歪。

江離起身坐在沙發上，順手拿過紙巾遞給我：「臉皮這麼厚都能哭成這個樣子，誰欺負妳了？」

我接過紙巾，只擦眼淚不說話。是啊，我為什麼哭？誰欺負我了？沒有人啊……還有，誰說我臉皮厚了……

江離靠在沙發上，滿不在乎地說道：「是不是妳又丟了工作？這也沒什麼大不了的，我養妳。」

我覺得他這是在幸災樂禍，於是沒好氣：「誰要你養！」

江離卻說道：「在外面受人欺負，跑回來朝我發火，妳也就這點出息。」

我懶得理他，起身準備做飯，順便分散一下注意力。

江離：「妳要幹嘛？」

我：「做飯。」

江離卻突然抓住我的手腕，往下一拉，把我重新拉回到沙發上。

我這下真的怒了：「你做什麼！」

江離不緊不慢地答道：「我怕妳把廚房燒了。」

「江離！你能不能看在我心情不好的份上，就別欺負我了？」

「我沒有欺負你，」江離思考了一下，突然站起身，說道，「好吧，我做飯，妳監工。」

我以為自己聽錯了。

因為江離做飯實在是十分罕見的一幕，所以此時我也打起精神，和他來到廚房。

江離指著廚房的一角，對我說道：「妳站在這裡別動，只要監工就好。」

我老老實實地照辦。

江離把冰箱裡的剩菜統統翻出來，扔掉不新鮮的，然後把剩下的放到流理臺裡，熟練地邊摘邊洗。

我有些疑惑：「你很專業嘛，不像不會做飯啊。」

江離低頭一邊洗菜一邊答道：「我只會洗菜，以前在家是我媽做飯，我洗菜，而我爸洗碗。」

多幸福的一家啊，我有些羡慕他。江離似乎猜到了我在想什麼，他突然抬頭看了我一眼，說道：「以後我爸就是你爸，不用和我見外。」

雖然這話有點不倫不類，不過我心裡還真是有些小感動。江離這人，偶爾也會說出一句人話。

江離洗完菜，便把胡蘿蔔、菠菜等一堆蔬菜堆在一起，左手縮到背後，右手拎起菜刀便乒乒乓乓地「切」了起來。

我震驚在當場，許久才回過神。然後，我哆哆嗦嗦地說道：「江離，你在剁排骨嗎……」

江離停下來，有些不好意思地說道：「我……怕切到手……」

看來江離是個珍愛生命的好孩子。江離出糗是難得一見的事情，雖然他沒有切過菜是可以理解的，不過此時我還是十分珍惜機會，不厚道地笑了一下。

江離也不生氣，臉不紅氣不喘地繼續「剁」著那些可憐的蔬菜。

看著砧板上那一堆雜色蔬菜，我腦子裡竟然蹦出了一個極其恐怖的詞彙：碎屍。

剁了一會兒，江離收起菜刀，十分滿意地望了望我，問道：「還不錯吧？」

我心裡打了個哆嗦，違心答道：「還好。」

「那麼，下一步怎麼辦？」

我盯著那堆菜思考了一下，終於痛下決心：「要不然，就炒了吧。」

於是江離乾脆俐落地開火，捧著一把他剛剛切過的菜，拋進了鍋裡，然後有模有樣地用鏟子胡亂炒弄。

我也顧不得笑了，急忙上前說道：「不是那樣，不是那樣，你得先洗鍋、放油，然後再放菜！」

江離把瓦斯關掉，轉身指了指我剛才站的角落：「站回去。」

我的氣勢頓時矮了半截，乖乖站回去。然後我就醒悟了，善了個哉的，我為什麼要聽他的啊？

於是我不服氣地用他的話反駁他：「江離，我怕你把廚房燒了。」

江離滿不在乎地答道：「沒關係，有妳呢！」

這是什麼話！

「江離，等鍋熱了再放油。」

「哎呀呀，不要放太多。」

「你笨啊，等一會兒再放菜。」

「好了、好了，可以了，然後放醬油……那是醋！」

「著火了！！！」我立即抱頭蹲在地上，雖然我經常炒菜，不過著火事件還是比較少見，而且我這人很怕火。

江離急忙把鍋蓋蓋到鍋上，一點都不驚慌。他扭頭看到我的蠢樣，得意地說道：「這一招在幼稚園裡就學過了。」

我：「……」

我就不明白了，明明不會做飯的人是他，為什麼到頭來被嘲笑的人是我？

江離非常有成就感地把他炒的菜盛在一個盤……盆子裡，是的，你沒有看錯，我也沒有說錯，的確是一個盆子！因為盤子裝不下……

盛完菜，他又意猶未盡地說道：「還要做點什麼？」

「要不然，再蒸個蛋吧？」蒸蛋的失誤率比較低，當然，還有另外一個原因就是，除了雞蛋，我們沒有別的材料了……

江離點點頭表示對這個意見的肯定，就蒸蛋。

我好心提醒他：「江離，你還沒有蒸飯。」

「對，還要蒸飯，」江離看著手中的雞蛋，自言自語道，「先蒸蛋還是先蒸飯？」

「你可以一起蒸。」一起蒸，大家都明白這是什麼意思吧？

江離卻不可思議地望著我，十分不確定地問道：「可以一起嗎？」

「廢話，當然可以！」

於是江離洗好米，放在電飯鍋裡，添水，插電，開蒸。

然後他在碗中打了幾個雞蛋，把碗裡的蛋殼用湯匙挑出去（狂汗），攪拌了幾下（這還是我教的），加上麻油和鹽（也是我教的），再然後，他做了一個十分彪悍的動作，彪悍到我一時無法反應過來。

他端著那碗打好的雞蛋，掀開電飯鍋的鍋蓋，然後「刷」地一下，乾淨俐落地把雞蛋倒進了還未蒸好的米飯中。

我呆立在原地，看著那滾滾的開水，捲著雞蛋和飯粒，嘲笑著這個世界的瘋狂。

完了，全完了……

江離得意地用筷子攪拌了一下電飯鍋裡的東西，然後回頭看我，發現了我的不對勁。他於是小心問道：「怎麼，哪裡不對嗎？」

開玩笑，哪裡對嗎？

江離仔細思考了一下，無辜地說道：「沒有錯啊，全按照妳說的，洗米，打雞蛋，一起蒸……」

一起蒸，原來他是這麼理解「一起蒸」的？我踉蹌了一下，扶著身後的牆才勉強站穩。

江離把他親手做的那些慘不忍睹的飯菜端到餐廳裡的時候，我依然傻站在廚房的角落裡。我的腦子裡久久迴盪著一個聲音：這不是真的，不是真的……

江離端完了菜，把我拎進餐廳：「吃飯了，別跟我裝矜持，難道還等著我餵妳嗎？」

我拚死反抗：「不要不要，我不要吃飯！」

江離不耐煩地拖著我走：「都幫妳做好了，就別挑三揀四的，妳看我吃飯什麼時候挑過食？」

喂喂喂，那是因為我做的飯是正常的好不好！

江離把我按到椅子上，盛了一碗雞蛋煮米飯放到我面前。我用筷子捅啊捅，捅啊捅，就是不吃。

江離火了，他坐到我身邊，奪過我手中的筷子。我以為他要扔掉，正好，扔掉就不用吃了。

然而，江離卻用筷子夾了一塊雞蛋和米飯的混合物，然後按住我的脖子，將那塊混合物伸到我的面前，低沉著聲音說道：「來，快吃。」

我一直以為，略帶沙啞的低沉男性聲音是用來勾引女人（或者男人）用的，沒想到，其實它也可以用來哄騙別人吃東西。

可惜，我現在對待美色的覺悟已經比以前大多了，所以即使他操著這麼魅惑的聲音引誘我，我也不吃。

江離不甘休，低頭在我耳邊幽幽地說道：「妳要是不吃，後果會很嚴重的。」

我笑：「比如說？」紙老虎，我就不信你能把我怎麼樣！

「比如說，」江離喃喃著，突然沉下聲音冷冷地說道：「比如說，先姦後殺。」

我打一個冷顫，差點沒從椅子上跌下來。

江離你太狠了！

江離勾住我的肩膀，笑咪咪地說道：「來，吃吧，很好吃的。」

我哆哆嗦嗦地張開嘴，咬住了那塊混合物。

出乎意料的是，那東西並沒有我想像中的那麼難吃，雞蛋煮得很老，米飯的味道還算正常，當然其實也並不怎麼好吃，但好歹能下嚥。

「好不好吃？」

我幾乎是含著淚點了點頭，我敢說不好吃嗎……

江離滿意地點了點頭，又夾了一塊胡蘿蔔：「來，吃點菜。」

我看著那塊奇形怪狀且有些發黑的胡蘿蔔，欲哭無淚。

在江離表面上是連哄帶勸，實際上完全是威脅下，我吃了半碗雞蛋蒸米飯，還有一些加太多醬油和鹽的炒鹹菜（也可以叫鹹炒菜）。在我的乖乖配合下，江離終於放開我。他滿足地看著他的成果，問道：「好吃嗎？」

這話他問了不下兩百遍了。我狠狠地點頭，好吃好吃，好吃你個頭！

江離謙虛地笑了笑，說道：「好吃啊，那就多吃一些吧？」

我拚命地搖頭，不吃了不吃了……江大爺，麻煩你放過小的吧……

江離和藹地拍了拍我的頭：「老婆啊，我發現我的廚藝還真是不錯，要不然以後都由我來做飯？」

我被嚇到了，連連搖頭，江大爺，您歇一會兒吧！

江離面露為難：「可是妳又不做。」

「我做，我做，我發誓！」我的目光裡飽含著真誠，我的表情無比嚴肅。開玩笑，沒人這樣折磨人的！

江離狀似為難地點了點頭。我鬆了一口氣，善了個哉的，我這把老骨頭，可禁不起折磨啊。

江離夾了一塊鹹炒菜放到口中，還沒嚼，就吐了出來。

而我的心裡，已經淚流成河。

從此之後，我的心中無比堅定了一個信念：江離他不是人類，他是個敗類！

第六章

吃過晚飯，江離又逼著我喝了點感冒藥，美其名曰，怕我感冒。

我狐疑地盯著他手中那琥珀色的液體，問道：「你有那麼好心？」

江離直言不諱道：「妳感冒了，還不是會傳染給我！」

行了，我啥也不說了。

晚上臨睡前，我鼓了鼓勇氣，再鼓了鼓勇氣，終於對江離說道：「江離，我問你一個問題，麻煩你老實回答。」

江離大方地點點頭，說道：「為了不讓妳覺得占我便宜很不好意思，我也問妳一個問題吧，妳也得老老實實回答。」

我點頭，說道：「你晚飯做得那麼難吃，是不是故意的？」

江離一點不含糊：「對，其實我可以做得很好吃，要不然明天我再做一次吧？」

我驚悚，連忙把頭搖得像撥浪鼓似的，江離的話，實在難辨真假。

江離故作遺憾：「真可惜……」說著，話鋒一轉，「那麼，輪到我問妳了。」

「問吧。」我可沒做過虧心事，隨便你問。

江離瞇了瞇眼睛，問道：「今天為什麼哭？」

想不到他會問這個，我神色黯了黯，隨口說道：「關你什麼事。」

「我可不想每天面對一張怨婦臉，搞不好以後還要自己做飯……雞蛋真難打。」

我想了一下，便說道：「江離，如果你看到了你的舊愛和你在同一家公司上班，你會不會辭職？」

江離斬釘截鐵地搖搖頭：「我辭職幹嘛？」

我偏頭不信：「你說的輕鬆。」

江離又說道：「我直接把他開除不就好了。」

我：「……」

我辭職幹嘛，直接把他開除就好……這是江離的回答。

我突然發現這種問題請教江離是沒有用的，我們根本不算同個等級。

江離很快就想到發生了什麼：「遇到妳前夫了？」

我點點頭：「他是我們公司的市場總監，而我是副總祕書。」以後接觸的機會會比較多吧？還是辭職算了。

江離捏著下巴想了一會兒，突然說道：「官小宴，我發現妳最大的特點還不是笨，而是沒出息。」

這實在不算什麼好話，不過對於他的冷嘲熱諷我也已經習慣了，此時也沒心情和他鬥嘴，只好一笑了之。

大概是因為發現自己的話沒有得到足夠的重視，江離有些不滿：「妳別不信。當初明明是妳前夫對不起妳，為什麼到頭來是妳總是對他躲躲閃閃，就好像妳虧欠了他什麼似的？」

我被他說得有些發怔，好像是這麼回事，又好像不是……

江離見我不說話，又提出了另外一個假設：「還是說，妳依然對他念念不忘？」

呃？我錯愕。我有嗎？沒有吧……我記得應該是沒有……

我搖搖頭，用一種十分嚴肅的口吻說道：「我可以十分確定，我已經不喜歡他了。」

江離問道：「可妳見到他，反應比一般分手的情侶還激烈。妳怕他？」

我怕他？我怕他幹嘛，他又不是鬼。於是我搖搖頭，不怕吧。

江離卻說道：「妳就是怕他，我們結婚那天我就發現了，妳怕他。」

我低下頭，心裡開始發毛，我怕于子非？我為什麼怕他？

江離似乎會讀心術，很快解答了我心中的疑問：「其實妳不是怕他，妳是害怕面對那些與他在一起的過去。」

呃？

江離步步緊逼：「官小宴，妳就承認吧，妳就是個沒出息的人。受了傷之後就躲起來不敢出來，拚命想忘記，即使沒有忘記也假裝忘記。一看到傷害過妳的人，就立即想躲起來，躲得越遠越好。其實妳這種情況，就像是『一朝被蛇咬，十年怕草繩』，連草繩都怕，更何況是切切實實地傷害過妳的那一條蛇呢。」

我茫然地點了一下頭：「你說的，好像有一點道理。」

江離展現了他體內的話嘮分子，滔滔不絕地說道：「雖然妳這種行為是可以理解的，不過也是受人不齒的，我就不明白了，妳為什麼不直接把蛇抓起來呢？即使不抓起來，也要趕走吧？人都有惡劣的一面，妳越躲，他越追，一直到妳無處可藏。與其這樣，還不如一開始就把他撂倒。」

聽到這裡，我有些洩氣：「你這不是廢話嗎？我要是能把他撂倒，還需要躲他嗎？」

江離摸著下巴思考了一會兒，點頭說道：「也對，妳那個前夫，一看就不像簡單的人，以妳的智商和姿色，確實不是他的對手。」

喂！

江離突然豪爽地拍拍我的肩膀，說道：「放心吧，我幫妳。」

我眼珠轉了轉，不大相信：「你有那麼好心？」

「我當然沒有，」江離搖了搖頭，嘴角上揚，「所以，我有條件。」

對此，我一點也不意外：「說吧。」

江離：「以後幫我洗衣服。」

我咬牙，點點頭。

江離：「還有，以後我應酬回來，妳要幫我煮宵夜和醒酒湯。」

再咬牙，再點頭。

「還有……」

我頓時火大：「你有完沒完？」

「還有就是早點睡吧，女人熬夜是個悲劇。」

江離：「想在妳前夫面前抬起頭來，其實只要做到一點就夠了。一定要讓他相信，妳已經忘記他了，妳現在過得很好。」

我：「我本來就已經忘記他了。」

江離：「我的意思是，他現在在妳眼中就應該是個路人甲。妳見到他時把頭抬高，就好像在看一隻流浪貓。」

流浪貓……這個難度太高了一點吧……

江離：「看他的時候就像看到一個妳不怎麼喜歡的陌生人，妳可以想像他有許多妳討厭的怪癖，心理陰暗，經常一個月都不洗澡，還喜歡猥褻兒童……」

我擦擦汗：「這樣……行嗎？」

江離：「千萬別跟他客氣，要不然他會以為妳對他念念不忘，到時候不管他喜不喜歡妳都會對妳下手，那就比較麻煩了。」

我看著江離那十分有自信的樣子，突然覺得他的話不怎麼可靠。

江離沒有看到我的表情，他依然滔滔不絕地說著：「除此之外，妳還得裝出和我感情很好的樣子，讓他看看，妳官小宴雖然沒人品、沒氣質、沒身材，也是有人要的。」

我：「……」

江離你不挖苦我會死啊！

江離：「他一看到妳過得比他想像的幸福，甚至比他還要幸福，他也許會心裡不服氣。如果是這樣，他就有可能會找機會勾引妳，到時候妳可得挺住。天底下多的是帥哥，妳要是喜歡臉蛋好看的，還不如找我呢。如果妳喜歡身材好的，也可以找我……當然，妳要是喜歡有錢的，好像還是可以找我……」

我……瀑布汗……

江離覺得不對勁，於是又補上一句：「當然，如果妳實在沒人要，我也許會接受妳。」

為了不讓自己的精神崩潰，我只好閉著眼睛裝失聰。

我發現江離最近特別愛耍嘴皮子，也不知道他是受了什麼刺激。

＊＊＊

此時，我正坐在江離的車上。本來我們商量的方案中沒有江離送我上班這一段，但是敬業的江離考慮到以後他的衣服都由我來洗了，一高興就載上了我，反正順路。我是無所謂，占便宜的事情誰不願意幹啊。只是我不明白，江離他把我送到公司門口的時候，已經八點五十五了，他就不怕遲到嗎？

於是我好心問他：「你遲到怎麼辦？」

江離滿不在乎地答道：「我都不擔心了，妳擔心什麼。」

這是什麼話！

我本來覺得江離這個人有那麼一點友善了，這句話又把我的這個念頭澆熄了。開玩笑，他哪裡友善了，他就是一個怪胎，變態，心理陰暗，說不定還戀童……（汗，我這是在說什麼呢@￥%%##%！）

我一進公司的大門，就有人從後面叫我。回頭一看，是李敏。我站住等她，而她的身後立即出現了那個我不想看到的身影。

我按照江離說的，穩住陣腳，儘量冷漠地看了于子非一眼，然後和李敏肩並肩往電梯處走。

李敏沒有發現身後有人，也沒有發現我的異常，因為現在她所有的精力都投注在某件八卦上。

李敏追上我，賊笑道：「官祕書，剛才送妳來上班的是妳男朋友？」

我笑了笑，答道：「是老公。」

李敏眨著大眼睛，臉上頗有一些羨慕：「妳老公的車真漂亮。」

我禮貌地笑了笑：「就那樣。」說實話，我還沒有正眼瞧過他的車，就知道那是輛別摸BM我W，白色的。因為那是一輛騷包的車，所以當初我斷定，江離是一個騷包的人。後來才發現，他比騷包還難伺候。

李敏笑道：「妳老公對妳真好。」

開玩笑，他對我好？妳要是知道他都對我做了什麼，估計妳會把這句話吃回去！

當然了，考慮到我們身後還有一雙複雜的眼神，而且我也實在沒有膽量在江離背後誹謗他（雖然這也算不上誹謗，但江離是個變態，他要是知道了，不知道會怎麼欺負我）。於是我淡淡地笑了一下，說道：「這是他的義務。」要說吹牛，其實我還是很在行的。

至此，李敏看我的眼神都有些崇拜了……

我們三個人上了同一台電梯。在電梯中，我始終抬著頭，目不斜視，一眼也不看向于子非，而是鎮定地和李敏談笑。江離說了，輸人不輸陣，一定要在氣勢上壓倒敵人！

我發現江離這人儼然成了我的狗頭軍師，他雖然心裡變態，智商還是說得過去的。

從電梯裡出來後，我鬆了口氣。不管怎麼說，今天沒丟人。這在我和于子非分手之後的四年裡，還是頭一次。

＊＊＊

今天我的上司看起來很疲憊，大概是昨晚運動過度了吧！

王凱看到我，打起精神來和我打了個招呼，然後又問道：「妳還好吧？」

我被他問得莫名其妙：「我有什麼不好的？」

王凱搖搖頭，很痛苦的樣子：「官小宴，我真是高估了妳的情商！昨天妳失魂落魄的，好像世界末日馬上就要來臨似的，我還以為出了多大的事，沒想到妳今天又活蹦亂跳了，虧我還白白操了一晚上的心！」

我覺得他在撒謊，於是勇敢地揭發他：「你昨天說不定在和哪個美女逍遙呢，怎麼會想著我呢，當我傻子啊？」

王凱立即擺出一副信誓旦旦的模樣，聲音裡還帶著那麼一點點失望：「我說的可是真的，昨天晚上我還打電話給妳，被妳掛斷了。」

我：「越說越扯了，你還打電話給我了？我怎麼就不知道呢？」

王凱：「怎麼可能，小宴宴妳太沒良心了！」

我被他弄得有些不耐煩：「好了好了，我要工作了，麻煩王總和我聊一聊公事吧。」

王凱卻不依不饒，掏出手機逼我看他的通話記錄，我不看，他就用上司的身分命令我，還揚言要扣我工資。善了個哉的，我怎麼走到哪裡都是被欺負的那一個啊？

我瞄了一眼王凱的通話記錄，發現他還真的在昨天晚上九點左右的時候，打過一通電話給我，這可奇了怪了。我只好掏出自己的手機翻看了一下，天哪，見鬼了，我的通話記錄裡也有這一條記錄，王凱昨晚確實有打電話給我。可是……我怎麼就完全不記得呢？

通話記錄顯示的是九點十分，昨天晚上的九點十分……我在洗澡。

好吧，如果我的手機沒有發瘋——當然，即使它發瘋了也不會自己掛電話——那麼就一定是江離幹的了。可是他幹嘛掛我電話，他想幹嘛啊？

王凱此時靠在椅子上哼唧著：「狗咬呂洞賓，好心當成驢肝肺，這世界上總是有那麼一群人，他們殘忍自私，他們沒有良心，他們對待自己的上司，像冬天一樣寒冷……」

我顫抖了兩下，打斷他的話：「對不起，昨天……昨天我狀態不太好，所以都忘記了。」

王凱顯然不願意聽我的解釋：「幫我揉揉肩膀，我就原諒妳。」

我才不買帳：「王總，看在我這麼辛勤工作的份上，麻煩你跟我談談正事吧？今天上午十點，你要開一個會，下午……」

王凱擺擺手，狀似有氣無力：「今天可不可以不談公事？」

我看著他那不久於人世的樣子，也有些心軟，畢竟死在辦公桌上算不上是一件好事。於是，我問道：「那談什麼？」

王凱思考了一下，說道：「要不然……我們出去玩吧？」

「啊？」我傻掉，出去玩？虧他想得出來！可是看到他那充滿希冀的眼神，我又狠不下心來說不，反正他現在這個狀態，也沒辦法工作了，那乾脆出去玩吧。何況老闆帶頭翹班，我也不用擔心被抓。想到這裡，我點點頭，公費翹班，何樂而不為。

王凱看到我的答覆，突然從椅子上「躥」起來，沒錯，就是「躥」！他這個動作堪稱敏捷，敏捷到兔子見了都汗顏。然後，他繞過辦公桌，拉起我的手腕就往外走，一邊走一邊說道：「我們去玩什麼？游泳？打保齡？妳會不會打高爾夫啊……」

我震驚地看著他那精神煥發的樣子，哪裡有半點虛弱。

善了個哉的，又被騙了！

＊　＊　＊

我和王凱就「去哪裡玩」這個問題發生了激烈的爭執，雙方互不讓步，談判一度陷入危機。由於我的堅持不懈，頑強不屈，王凱最終妥協，答應我去遊樂園。

他最終還不服氣地補上一句：「小宴，妳真不會討人喜歡。」

沒過多久，他又笑嘻嘻地對我說：「聽說在一些不入流的電視劇裡，男女朋友約會都喜歡去遊樂園。」

我和王凱決定了去遊樂園之後，打算先去商場買兩套休閒服——正裝在辦公大樓裡嚇唬人就好，要是穿著西服套裝去遊樂園，那簡直就是奇談。

當然，買衣服的錢是王凱來付，誰讓始作俑者是他呢。

本著長官優先的原則，我先陪王凱買了一套T恤、牛仔褲、運動鞋，那一身行頭套在他身上，不僅帥氣，而且還多了一種……流裡流氣。也許是因為認識他，也許是因為他那一頭雜毛，總之不管他穿什麼，我都覺得他那一身猥瑣的氣質十分出眾，並且難以掩蓋。

王凱把我拉到某品牌休閒服的一間專賣店，指著店中央擺著的那一套女款休閒服，讓我試試。之所以強調女款，是因為還有男款與之對應，這是兩套情侶裝，從T恤到牛仔褲再到帽子、鞋子，就差連襪子都是同一款的了。

不過這套女裝確實挺好看，我一邊暗嘆王凱的品味比他的氣質出眾一些，一邊拎著衣服跑進了試衣間。

從試衣間出來，我看著鏡子中的我，頓時感覺自己似乎年輕了幾歲，這讓我心情大好。我在鏡子中自戀了一會兒，再找王凱時，就發現他不見了。善了個哉的，這小子不會想讓我自己付錢吧？

正擔心時，他突然從試衣間裡冒出來，剛才那一身行頭已然換掉。此時他穿的，正是我身上的衣服……的男款。

我瞪了他一眼，不滿：「你開什麼玩笑？」

王凱在鏡子前晃悠來晃悠去，說道：「我覺得這身衣服好看，就換上了……看什麼看，這衣服是我先看上的。」

我洩氣：「好吧，那我換一套。」

王凱笑呵呵地說道：「好啊，這套已經付帳了，再買的話，妳就自己掏錢吧！」

我：「……」

簡、直、太、可、惡、了！

蒼天啊，我終於對這個世界絕望了！這世界上的好人都滅絕了嗎……

考慮到我其實是一個不拘小節（自己汗顏）、堅持以經濟發展為主要路線的人，所以這次我就忍了，不就是一樣的衣服嗎，誰在乎！

王凱在我的印象裡，是一個特別愛玩的人，所以對於他的這些把戲，我並沒有覺得尷尬或者不適應，反正別過分就好。當然，我也不擔心他會對我動情，毫不客氣地講，我還是知道自己有幾斤幾兩重的，況且當初在馬爾地夫，他的那套「想通了」理論已經讓我完全放下心來。當然最重要的一點就是，王凱這個人，只會玩女人，不會愛女人，所以我寧願相信世界末日，也不會相信王凱會對女人動心……當然，他會不會對男人動心，就不在我的研究範圍內了……

此時，王凱笑呵呵地帶著我奔向遊樂園，他那活蹦亂跳，恨不得把全世界都掀起來的樣子，讓我一度以為早上那個病快快的他是個錯覺。

＊　＊　＊

玩中自有玩中手。會玩的人分兩種，有些人會玩，什麼東西都能玩出花樣；而有些人，是玩什麼都能玩得興高采烈，不亦樂乎。

王凱顯然屬於後者。我就奇了怪了，你說一個二十八歲的大老爺們，在遊樂園裡像個小學生似的瘋玩，不知道的搞不好還以為他是個智障呢。更何況，之前一直反對來遊樂園的是他，可是看他現在這個樣子，似乎這世界上沒有比遊樂園更好玩的地方了，善了個哉的。

因為某位長官的興致，我們在遊樂園一直玩到快關門了才休息。

王凱從摩天輪上跳下來，笑呵呵地問道：「小宴，我們去吃什麼？」

王凱的話提醒了我，我一拍腦門，想起來了：「糟了，我還得幫江離做飯呢……現在幾點了？」我一邊說著，一邊從口袋裡翻手機。

王凱的語氣頗有點不屑：「五點四十分……不就一頓飯嗎？妳告訴他一聲不就行了。」

我點頭應著，正想打個電話給江離，卻發現手機不見了……我清楚地記得，我把手機放在褲子口袋裡了。

王凱見我在身上不聽地摸索，便問道：「怎麼了？」

我哭喪著臉答道：「手機丟了。」關鍵問題是，我不記得江離的號碼……

王凱拍了拍我的肩膀，慫恿道：「丟了就丟了唄，今天妳就放開來玩，他也不能為了一頓飯和妳吵架吧？」

我覺得這話不可信。江離上次就是因為一頓飯和我鬧分房的，雖然他也答應我不再隨隨便便就分房，但前提是，我也不能隨隨便便就不給他吃飯。

王凱見我為難的樣子，於是悶悶地說道：「好了好了，我現在送妳回去。」

我點頭，只能這樣了，江離那人是個變態，我算是怕他了。

王凱語重心長地對我說：「小宴宴，妳在家裡真是沒地位啊。」

我哭，連你都看出來了！

王凱又嘿嘿笑道：「不如把妳老公休了，投奔我吧？」

我翻了翻眼睛，對王凱這種不著調的論調已經見怪不怪了。

遊樂園離我家比較遠，需要大概一個小時的車程，而且要經過比較繁華的幾個交通要塞。因此，我們連開車帶塞車，足足花了兩個小時才到我家樓下。

我跳下車，朝王凱揮了一下手，便打算上樓。然而此時，我卻看見了江離。

他正提著一大袋東西，從外面趕回來，正好也要上樓。我看到他，尷尬地笑了笑，朝他打了個招呼說道：「好巧……」

還未等江離說話，王凱竟然從車上走下來。他走到我面前把一個紙袋遞給我，笑道：「妳的衣服。」

我接過來，朝他扯出一絲笑容：「今天謝謝你啊。」

畢竟我是公費翹班。

「沒事，妳今天的服務讓我很滿意。」王凱說著，呲牙咧嘴地朝我笑了笑。

我一臉黑線地立在原地，不知如何是好。

此時，江離面無表情地把我和王凱從上到下，再從下往上來來回回地打量了一遍，然後依然面無表情地甩出一句話：「走吧，今天我煮飯。」

我立即被這句話嚇得魂飛魄散，立在原地不願動彈。

江離眉毛都不皺一下，拎著我就上樓了。

我覺得王凱肯定會覺得奇怪，江離都答應煮飯了，我為什麼還不開心？

他不會懂的，永遠不會。因為他沒有經歷過，所以他永遠無法理解……實踐是檢驗真理的唯一標準，這句話說的一點沒錯。

江離把我拎回家，把東西往茶几上一丟，然後把我往沙發上一丟。我縮在沙發上，嘿嘿地笑著，想解釋點什麼，可是又不知道從何說起。

江離挑了一下眉毛，饒有興致地說道：「情侶裝？連鞋子都是一樣的？」

我抖了一下：「那個……嘿嘿，嘿嘿嘿嘿……」

江離往沙發上一靠，幽幽地說：「妳真會勾搭啊，嗯？」他一邊說，一邊揉了揉肩膀。

好吧！我很理解江離此時的心情，畢竟對於一個動不動就說他性無能的人，他是不會有任何好感的。

現在，該是我表示忠心的時候了。我狗腿地湊過去，一邊為江離按摩著肩膀，一邊解釋道：「這件事情比較複雜，一時半刻說不清楚，總之我和王凱沒任何關係。」雇傭關係除外。

江離挑眉說道：「那妳說點能解釋清楚的。今天為什麼又一聲不響地離開公司？妳總該打一通電話吧？即使妳不打電話，那我打電話的時候，妳也總該接一下吧？」

我攤手，無奈地說道：「我手機丟了。」

江離一愣，沒說話……我以為他會嘲笑我笨。

於是江離就安心享受著我的按摩，過了一會兒，才突然說道：「妳的服務讓我很滿意。」

善了個哉的，你學誰不行，非學王凱，那人不是什麼好鳥。

得到了江離的肯定，我稍微鬆了口氣，然後小心地問道：「那麼，現在小的我可以幫你做飯了嗎？」

江離閉著眼睛，一揮手，去吧。

於是我拎起茶几上的東西，蹦蹦跳跳地跑進廚房了。

我發現我的人生真是場悲劇啊，連幫江離做個飯都得先把他哄好了，問問他行不行。

❇ ❇ ❇

晚上，我興致勃勃地向江離彙報我今天的戰果，重點渲染了一下我在面對于子非時那種不卑不亢，大義凜然的風格與氣概，當然還要詢問江軍師的下一步指示。

江離此時正坐在電腦前看什麼，他聽完我的彙報，朝我招手。我湊到他的電腦螢幕前。

我盯著那個網頁看了一會兒，說道：「這個網頁很眼熟啊，好像在哪裡見過。」

江離驚奇地看了我一眼：「這是妳自己的部落格。」

我：「喔，我自己的部……等一下，你怎麼知道這是我的部落格？」

江離卻答非所問：「妳部落格裡的東西簡直是小學生水準。」

喂！

他又說道：「最近一個月，妳部落格裡的遊客訪問是五個，其中有四個都是來自同一個IP位址。」

我不明白：「然後呢？」

江離：「然後我順藤摸瓜，發現這個IP的用戶，名叫于子非。」

我沒有說話。

江離抬眼看了我一下，說道：「妳前夫，是不是就叫于子非？」

我擦汗，江離你真不愧是肉搜高手。

可是我又有些不明白：「江離你到底想幹嘛？」

江離薄唇輕啟，吐出了幾個字：「秀恩愛。」

我哆嗦了一下，還沒反應過來，他就進入了部落格的操作後臺。然後我震驚地搖晃著他：「你你你你你……你怎麼能登入我的部落格！」

江離像看白痴一樣地瞟了我一眼，淡淡地說道：「如果是駭高手的帳號，也許會有一些麻煩，但是駭白痴的，易如反掌。」

很明顯，我就是他口中的白痴，或者白痴之一。於是我抓狂了，我憤怒了，我揪著江離的衣領，痛心疾首地說道：「拜託！駭帳號這麼卑鄙的事情，你就別幹了好不好？你不要一而再，再而三地刷新自己的道德下限！」

江離慢慢掰開我的手指，勾了勾嘴角：「我也是為妳好，如果妳自己打理部落格，是很難讓他知道我們到底有多恩愛的。」

我怒道：「我們一點都不恩愛！」

江離笑咪咪地看著電腦螢幕：「很快妳就知道，我們有多恩愛了。」

我知道他是好意，想讓我在于子非面前抬起頭來，「那麼，我自己弄就好，不麻煩你江大仙了。」即使你弄了，我也要自己改過來！

「來不及了，」江離說著，附送我一枚顛倒眾生的微笑，「我已經把密碼改掉了。」

我：「……」

於是，在此之後的很長一段時間內，我都是以遊客的身分去參觀自己的部落格。善了個哉的，我覺得我的命途真是無限坎坷，我的前途真是一片黑暗。

臨睡前，我在悼念自己手機的時候，突然想起上午王凱和我說過的掛電話事件。於是，我義正言辭地質問江離：「江離，昨晚王凱打電話給我，你為什麼掛掉？」

江離答道：「妳不是在洗澡嗎？而且那個傢伙實在很討厭。」看來王凱那句「性無能的老公」實在重創了江離的心靈。

可是我覺得還是不對勁：「那我洗完澡，你怎麼不和我說呢？」

江離理直氣壯：「我忘了。」

我：「喂，他要是有事呢！」

江離不屑道：「不過是一個網友，能有什麼正事？」

江離一直認為王凱僅僅是我的網友，而他這些日子接我下班的時候也沒遇過王凱。本來我想告訴他，王凱就是我的直屬上司，不過想一想，這似乎和他也沒什麼關係，說出來說不定還會被他嘲笑。

江離見我不說話，又問道：「妳該不會真的和那個網友有什麼吧？我說妳也太饑不擇食了吧？那小子一看就不是什麼好人。」

我覺得是時候展現自己的魅力了，於是眼睛都不眨一下地吹牛道：「那我也沒辦法啊，他老是纏著我，你說也奇了怪了，為什麼好多性取向正常的帥哥都像蒼蠅一樣圍著我轉呢？煩死人了！」

江離的聲音悠悠地飄過來：「大概是因為妳長得像牛糞吧。」

我：「……」

我翻身背對著他，無語凝噎。睡覺睡覺！

這時，江離又說道：「總之妳自己好自為之。」
我沒好氣地回道：「不勞您費心。」
江離：「妳要是被人賣了，我可不贖妳。」
江離：「當然，其實一坨牛糞也不值多少錢。」
我：「……」

＊　＊　＊

早上我正坐在鏡子前整理儀容，江離突然說道：「妳把頭髮盤起來。」
我一時沒聽懂他要幹嘛：「啊？」
江離從我的梳妝檯裡翻出一枚小夾子，又重複了一遍：「把頭髮盤起來。」
我：「為什麼？」
江離用小夾子敲著我的頭，說道：「當然是有用了，快點，不然妳要遲到了。」
我只好乖乖聽話，把頭髮盤起來。
然後，江離轉到了我的身後，拿著小夾子在我的後頸狠狠地一夾……
「啊——疼啊——」我慘叫一聲，捂住脖子，扭頭對他怒目而視，「你要幹嘛！」

江離無辜說道：「秀恩愛啊。」

我：「秀什麼恩愛，你這明明就是謀殺！」

江離一本正經地說道：「恩愛之後會有痕跡，妳要秀的就是這個。」

我愣了一下，隨即明白他是什麼意思，然後臉就莫名其妙地發燒。那個……大家也都明白吧？

江離在我的臉上瞄了一下，陰陽怪氣地說道：「想不到妳也會害羞。」

善了個哉的，我、我也是女人啊！而且我還沒有和人恩愛過呢……

此時江離拎開我的手，準備在我的後頸再來一下，我卻抱著脖子打死不從。於是他嚇唬我：「妳要是不配合，我只好用嘴咬了。」

好吧，與被江離咬相比，我還是選擇被夾幾下吧，反正又不會死人。

於是接下來，房間裡久久迴盪著某個女人的慘叫聲……

等江離的虐待工作結束，我尚有一事不明：「江離，你為什麼只夾後面，不夾前面呢？」

江離：「因為後面妳自己也看不到，笨蛋。」

明白了，原來劇情是這樣的：我脖子後面有「恩愛的痕跡」，我自己也不知道，於是這天我傻呼呼地盤了個頭，然後興沖沖地跑去上班……可是這樣豈不是會有很多人看到？那會很丟人的……

於是我向江離提出了自己的疑問。江離溫和地告訴我：「是啊，妳不會現在才想到吧？」

我，悲痛欲絕。

可是我心裡還是很擔心：「那要是我今天遇不到于子非呢？」

江離十分坦然地答道：「那就明天繼續弄，早晚有一天，妳會遇到他的！」

翻桌，這是什麼鬼主意！

＊＊＊

因為江離的傑作，我早上上班差點遲到。雖然我「不知道」自己脖子上有「痕跡」，可是我實在沒有像江離那樣優秀的演技，所以一進公司大門就心虛，一直低著頭。

後來，晚上下班的時候，江離告訴我，低著頭，那「痕跡」只會更加明顯地暴露在人們的視線之內。當時聽到這話，我連死的心都有了。

話說，我低著頭走進王凱的辦公室，想問問上司有什麼最新指示。此時王凱正悠閒地靠在沙發上看報紙，手裡端著一杯萬惡的咖啡，裝模作樣地喝。

作為他的祕書，我十分有責任感地提醒他：「王總，今天您要做的事情貌似很多……」

王凱抬頭看我，笑道：「沒關係，本少爺工作效率高。」

無語。我無語的原因不是因為他自戀，而是因為，他工作效率真的很高，我好嫉妒啊，好嫉妒……

上午有一個會議是王凱主持，于子非也會出席。當然了，我作為某人的祕書，也被拎進了會議室。

王凱這個人挺無恥，開會的時候一板一眼地，從不講帶顏色的笑話。也只有這個時候，他的氣質才會稍微脫離猥瑣，與平時的他判若兩人。如果不是因為認識他很久，我一定會認為他被鬼附身了，或者是人格分裂了。

開會的時候我坐在王凱的旁邊，而于子非剛好坐在我的旁邊……這下我更不敢抬頭了。

我對會議內容本身就不怎麼感興趣，加上現在心裡很亂，所以乾脆一個人伏在桌前盯著筆記型電腦的螢幕發呆。我在想，于子非他到底會不會看到我脖子上「恩愛的痕跡」呢？如果看到了，他會有什麼反應？如果他看到了，我會不會很爽？如果他看不到……不行，即使他看不到，回去我也要向江離彙報說他看到了，要不然我的脖子會在那個變態的魔掌下報廢！再說了，于子非能不能看到「痕跡」，很重要嗎？重要到可以讓我犧牲脖子嗎？

答案是，NO！

我正神遊著，突然有人推了推我的手臂。王凱那熟悉且猥瑣的聲音傳來：「小宴宴，在發什麼呆？」

我眼皮都不抬一下，說道：「拜託，王總！你在開會好不好……」

王凱的聲音裡帶著笑意：「白痴啊，會已經開完了，人都走光了。」

我抬起頭，發現確實如他所說，現在整個會議室只剩下我們兩個人。

王凱好奇地問道：「小宴宴，妳脖子後面上有什麼？剛才于總監一直盯著妳的脖子看，跟丟了魂似的。」

我的臉「騰」地一下燒起來，低頭結結巴巴地說道：「那個……我……我怎麼知道……」

王凱見我尷尬，更加好奇起來：「小宴宴，妳不會對於總監芳心暗許了吧？」說著，他湊過來想看看我脖子上到底有什麼。

我下意識地抱起脖子：「王總，我們是不是該考慮回去了？」

王凱根本不理會我說什麼，他抓住我的手腕，輕而易舉地便往兩邊扯開，然後瞄了一眼我的後頸。

我慚愧地低下頭，等著被他嘲笑。

等了好一會兒，也沒聽到他說什麼。我抬頭看他，只見他此時的神色那叫一個平靜，連平時的猥瑣氣質都黯淡了一些。

我掙扎著想把手腕抽回來，可是王凱抓得太緊。

我有些急：「王總，你是要綁架自己的祕書還是怎麼樣？」

王凱依然抓著我的雙手，笑咪咪地說道：「小宴宴，妳老公用了什麼壯陽藥？」

我就知道狗嘴裡吐不出象牙來！我正要反駁他，這時，會議室的門卻被推開了，有一個人走了進來。

我抬頭一看——于子非？！

于子非看到我們，明顯一愣。我這才發現，此時我和王凱之間離得太近了，我的後背幾乎貼到了他的胸口上。而且……他還抓著我的兩隻手。

總之，這場面就是，讓人想不誤會都難。

我用力甩開王凱，眼神有些飄忽。

王凱卻鎮定自若地說道：「于總監，你還有什麼事嗎？」

于子非平靜地答道：「我有東西放在這裡。」說著，便朝我身邊的座位走過來。我掃了那座位一眼，發現桌上有一疊資料，這估計就是他忘記拿的東西吧。

于子非拿起資料的時候，王凱突然很不合時宜地湊到我的耳邊，笑咪咪地說道：「小宴宴，昨晚疼嗎？」

我一聽到這話，頭髮差點豎起來，這是什麼話！他非要把我氣死才算甘休嗎！

我朝王凱發飆的時候，于子非已經拿著資料一聲不吭地離開了。

「王凱，你活膩了是吧！」

「小宴宴我不敢了，下次一定會對妳溫柔一些的！」

「你還說！」

「啊啊啊啊……喂，妳要謀殺上司嗎？」

「廢話，我殺的就是你！」

「啊啊啊啊……我是妳的上司啊，妳工作不想要了？」

「這日子沒辦法過了，我要辭職！」

「啊啊啊啊……我正想給妳加薪呢，既然妳要辭職……」

「加多少？」

「百分之十怎麼樣？啊啊啊啊……二十，二十……啊啊啊啊，三十吧？……啊啊啊啊，五十，不能再多了！……啊啊啊啊，加一倍，一倍！再多就變成包養了……」

我放下手中的簽字筆，心滿意足地拍拍手，然後戳著王凱的肩膀，笑咪咪地說道：「加一倍的薪水喔，從明天開始。」

王凱垂頭喪氣地哼哼了兩聲，算是答應了。

哇哈哈哈，怪不得江離那個變態喜歡欺負人，欺負人的感覺果然就是爽啊！

＊　＊　＊

晚上下班的時候，外面突然下起了雨。我站在公司門口，跟個望夫石一樣，看著門口來來往往的車輛。等了一會兒，不見江離的影子……要是在平時這個時間，他已經過來了。

善了個哉的，江離肯定是嫌下雨太麻煩，所以乾脆不來了。

在肯定了這個推測之後，我有些沮喪，這傢伙該來的時候就不見人影了！今天這雨下得說大不大，說小也不小。而且現在已經是秋天，要是淋那麼幾下，肯定會感冒。感冒會頭疼，感冒會吃藥，感冒還可能會打針……我打了個冷顫，不能再想了。

就在我猶豫著到底是衝出去還是衝出去還是衝出去時，于子非突然出現在我的面前。他手裡拎著一把傘，低頭看我，張了好幾次嘴，終於說道：「宴……官祕書，我送妳吧。」

我搖頭，我寧可感冒打針，也不接受他的援助。

于子非定了定神，又說道：「我只是站在一個同事的立場上，要送妳回去。」

我還未張口，卻聽到後面有人插嘴說道：「不然你還想以什麼立場，于總監？」

我回頭，王凱正拎著一把花裡胡哨的傘，笑嘻嘻地走了過來。考慮到今天他在我手上吃了虧，於是我有些心虛地別過臉，不敢看他……王凱可不是省油的燈，萬一他想找我報仇怎麼辦？

我側臉朝外面望去，不遠處有個頎長的身影正舉著一把傘，朝我的方向走過來。

我呲牙笑了一下，江離你還算有良心。

江離舉著雨傘走到了我公司的門口，他看了看我，然後又掃了我身邊的于子非一眼，最後視線停留在王凱那把花俏的雨傘上……那把雨傘還真是吸引人。

江離突然一把把我拎進懷裡，然後用一種標準瓊瑤男主的語氣，低頭對我說道：「對不起，我來晚了。」

我顫抖了一下，心裡不禁感嘆，江離的演技似乎又精進了不少。

這還沒完，他突然撥開我額前的碎髮，在我的額頭上狠狠地親了一口，然後又說道：「寶貝，冷嗎？」

我又顫抖了一下。本來是不冷的，但是你這一句「寶貝」已經足以讓我遍體生寒了……

江離低笑了一聲，捏了捏我的臉。然後他脫下外套為我披上，撐開傘，擁著我走入雨中。

我被江離按在懷裡，連回頭都做不到……也不知道于子非看到我這麼「幸福」的樣子，會不會有一種挫敗感？

江離突然又低頭在我額頭上親了一口，然後語氣輕鬆地說：「不用看了，妳贏了。」

我抬手使勁蹭了蹭額頭，都贏了你還親！

江離低頭看了我一眼，突然不懷好意地笑道：「妳臉紅了。」

廢話，這是氣的，氣的！

「不過妳臉紅的樣子，」他頓了一頓，似乎在找合適的形容詞，「看起來很笨。」

去你的，這是什麼話！我雖然比較大度比較能忍，可是面對江離的挑釁，不給他點顏色瞧瞧，他就不知道我的威武！於是我牙一咬心一橫，抬腳就往江離的鞋上踩去。

江離似乎知道我的企圖，邁開腳步躲過了我的攻擊。而我，卻因為一腳踩空，導致站都站不穩……為了不跌倒，我厚著臉皮抱住江離，乾脆掛到他身上。

江離皺皺眉頭，說道：「我剛才說錯了。」

汗，江離改過自新了？這種話都說得出來？果然暴力就是戰鬥力啊……

江離：「妳不是看起來很笨，妳是本來就真的很笨！」

我，咬碎一口鋼牙，卻拿他沒有辦法。

江離完全無視我的不滿，直接把我塞進車裡，然後走人。

我趴在車窗前，透過玻璃看著門口的于子非和王凱。此時他們兩個站在一起，貌似也在朝這邊張望。因為下雨，所以我看不清楚，不過看著那兩個模模糊糊的身影，我突然感慨起來，自言自語道：「他們兩個倒是挺配的。」

話剛說完，頭上就挨了江離的一記爆栗。我怒，瞪他，憑什麼你可以搞男人，我卻連腐一把的資格都沒有？

江離悠哉地駕著車，隨口問道：「妳那不務正業的網友也在這裡工作？他倒是對妳挺用心啊。」

我：「怎麼樣，你吃醋了？」我一直懷疑江離對王凱的態度，除了討厭，更多的可能是垂涎。雖然王凱這廝的氣質不怎麼樣，但單論長相，他也算是極品了。

江離聽了我的話，嗤笑一聲，說道：「對啊，我吃醋了，妳看著辦吧。」

我看著辦？我怎麼辦？善了個哉的，我才漲了一倍的工資，難道要辭職？開玩笑，就為了他江離的桃花，我要放棄我那狂漲一倍的薪水？想到這裡，我斬釘截鐵地搖了搖頭：「要我辭職，是不可能的。」

「嗯。」江離答應了一聲，便沒了下文。

我又有點怕，江離這個人吧，那真是殺人不見血啊，萬一他報復我，怎麼辦？……於是我又狗腿地笑了笑，說道：「那什麼，下次我把他騙回家，然後隨你處置。」

「不用了，」江離搖搖頭，「那種貨色，我看不上。」

喔，敢情是他不合您口味，也不知道您的口味是怎麼個變態法。

江離於是自顧自地開著車，不再和我說話。快到家的時候，他突然說道：「妳那個網友姓王，他和王成海有什麼關係嗎？」

我：「王成海？這名字還真是耳熟。」

江離又解釋道：「王成海是南星集團的股東，妳的公司就是受南星集團控股。」

我一拍腦門，想起來了：「對啊，王成海是他爸。」我好像聽公司裡的人談論過這個問題，當時也沒放在心上。

突然一個急剎，我一點心理準備都沒有，嚇了一跳。

我扭頭剛想質問江離，卻發現他正用一種有些危險的目光看著我。正常情況下，這種目光所代表的含義就是，官小宴犯錯了，江離很不滿。我被江離盯得有些發毛，低下頭不敢看他。雖然我也不知道自己錯在哪裡，可是……我怕啊……

官小宴果然是個沒出息的傢伙。

「官小宴，」江離的聲音響起，有點陰森森的冷，我那小心肝又顫了兩下，「妳倒是越來越能勾搭了，嗯？」

汗，是他勾搭我好不好！而且我一直頑強不屈地沒有被他勾搭上！

＊　＊　＊

晚上，我正為江離削著蘋果……好吧，我在家裡就是這個地位，江離他就是一大地主，資本家，不榨乾我的最後一滴血汗，絕不甘休。至於他為什麼就能讓我官小宴乖乖為他做事情，開玩笑，你認為官小宴鬥得過江離嗎？別說一個了，就算是十個官小宴，她們鬥得過江離嗎？

善了個哉的，又提起我的傷心事來了。不說了不說了，我專心削蘋果吧，削不好的話，江大爺會不高興，後果會很嚴重！

我蘋果剛削到一半，手機突然響起來，是訊息。我可憐巴巴地望了江離一眼，能不能讓俺看看訊息？他瞇著眼睛大手一揮，算是準了。

我放下蘋果，拿過手機來看。是一個陌生的號碼。

訊息的內容只有短短八個字：宴宴，妳真的幸福嗎？

江離拿起蘋果接著削，一邊削一邊問道：「誰傳的訊息？」

我看著那串陌生的號碼，說道：「是于子非。」這個世界上，只有一個人會叫我「宴宴」。

江離的動作沒有停下來，他連頭都懶得抬：「然後呢？」

我低頭看著那八個字：「然後不過是問候一下。」

「喔。」某人繼續削著蘋果。

我盯著于子非的訊息愣了一會兒，突然開口說道：「江離，我覺得這一切都很沒意義。」

「嗯……嗯？」江離抬頭看我，不解。

「我是說，在于子非面前演戲，很沒意義。你說我們都分開四年了，已經塵歸塵，土歸土了，我幹嘛還老跟他嘔氣啊？連我自己都覺得自己無聊了。」

江離已經削好了蘋果，他此時正把蘋果切成小塊，一邊細心地切著，一邊漫不經心地附和我：「對啊，妳是挺無聊的。」

喂！

我：「江離，你要是遇到你的舊愛，你會怎麼做？」

江離：「該怎麼做就怎麼做。」

這不是廢話嗎。

我：「那如果你舊愛脫光衣服躺在你床上，你會怎麼辦？」

江離：「把他扔出去。」

我：「我才不信，你怎麼可能禁得住誘惑呢。」

江離：「要不然就幫他拍裸照，趁機敲一筆。」

我：「你太卑鄙了！」

江離：「算了，還是起訴他吧，私闖民宅，性侵害。」

我：「……」

我只是單純膜拜「性侵害」三個字。

江離又說道：「官小宴，妳這個人，太執著，執著到偏激。」

我撓撓頭，無辜說道：「沒有啊，我這個人很懂得變通的。」

江離：「在妳的意識裡，離開就等於拋棄，拋棄就等於背叛。所以離開妳，就等於背叛妳。」

我眨眨眼睛：「不是嗎？」

江離搖搖頭：「誰規定別人必須廝守著妳，不能離開妳？即使是拋棄，也不見得是他做錯了事，也說不定是，妳選錯了人。」

我一時語塞，想了很久，終於說道：「他……他說過要和我一輩子在一起的……」

江離又恨鐵不成鋼地搖搖頭：「妳都一把年紀了，怎麼還會相信這種東西？承諾有時候還不如牛糞值錢。」

我愣住。是啊，承諾算什麼啊，我對盒子就老是說話不算數。連我力所能及的小事情，我都會失信，更何況是一輩子？那些也不過都是當甜言蜜語來聽聽罷了，但笑我當時竟然把它們全當真了。

「江離，我以後不會了。」

江離：「什麼？」

我：「不會相信承諾，任何人的。」

江離：「其實妳偶爾可以相信我一下，我這人人品一向不錯。」

我：「我實在看不出你和人品這兩字有半毛錢的關係。」

江離瞇起眼眸：「是嗎？」

我打了個冷顫，連忙改口道：「不是不是，你人品很好，超級好！」

善了個哉的，你連點言論自由都不給我，還好意思跟我談人品？

晚上臨睡前，我傳了條訊息給那個陌生的號碼：

是的，我很幸福。而且，我的幸福，與你無關。

第七章

這幾天看到于子非，我明顯趾高氣揚了許多，目光也不躲閃了，說話也有底氣了，走路也不會跌倒了……總之，我在面對他時，感覺自己和以前真的不一樣了。江離說那是因為我贏了，不過我對「贏了」的含義實在不太明白，我和于子非原本就沒有什麼鬥爭，又何來輸贏一說？

江離對我的疑問不作解釋，只是被我問得不耐煩的時候，會敲著我的腦袋說，官小宴妳還真笨。

好吧，笨就笨吧，反正我現在不怕于子非了。我覺得我不怕于子非的另外一個原因是，我的背後有讓人膽寒的變態為我撐腰，那個變態當然就是江離。所謂「信江哥，膽子大」就是這個意思。

與我相反的是，于子非每次看到我，表情都會比較糾結，比丟錢丟飯碗還糾結。我特別喜歡看他這個樣子，所以有事沒事就和他說說話，讓他多糾結幾次。

今天晚上江離出去喝酒了，山中無老虎，猴子稱大王，我一個人在各個房間中遊蕩著，感受著沒有江離的世界有多美妙，多快樂。

晚上十一點多，江離總算回來了，不過是被人扶回來的。我一開門，就看到滿身酒氣的江離被一個帥哥扶著……他連站都站不穩了。

扶著江離的帥哥很清醒，他禮貌地叫了我一聲「嫂子」。我依稀能認出來，這小子在我和江離的婚禮那天，曾經跟著鬧洞房。話說我這個人一般不太容易記住別人，除非他長得好看，眼前的帥哥就在此列。

我熱情地把他們請進去（當然主要是請帥哥），並且招呼帥哥把江離扔到了沙發上，然後我又趁帥哥不注意，狠狠地踢了江離兩腳。

帥哥大概覺得不太方便，所以把江離扔在沙發上之後，坐也沒坐就要告辭。

我把帥哥送出門，熱情地問道：「兄弟，怎麼稱呼？」

帥哥靦腆地笑了笑，說道：「嫂子，我叫韓梟。」

我點點頭，回頭瞪了一眼醉倒在一旁的江離，隨即皺眉道：「這傢伙怎麼喝成這樣？」

韓梟笑道：「幾個朋友在一起聚一聚，江哥一時興起，多喝了幾杯。」

韓梟很快就離開了。現在，房間裡只剩下一個不省人事的江離，以及一個腦筋很清醒的官小宴。

我踹了江離一腳，擺出一副凶惡的地主婆姿態：「江離，你還不快給我起來！」善了個哉的，好久沒這麼爽過了！

江離皺了一下眉頭，嘴裡嘟嘟囔囔地說道：「我得回去，我那笨蛋老婆晚上一個人不敢睡覺。」

他雖然說得不怎麼清楚，但是我聽得一字不落。當時把我感動得啊，江離啊江離，沒想到你也有友善的一面啊，醉了好，醉了好！

我搖晃著江離，把聲音放柔和，輕輕說道：「江離啊，快起來，自己走去臥室。」我可沒有力氣背他。

江離在我的搖晃中半睜開了眼睛，看了我一眼後又緩緩閉上。我不遺餘力地繼續搖，感動歸感動，要想讓我把你揹過去，門都沒有！

江離在我的搖晃下又睜開了眼睛，依然半睜著眼睛看著我，口齒不清地說道：「官小宴。」

汗，認識我了？太好了，繼續搖晃，一邊搖晃一邊和他說話：「對啊對啊，就是我，你快點醒來，這沙發沒有床舒服。」

江離果然搖搖晃晃地從沙發上坐起來，我以為他要站起來，卻沒想到他往沙發上舒舒服服地一靠，大爺似的說道：「官小宴，去幫我裝洗腳水。」

你你你，你喝醉了都不忘欺負我！我往他腦袋上搧了一巴掌，然後凶惡地說道：「趕快去睡覺！」

江離吃力地從沙發上站起來，步履蹣跚地朝浴室走去，一邊走一邊自言自語：「我要洗澡，不洗澡怎麼睡覺呢？」突然，他匡噹一下，跌在浴室門口。

我實在看不下去了，如果今天江離受傷太嚴重留下傷痕，那麼明天我絕對沒有好日子過。想到這裡，我只好湊過去，使勁把他從地上扶起來，一邊扶一邊哄他：「乖，我們不洗澡了，先睡覺，睡覺要緊！」

江離就著我的力氣，從地上爬起來，然後他俯視了我一眼，不懷好意地笑：「妳想和我睡覺？」

我：「……」

我就想不通了，為什麼喝醉的江離，其殺傷力一點沒有減弱呢……

我幽怨地扶著他進了浴室，善了個哉的，你就洗吧，淹死你！

我把江離丟進浴室便想出來。誰知江離卻一把拽住我，十分不滿地說道：「妳要伺候我洗澡！」

我算是搞懂了，江離骨子裡就是完全把我當保姆或女傭或使喚丫鬟對待，不然為什麼明明是讓我幫他忙，他還這麼理智氣壯？

算了算了，我跟醉鬼生什麼氣啊。想到這裡，我便笑呵呵地說道：「好啊，兒子，來，媽媽幫你洗澡！」

江離甩開我的手，沒好氣地說道：「誰是妳兒子！」說著，他開始脫衣服。

我呆立在原地，愣愣地看著他。江離他……在脫衣服……

江離一顆一顆地解開襯衫的釦子，因為喝醉了，手有些笨拙，他總是每一個釦子都解好幾次才能解開。於是，他脫衣服的過程異常漫長。我直勾勾地盯著他的每一個動作，在心裡一個勁地為他加油打氣。隨著那水晶釦子一顆一顆地被解開，江離的鎖骨露出來了，江離的胸膛露出來了，江離的腹肌，也露出來了……

我吞了吞口水，眼睜睜地看著他把襯衫褪去，眼睜睜地看著他，把男人的第二重要部位暴露在我面前。我感覺鼻子有點癢，下意識地用袖子抹了一下，然後低頭一看袖子，嚇了一跳……我竟然流鼻血了……還沒到重點呢，官小宴妳這個沒見過世面的傢伙，怎麼就這麼不爭氣呢……

江離已經完全入戲，一心想著要洗澡，早就忘記他面前還有一個成年雌性人類正兩眼放光地看著他。

江離忘乎所以地開始解褲子，解了半天終於解開，然後脫掉。江離修長的雙腿，也終於出現在我的面前……

然後，只剩下最後的小褲褲了。

為了避免失血過多的尷尬，我決定先迴避一下，於是我捂著鼻子想撤離。這裡太血腥太瘋狂了，真不是人待的地方，更不是女人待的地方！

江離卻眼疾手快地一把把快踏出浴室的我拎回去，不滿地說道：「還不快幫我放水！」

我捂著鼻子，一邊蹲在浴缸邊幫江離放水，一邊悲哀地感嘆：江離啊江離，你的性取向我理解，可是你也照顧一下我的性取向好不好啊？這麼一具全裸的美型男體在我面前晃來晃去，還讓不讓人活了……待會兒我要是獸性大發，你就自求多福吧……

水放好了，江離踏進浴缸，滿足地靠在浴缸上哼哼了兩聲。我的目光在水中那具一絲不掛的身體上來回遊蕩，此時浴缸裡只有清水，裡面的東西我看得一清二楚，於是我就……再一次洶湧地流起了鼻血。天哪，這日子真是沒辦法過了！

江離瞇著眼睛，搖頭晃腦地自言自語了一會兒，突然說道：「官小宴，陪我洗鴛鴦浴。」

鴛鴦你個大頭鬼的浴，我都快陣亡了！我堵著鼻子，站起身打算離開。不行了，這裡一刻也不能多待了。我算是明白了，原來江離最具有殺傷力的武器不是他的大腦，而是他的身體！我已經對他的大腦吃了無數場敗仗，在他的身體面前，當然也討不到好。我就悲憤了，你說你一個同性戀，也不怎麼喜歡女人，你有個這麼勾引女人的身材幹什麼啊！

我正要離開，卻發現江離突然將整個身體都沉到了水中！他躺在浴缸底部，睜大眼睛望著我，看得我心裡一陣緊張……善了個哉的，這小子要自殺嗎？

江離睜大眼睛躺在水中，一動不動地看著我。浴缸裡的水蕩漾著，伴著微黃的日光燈，那種美竟然讓人心頭生起一股愴然。此時江離就像一條將死的美人魚，靜靜地躺在水裡，對人世間沒半分的留戀。我的呼吸一滯，盯著水中他赤裸的身體，竟然忘了流鼻血。

我只感覺江離就要在水裡融化，離我遠去。

我腦子一熱，趴在浴缸邊緣，不顧一切地使勁把江離往上拽，一邊拽一邊喊道：「快給我起來，你不要命了！」

拽了兩下沒拽動，我剛想把浴缸裡的水放掉，突然一股力量傳來，將我直直地拽進浴缸。

我在浴缸裡撲騰著，心裡暗罵，造反了你！

這個浴缸很大，兩人一起洗澡是沒問題的。當然，我現在沒有心情和江離一起洗澡。我抓住江離，把他的頭按進水裡，再拽出來，如此反覆了好幾次，一邊施虐一邊罵道：「叫你不聽話，叫你欺負我，你這個混蛋王八蛋……」

江離掙脫開我，用前所未有的嚴肅口吻爭辯道：「我不是王八蛋，我是魚。」

我：「！！！」

我突然就有些沒勁了。你說我一個正常人，和一個醉鬼較勁什麼呢？於是我頓時感覺無趣至極，只好站起身，打算從浴缸中踏出來，留江離一個人在裡面折騰。

可是江離卻不打算放過我。這個神志不清的傢伙突然一把抓住我，把我重新按回浴缸裡，然後就在我還沒反應過來他到底要幹嘛時，這傢伙從後面抱住我，然後低頭一口……咬住了我的脖子……我嚇了一跳，久久沒有緩過神來。

江離咬人的力氣並不大，他就像啃甘蔗一樣，在我的後頸上輾轉著，咬一下，覺得不是滋味，再換個地方，繼續咬，期間還配合著用舌尖輕舔我的皮膚，搞得我全身戰慄，汗毛倒豎。我瀑布汗，就算你是狗，我也不是骨頭，咬什麼咬！

此時我也不理江離到底想幹嘛了，估計他自己都不知道他想幹嘛。我使勁掙扎，江離的雙手卻牢固得要命。無奈之下，我只好使勁向後倒去，我壓死你！

江離被我襲擊成功，墊在我身後向下倒去。然後，隨著一聲悶響，江離的身體徹底放鬆下來。

我從他懷裡站起來，踏出浴缸。然後我蹲下身仔細看江離，此時他靠在浴缸上，眼睛閉著，一動也不動。

我把手指伸到他的鼻子前，還有氣息。那麼，估計是剛才他的後腦撞到了浴缸的邊緣，撞暈了吧？我不放心，又捏了捏他的鼻子，在他的眼皮上方晃了一晃，最後確認，這傢伙的確暈過去了。

這下可麻煩了，江離這麼一個龐然大物，我要怎麼把他運回臥室？或者就讓他在浴缸裡睡一晚？如果讓他在浴缸裡睡的話，那他這把老骨頭估計就要報廢了吧……

算了算了，我們好人做到底，還是想辦法把他運回臥室吧。

我先換了一套乾燥的睡衣，然後回到浴室，把浴缸裡的水放掉，再把江離的身體擦乾，最後費盡力氣把他從浴缸裡拖出來。江離睡得像隻豬，這麼折騰他也沒醒來。

把江離從浴缸裡拖出來已經浪費我很多力氣了，而現在，我還要把他從浴室拖進臥室。從浴室到臥室，要穿過客廳。我蹲在浴室門口，看著那寬敞的客廳，頭一次覺得房子太大也不是什麼好事情。

好吧，不管怎麼說，開始幹活吧。

我用一塊大浴巾裹住了江離的重點部位，這樣可以防止我在運輸過程中失血過多，半途而廢。然後，華麗麗的搬運工程開始了。

我在搬運時的心理過程記錄如下。

如果江離別長那麼高就好了，他要是只有一米六，該有多好啊……

如果江離的胸肌、腹肌都變小一點就好了……

如果江離的手臂和腿都再細一點就好了，如果他長得很乾癟，那就更好了……

如果江離只有十歲，那就好了……

如果江離是隻老鼠……

半個小時之後，我擦擦額頭上的汗珠，一鼓作氣地把這隻死沉沉的傢伙拖到了床上。善了個哉的，我的潛力真是爆發了啊。一想到我把一個一百八十幾公分的大男人拖到了床上（想歪了的去面壁思過），我就特別有成就感！

我蹲在床上，又欣賞了一會兒人體藝術，流了點鼻血後，腦袋裡突然閃出一個十分……有趣……的想法。

人嘛，總是多多少少會有一些變態的，更何況和江離這種重量級變態待久了，如果我依然保持正常，那才叫真正的變態呢……好吧，我的意思就是，考慮到江離對我的壓迫，以及他讓人噴鼻血的人體藝術，不管我怎麼變態，都不為過，是吧？

於是我就覺得，不如趁此良辰美景，好好地搞一次人體藝術吧。我要讓眼前的美景，不僅留在我的腦子裡，還要留在我的……C槽、D槽、E槽裡……

我翻出相機，對著江離的身體拍了幾張照片。我覺得不過癮，乾脆把他腰間的大浴巾解下來丟在一旁，又幫他拍了幾張限制級的寫真（期間流鼻血若干）。後來我又覺得，完全暴露實在沒什麼意思，而且不文明，沒有美感，還粗俗，不夠引人遐想，這不是藝術的最高境界……於是我借助著浴巾、被子、枕頭等現場道具，熱心地幫江離擺了各種撩人的姿勢，然後一一將他的無限風情記錄下來。（流鼻血……）

我一邊堵著鼻子，一邊看著相機裡江離的寫真，感覺我剛才的辛苦勞動得到了回報，興奮無比。

於是這天晚上睡得很香。

＊　＊　＊

早上，我睡得迷迷糊糊，突然一陣劇烈的搖動把我驚醒。我半睡半醒地從床上跳起來，拎著衣服就往外跑，嘴裡一邊還喊道：「地震啦！」

還沒下床，我的手臂被人扯住，然後一把將我扔在床上。

我躺著，看到江離直勾勾地盯著我，眸子裡似乎有著怒氣，還有一點點彆扭。他半掩著被子，露出了鎖骨和左邊的胸膛。我看著他繃緊的臉，再也無心欣賞眼前的美色……還是喝醉了的江離比較可愛啊，免費拍照，而且姿勢任選，尺度任選。

江離沉著聲音質問我：「官小宴，妳昨天晚上對我做了什麼？」

我有些心虛，可是又有些不服：「喂，你怎麼不打聽打聽你對我做了什麼？」

江離皺眉想了一下，搖頭說道：「我只記得喝酒，然後……然後都不知道了。」

我得寸進尺：「對啊對啊，醉酒真是個好理由，凡是幹了壞事，只要說自己喝醉了，就什麼都能推脫了！」

江離的氣焰矮了許多，他古怪地打量著我，問道：「我確實不記得了，難道我……」

於是我更加囂張了：「我說你這個人的酒品真是不怎麼樣啊，以後你再喝酒，最好提前三天通知我，我一定會躲你躲得遠遠的！」

「那麼，我會對妳負責的。」

我嚇出一身冷汗：「負……負責？」

江離嚴肅地點點頭。

我坐起來，然後拎起枕頭往他腦袋上扣，一邊扣一邊凶巴巴地說道：「你一個同性戀，不管負責還是被負責，都找不到我的頭上吧？」

江離並不躲避我的襲擊，他等我停下來，沉悶著聲音說道：「可是我們昨晚……」

「昨天晚上我用了將近一個小時把你從浴缸拖到床上，就這麼簡單！」還讓我損失了好幾百CC的血量……當然，這個我不好意思說。

江離狐疑地看著我，突然拉開被子，指著床上的一抹紅色，說道：「那麼，這個是什麼？」

我盯著床上的紅色，臉頓時紅了：「那個，是……鼻……鼻血……」然後我抬頭，看到江離因扯被子的動作而暴露出的身體，我的鼻血又出來了……好在我昨晚已經習慣了，於是此時熟練地抬起袖子去擋鼻血，一點不以為意。

江離看到我擦鼻血的樣子，眉頭舒展開來，他的唇角彎了彎，說道：「官小宴，妳是不是暗戀我？」

我笑得像個女土匪：「臭美，我要是暗戀你，還會留你到現在？」昨晚就把你就地正法了！

江離笑得像個流氓：「什麼時候妳真的暗戀我了，我就免費讓妳品嘗。」原來江離猥瑣起來，也是猥瑣界的翹楚，其功力不輸於此領域的權威王凱。

我不再理會江離，捂著鼻子走出臥室準備洗漱，留江離一個人在裡面換衣服。搞定了個人衛生，我神清氣爽地準備做早餐。這時，卻聽到臥室裡江離的怒吼：「官小宴，妳給我過來！」

「又怎麼了？」我不耐煩地走進臥室，「我昨天真沒有品嘗你……」話說到這裡，我愣住。

江離此時正舉著一台相機，粉紅色的相機……正是我昨天晚上幫他拍寫真的時候用的那一台。

我真是後悔啊，當時拍完照就把相機放在桌子上了，想今天早上再說，沒想到江離醒得比我還早，更沒想到，被他起床時那麼一鬧，我就忘了這件事。

此時江離拿著相機的手竟然有些發抖，可見他是生氣到了極點。當然我也在發抖，因為我害怕……

我愣了一會兒，就率先出擊，奉上自己招牌式的狗腿笑容：「江離啊，這件事我正想和你說呢，我最近迷上了人體攝影，正找不到模特兒呢……」我一邊說話，一邊眼明手快地去搶他手中的相機，可惜還是慢了一步。我嘿嘿傻笑著，生怕江離想出什麼變態招數對付我。

「人體攝影嗎？」江離瞇起眼睛，「正好我也喜歡，來來來，妳把衣服脫了，我也幫妳拍幾張。」

我蹭地一下跳開：「別……不麻煩你了，呵呵，呵呵呵呵……」

江離：「妳把我從頭到腳都看光了，怎麼說我也得看回來吧？要不然我多吃虧。」善了個哉的，這什麼邏輯！

江離見我只笑不說話，又補上一句：「當然即使我也把妳看光了，到頭來好像還是我比較吃虧……妳這副身材有什麼好看的！」

我有些火大，可是一想到大概在他的眼中只有男人的身體才比較有看頭，我就釋然了。於是我繼續賠笑：「我當時也是無奈被逼的啊……」

「是嗎？」江離挑了下眉毛，隨即把相機的記憶卡拔出來，「下次再敢這樣，看我怎麼收拾妳。」

我實在心疼我的人體藝術：「江離，你把記憶卡還我吧。」

江離抬眼掃了我一下：「妳覺得我會嗎？」

我：「我已經把裡面的照片拷貝好幾份了，你留著它也沒用。」

江離：「那妳還跟我要？」

我：「……」

自己挖坑埋自己，搬起石頭砸自己的腳，說的就是我。

＊　＊　＊

今天週六，不用上班。

中午，我正在上網，江離突然說道：「官小宴，去妳的部落格看看。」

於是，我再度悲哀地用遊客的身分瀏覽我自己的部落格，去看看江離又搞了什麼鬼。

江離果然沒讓我失望，一看到部落格裡最新的那篇日誌的標題，我就有一種用腦袋去撞螢幕的衝動。

那華麗麗的標題在部落格首頁飄著：深夜偷拍到我老公的誘人豔照！

我瞬間打了個冷顫。好吧，雖然我也承認你那照片確實很XX也很XX，可是你把這些東西用這麼肉麻的話講出來，還要以我的名義，我就實在有些接受不了了……更何況你自己如此評價你自己，你臉皮厚不厚啊……

我又看了一下他的那篇日誌，很簡短，就大致說了一下此版主有多麼多麼愛她的老公，她老公有多麼多麼迷人……除了讓我胃裡面有些翻騰，別的還算正常。

然後就是上圖片。江離還算比較理智，只上傳了幾張看不清長相、尺度也不是很大的，但是看起來就是特別「誘人」的「豔照」。

那幾張照片我都看過了，更誇張的我也看過，所以我掃了幾眼，便跳過，看下面的留言。我的部落格訪問量本來就不怎麼樣，留言更別提。結果今天江離的照片一發出，下面就彷彿炸了鍋，一下子多出許多留言，其中大多數是對著江離的「豔照」流口水的。面對這些色女我有些無語，如果她們知道了江離是個Gay，還不會有這麼強烈的反應？

當然相對於色女們的留言，江離的回覆更讓我無語。比如：

網友A：妳老公沒穿衣服耶！

版主回覆：是啊，我也沒穿。

（你確實沒穿，可是現在你代表的是我！）

網友B：你們昨晚都做什麼了？

版主回覆：我說什麼都沒做，你信嗎？

（你小子醉成那樣，說你做了什麼，我也不信。）

網友C：妳老公好帥！妳也是大美女吧？

版主回覆：我不是大美女，我沒臉沒胸沒身材，還很笨。

（翻桌！我有臉有身材好不好！不就是胸小一點嗎……但還是有的！）

＊＊＊

今天晚上公司要舉辦一個化妝舞會，據說是為了活躍公司文化，促進員工之間以及員工與長官之間的交流云云，總之就是一句話：這場化裝舞會的意義很重大，得去。雖然我對意義重大這一點持保留意見，不過王凱說了，不去的話就扣工資，於是我只好乖乖聽話。

我問江離：「你說我打扮成什麼比較好？」

江離認真地思考了一下，對我說了許多動物，例如豬、狐狸、刺蝟……

我翻了個白眼，不滿道：「你能不能說個人類的？」

江離答道：「那就灰姑娘吧，符合妳的氣質。」

「我偏不，我要扮白雪公主！」灰小姐太悲情，不適合我。

江離看了我一眼，用的是他一貫不屑的眼神：「現在的公主也太廉價了。」

喂！

化妝舞會其實可以用一個詞來形容，那就是——群魔亂舞。你看看，你看看，骷髏頭、海盜、妖女、吸血鬼、巫師……置身於這樣一群人裡面，我突然發現，我這個人還算挺正常的。

在化妝舞會裡，想要認出一個人其實並不難，雖然大家臉上都戴著面具，但是性格上卻沒有戴。比如，那個裝扮得既風騷又花俏，像隻孔雀一樣五彩斑斕，而且還極其刺激人的眼球，一看就不是什麼好鳥，總是在不同女人之間徘徊的，八成就是王凱。

還有那位穿著暗色系的衣服，搞得像個殺手，低調地躲在角落一個人慢慢喝酒的，大概就是于子非了。當然，有些人的外貌特徵太過明顯，明顯到即使他戴個埃及法老的面具蹲在角落裡一動不動，群眾也能一眼把他認出來，比如策劃部經理，他的身體就是個球（這不算爆粗口）……

後來我曾經問過江離，他能不能在化裝舞會裡一眼認出我。江離當時斬釘截鐵地回答，能。我問他為什麼，他回答說，人群裡最木訥的那個，肯定是官小宴……你說這個人欠不欠扁……

因為置身於一群妖怪之中，我的白雪公主角色有些素，而且沒創意，所以不怎麼起眼。當然，我本身也實在不怎麼想和一群在各種恐怖片、驚悚片裡經常出現的角色們跳舞，所以乾脆一個人低調地躲在暗處吃吃喝喝。反正不用我掏錢，我很小市民地這樣想。

不遠處那隻五彩斑斕的孔雀走了過來。他向我微微彎了一下腰，說道：「這位美麗的女士，我可以請妳跳一支舞嗎？」雖然用語很禮貌，但我還是嗅出了輕浮的味道。於是我更加可以肯定，這隻孔雀就是王凱。

首先我的舞跳得很爛，其次我不想和一隻孔雀跳舞，再次我更不想和花心大蘿蔔王凱一起跳舞。綜合以上原因，我堅定地搖搖頭，乾脆俐落地答道：「不可以。」

王凱充分發揮了他臉皮上的優勢，乾脆一撩衣服，坐在我的旁邊。他面具上那簇超級大的火紅色羽毛就在我面前抖啊抖，抖得我頭暈。

於是某隻孔雀無恥地說道：「那我陪妳聊聊天吧。」

說實話，我覺得吃東西更有意思一些。

這時，主持人突然宣布要玩遊戲了。玩就玩吧，我在聚會場所向來是看著別人玩，一邊吃東西一邊看表演，倒也不算無聊。

遊戲規則沒什麼花樣，大致就是先抽籤，選出被玩的人，然後再從遊戲方法裡抽出一個，那遊戲方法更像是處罰方法，不過就是圖個樂趣，呵。

我覺得我今天很倒楣，因為第一個籤就抽中我了。好吧，抽中就抽中吧，反正我臉皮厚，咬一咬牙也可以挺過去。然而下一個籤，主持人竟然抽到了臉皮比我更厚的……王凱。

我突然悲涼地發現，這廝還真是陰魂不散的人，哪裡都有他。

然後主持人抽到了玩人的方法，這個方法吧，即使我臉皮很厚，也當場臉紅了……善了個哉的，到底是誰幹的，想出這麼無聊的把戲！

那紙籤上赫然寫著，被抽中的兩個人無論性別，都要接吻！

王凱一看那張紙籤，眼睛裡頓時充滿了笑意。他不懷好意地看著我，彷彿在說，妳是玩呢？還是玩呢？還是玩呢？

我我我我我……我不玩！我扭過頭，剛想和主持人抗議，手腕卻被王凱抓住。

他笑得那叫一個燦爛：「遊戲而已，何必當真？」

可是，遊戲也不能作為我被揩油的理由吧？

王凱似乎猜出了我心中所想，他扶著我的肩，說道：「我們要是接吻，誰占誰的便宜，還真不好說。」

我：「……」

我早就知道，王凱這廝和江離就是同種貨色，都欠打，欠修理，欠教訓……

就在我因為憤怒而失神的時候，王凱迅速抓住戰略時機，把頭壓了下來。他貼著我的唇，輕輕咬了一下，然後舌頭繞著，在我的唇角舔了一下……等我反應過來，他已經放開了我。

周圍傳來一片起鬨聲，而我就在這一片起鬨聲中，臉紅了。

我很不爽，可是我又沒有生氣的理由，畢竟大家是在玩遊戲，而我也已經過了那個純情的年代了。被人揩了油，如果鬧得太凶，反而是我矯情。於是我只好自認倒楣，任王凱拉著離開人群中央。

王凱拉著我的手，突然說道：「這位美女，我吻妳的時候，妳有沒有一種……全身竄過電流的感覺？」

我甩開他的手，怒道：「我又沒有被雷劈，怎麼會竄過電流？」

王凱卻笑呵呵地說道：「可是我有啊，那種感覺很奇妙。」

這種赤裸裸的調戲，我已經見怪不怪了：「這位先生，有病的話要儘快去醫院，不能拖著。」

王凱無所謂地笑了笑，我以為他就會這樣算了，卻沒想到他突然又握住了我的肩膀。我使勁掙扎，他卻不放。

於是我火了：「王凱，你到底想幹什麼！」

王凱低頭看著我的眼睛，那眼神嚇了我一跳……我從來沒見過這麼正經八百的王凱，就連他開會也從來沒有這麼認真過。

王凱盯著我，緩慢而有力地說道：「官小宴，做我的公主怎麼樣？」

第八章

我握著拳頭，緊張得呼吸都有些困難。王凱此時的目光，難辨真假。

我屏住呼吸，盯著王凱的眼睛，微微一笑說道：「那麼，我是不是要叫你父皇了？」

王凱一愣，隨即眼角彎彎，臉上重新掛起了笑意。他用手肘撞了我的手臂，笑嘻嘻地說道：「我就說嘛，妳這個人在關鍵時刻還是有點急智的，不愧是少數幾個沒有拜倒在我的石榴褲下的女人之一啊……」

我不自然地扯開嘴角笑了笑，還好還好，他只是在開玩笑。其實話說回來，我又不是什麼大美女，王凱估計也看不上我，他就是比較惡劣，喜歡和我開玩笑而已。想到這裡，我的心情就放鬆下來。

王凱十分不見外地把一隻手臂搭在我的肩膀上，笑道：「小宴宴啊，說實話，妳剛才是不是真的有點心動了？」

我還未說話，他又說道：「沒關係沒關係，妳說出來我也不會歧視妳的。」

我無可奈何地動一下肩膀，躲開他的手臂，說道：「是啊，我真的心動了，麻煩你讓讓。」我說著，從他身側走開。

王凱卻黏了上來：「既然心動了，那我們約會吧？去妳家還是我家？好像還是我家比較安全一些……」

我捏了捏額頭，說道：「你去你家，我去我家。」

王凱玩心不死：「小宴宴，不用這樣欲拒還迎，雖然妳是個有夫之婦，我也不介意的。」

我轉身，從他的面具上揪下一根羽毛，然後舉著羽毛在他的下巴上撩了一下，那情形，就像女土匪調戲良家小相公，偏偏王凱貌似很喜歡我的這一個舉動。我只好一邊用羽毛撩著他的下巴，一邊陰森森地說道：「馬上消失在我面前，不然我廢了你！」

王凱滿不在乎地笑了笑，不動。

我火大，抬腳就往他的命根子踢去……好吧，雖然我沒那個膽子，不過嚇唬嚇唬他也好。

我的腳快要碰到王凱時，他突然慘叫一聲，憤然遠離，那臉上還帶著些許害怕的神色。

我仰天大笑，我這次也彪悍了一回！欺負別人果然很爽啊……我不敢欺負江離，還不敢欺負你嗎？

我嘴角掛著笑，轉頭正想尋覓點吃的，看到眼前的身影，卻又頭疼起來。

我和于子非坐在一旁，決定把話說開。雖然我很欣賞他之前和我說話時糾結的樣子，不過這種惡趣味玩多了也沒意思，還不如直接痛罵他一頓，然後大家翻臉。

我突然有些搞不懂，我和于子非明明在四年前就已經沒有關係了，可是為什麼現在搞得好像很有關係似的？

于子非似乎也不大明白，他不停地摩挲著酒杯的杯腳。如果他這四年來沒有改掉某個習慣的話，他的這個動作說明他有點緊張。

緊張什麼，該緊張的是我好不好！這念頭在我的腦中一閃而過，然後我就發現問題了。你說奇了怪了，從于子非來到XXX廣告公司那天起，短短一個多月，我在他面前竟然已經能反客為主了。以前都是我看到他，嚇得連站都站不穩了，而現在呢？我一副氣定神閒，準備和他大幹一場的樣子，而他，卻低頭摩挲著杯腳……

于子非沉默了一會兒，終於抬頭看著我，說道：「宴宴，妳……到底喜歡誰？」

「啊？」我一時沒反應過來。

于子非又說道：「我問妳，妳到底喜歡誰，江離還是王凱？又或者，妳兩個都不喜歡？」

我中氣十足地說道：「那個……我喜歡誰和你沒關係吧？」

于子非有些失落地低下頭，自語道：「是啊。」

是啊，和你又有什麼關係！

可是沒過多久，他又說道：「如果我依然喜歡妳呢？」

「于總監，今天不是愚人節。」

我當然不信他的鬼話，他當初離開我，就說明已經不喜歡我了，現在又假惺惺地來說這些。我認為他之前面對我時氣勢上的低落，完全是因為我過得比他「幸福」，他當然咽不下這口氣。雖然他十分氣不過，不過他也沒辦法啊，誰讓江離那小子太會演戲了呢……

于子非卻突然抬頭，十分認真，一點也不像開玩笑的樣子。他嚴肅得彷彿在宣布一個噩耗：「是真的，宴宴。我以為我忘記妳了，卻沒想到四年之後……」

「行了，行了，你省省吧。」我擺了擺手，說道，「江離說的還真對，你看到我沒有你想像中的那麼慘，所以心有不甘，想再折磨我，是這個意思嗎？」

于子非臉色突然變得很蒼白，他張了張嘴，最終有些無力地說道：「妳……一直都是這麼想的？」

我點點頭，是的。雖然江離是個變態，不過他的話還是比較可信的。

于子非突然意味深長地說道：「宴宴，妳不用和我掩飾，我知道妳並不喜歡他們之中的任何人。」

我怒，關你什麼事。

于子非沒有接收到我眼中冒出來的小火焰，自顧自地說道：「宴宴，四年說長不長，說短不短，這四年可以改變很多東西，但是有一點是不會變的，那就是……我們對彼此的瞭解。」說著，他的目光又滑向我的手指，「比如妳手指上有一顆痣，妳不喜歡吃洋蔥，妳怕看鬼片，還有妳睡懶覺的惡習是從什麼時候養成的……」

「夠了！」我打斷他，有些激動，「你說這些還有什麼用？」

于子非：「我只是想說明，只有我們才瞭解彼此，只有我們，才是最合適的。」

「我們？你還真是玷汙了這個詞，當初是誰丟下我，跟我的好姐妹跑了！」

于子非突然覆上我的手背，說道：「宴宴，我錯了，妳……能不能再給我一次機會？」

我抽回手，冷笑道：「于子非，你一直說瞭解我，其實我也很瞭解你。我問你，如果你當初選擇的是我，而不是雪鴻，到時候別說是四年，就算是我們結婚四十年，你也不會忘記她吧？你不就是因為沒得到，不甘心，想嘗嘗鮮嗎？我已經犯過一次錯誤，栽在你手上了，你覺得我還會傻到去犯第二次錯誤嗎？」

于子非急切地搖頭說道：「宴宴，不是妳想的那樣。我是真的愛妳……」

我才想說話，卻聽到身後一個低沉的聲音說道：「如果你真的愛她，不介意和我交流一下吧？」

我回頭，赫然看到江離站在身後。此時他穿著正常的衣服，但是臉上戴著一副鑲鑽的黑色面具。我為什麼能一眼看出他是江離呢？因為他現在穿的那件襯衫是我幫他燙的……

我突然發現這個化裝舞會好悲哀啊，我依然能一眼認出認識的人，一點意思都沒有。

這時，江離把我拎起來，說道：「妳去跳舞吧。」然後就不等我反對，坐在我原來的位置上，和于子非面對面，一副談判的架勢。

我很好奇，他怎麼會冒出來？

當然此時江離已經落座，正目含威脅地盯著我，彷彿我就是妨礙他們的電燈泡……汗，我又腐了……

於是我逃向那一堆妖魔鬼怪之中。

江離和于子非談了一會兒，便拎著我離開了化妝舞會。我被江離拉著，偷偷回頭看于子非，只見他此時的表情那叫一個黯然神傷啊，看得我都怪不好意思了，總覺得是自己把江離放出來欺負人了……

江離用騰出來的另一隻手把我的頭轉回去，挑眉說道：「怎麼，捨不得？」

「沒有沒有，」我掙脫開江離的魔掌，「只是看他那個不開心的樣子，我就很開心。」

江離鄙夷地哼了一聲，便不再說話。

我坐在江離的車上，突然想到江離的行蹤很值得探究，於是問道：「你怎麼來了？」

江離悠然地開著車，「路過，就順便進去看看。」

我：「胡說，你明明有準備面具。」

江離嘴角彎了彎，輕輕地笑了笑，「官小宴，妳變聰明了。」

我：「咳咳，過獎過獎。」

江離：「其實，我餓了。」

也就是說，這傢伙是抓我回去做飯的？太過分了！

於是我十分耍大牌地說道：「你自己不會叫外賣嗎？沒看到我玩得正嗨？」

江離點頭說道：「嗯，和前夫玩得是挺嗨，」他頓了頓，斜眼掃了我一下，又說道，「當時妳的臉，就差扭成一隻包子了。」

我斜眼看著江離，笑道：「江離啊，其實你是因為擔心我吧？」

江離目視前方，不說話。我看到他的表情有些不自然，於是我很不厚道地暗爽了很久。

我想到于子非，便問道：「你和于子非說了什麼？」

江離並沒有回答我的問題，只是說道：「妳放心吧，于子非這下再也不會找妳麻煩了。」

我狐疑地看著他，半信半疑：「你……你不會又要去強X他吧？」

江離不置可否：「怎麼，妳心疼？」

我搖頭，開玩笑道：「我是心疼你，那種貨色，吃起來肯定不可口。」

江離似乎滿喜歡我說的話，於是勾了勾嘴角，說道：「其實我和他也沒說什麼。」

我：「那到底說了什麼？」

江離：「我告訴他，這幾年妳的變化很大啊……妳喜歡上了寶馬，最討厭日本車了，尤其討厭豐田。」于子非的車貌似就是豐田……

我擦汗：「我到現在都還沒搞清楚你這台車是什麼型號。」

江離：「說了妳也記不住……我還告訴他，妳不喜歡狹窄的房子，最喜歡的是有游泳池的豪華別墅。」于子非是中產階級，大概買不起豪華別墅……

我顫抖：「有游泳池的豪華別墅……我連見都沒見過好不好！」

江離：「妳要是表現好，之後我幫妳買一間。」

我覺得江離是在吹牛，於是很善良地沒有揭發他。

這時，江離又說：「最重要的一點，我對他說，妳喜歡激情四射的男人。」

我疑惑：「這很重要？」

江離補充道：「所以妳平均每天至少用半盒避孕套……十個裝的……」

我：「……」

如果把那東西當氣球吹的話，我想我可以的……

＊　＊　＊

回到家時，我有點累了，連衣服都來不及換就仰頭靠在沙發上休息。

江離站在我旁邊，低頭俯視我，盯得我心裡直發毛。江離突然彎下腰，離我的臉近了幾分。我呆呆地盯著江離的臉，心想，他的皮膚真好啊……

江離看了我一會兒，突然涼絲絲地說道：「官小宴，妳就沒有什麼想和我說的？」

「呃？」我有什麼想和他說的？

「那麼，」江離拉下臉來，「你們在化裝舞會上玩了什麼？」

「吃東西，跳舞，玩遊戲。」

江離挑了挑眉毛，眼睛中飛速地閃過一絲寒光：「那麼，都玩了什麼遊戲？」

「我……」我一想到王凱親我的那一下，就怪不好意思的，於是訕訕地說道，「就一些亂七八糟的遊戲而已，很無聊的。」

江離慢悠悠地，像個遊魂似的說道：「是嗎，接吻也很無聊？」

我愣住：「你……你怎麼知道的？難道你很早就到那裡了？」

江離的聲音裡帶著一絲憤恨：「聽一個狐狸精說的，說什麼花神吻了白雪公主……我去的時候正好看到妳前夫和妳表白，卻沒想到，原來之前還有那麼一段。官小宴，妳好樣的，嗯？」最後一個上揚聲調的「嗯」字，明顯是威脅的語氣。

我就不明白了，我招他惹他了？不過轉念一想，我又釋然了，這小子說不定是想著王凱呢……於是我挑眉笑道：「你吃醋了？」

江離危險地看著我，兩隻眼睛很亮很亮。我發現這小子其實也就是個紙老虎，多數情況下只是逞口舌之快而已，於是此時我壯著膽子，繼續裝淡定，囂張地笑道：「哎呀，我們的江小攻吃醋了，該怎麼辦好呢？」

「這樣辦就好。」江離說著，突然低下頭來。

我本能性地感覺到不妙，才想從沙發上站起來，卻被他一把按回去，然後，他堵住了我的嘴……用他的。

軟軟涼涼的兩片嘴唇，在我的唇上摩擦著。我被他嚇了一跳，連忙去推他，卻無法撼動他分毫。此時江離兩手按著我的肩膀，我感覺他手上的力道越來越重，嘴上的力道也越來越重。他已經從摩擦改為齧咬，並時不時地用舌尖勾勒著我的唇形……

我頓時火大，抬腳狠狠地踹了一下他的膝蓋，江離吃痛，放開了我。

我怒氣沖沖地使勁擦著自己的嘴，說道：「你有病啊，只有相愛的人才可以接吻你懂不懂啊！」

江離轉身坐在沙發上，我旁邊。面對我的怒氣，他舔了舔嘴唇，妖孽地笑：「那麼，妳和王凱是真正相愛了？」

我大囧：「那只是玩遊戲，遊戲你懂不懂？」

江離雙手搭在脖子後，靠著沙發，神情愉悅：「那我們也算是在玩遊戲吧……妳以為我會當真？」

我把抱枕砸到他頭上，丟下一個「滾」字，就跑去換衣服洗澡了。江離這個變態，簡直不可理喻！

❈　❈　❈

自從那次化妝舞會之後，于子非再看到我時，已經從原來的糾結變成閃躲了。不久之後，他主動請纓去了S市的分公司，算是徹底遠離了我們。

由於我是個知恩圖報的好人，於是在于子非走後，我決定拿出我的誠意，請江離去一家豪華飯店吃頓飯。當然江離也沒客氣，專挑最貴的菜色點，瞬間點去了我半個多月的薪水，我那個心疼啊。

江離點完餐，又點了一瓶拉菲，據說是八二年的（說實話，我不怎麼信）。我連忙阻止他：「吃中餐喝紅酒，不合適，不合適……」那種酒點下來，我就要破產了。

江離思考了一下，點頭說道：「也好，那就點茅臺吧。點什麼年分的比較好呢……」

我連忙說道：「江離，我們得與時俱進，就點今年最新出產的吧。」

江離挑眉，似笑非笑：「妳的誠意就這麼一點？」

我嘿嘿地乾笑，誠意也得用經濟實力來說話啊……

江離優雅地吃著我的工資，我看他心情不錯的樣子，突然想起一件事，於是說道：「江離，謝謝你啊。」

江離：「別客氣，我又沒白費工。」

我恭維他：「其實你這個人也挺好的。」

江離抬頭狐疑地看我，最終說道：「妳到底想說什麼？」

我：「那個……你看事情都解決了，能不能把部落格還給我？」我的好幾個朋友都知道我的部落格，前幾天盒子還罵我，怎麼可以隨隨便便就把老公的照片貼出來，我當時悲憤得啊……

江離並不答應，只是說道：「妳這算是過河拆橋吧？」

我：「可是那本來就是我的啊。」

他不置可否，我又問道：「那你到底給不給？」

江離搖頭：「不給。」

「為什麼？」太欺負人了！

江離：「我還沒玩夠。」

我：「……」

江離，我恨你恨你恨你恨你……（回音）

江離又淩虐了一會兒我的工資，突然抬頭說道：「前幾天，我和岳父一起吃了頓飯。」

我一時沒反應過來，傻呼呼地問：「誰是你岳父？」

江離搖頭輕嘆：「官小宴，妳是沒救了。」

我反應過來是怎麼回事，於是沒好氣地說道：「他找你幹嘛？」

江離：「還能幹嘛，他自己的親生女兒不認他，只好到女婿這裡來找點安慰了。」

我：「他恐怕是想拉攏你吧？」

江離：「那也算是他用心良苦了。」

我：「開玩笑，他也就騙騙你。如果他真的用心良苦，那他當初為什麼離開我媽？」

江離搖頭，狀似無奈：「官小宴，妳這個人太極端，這樣的人活著會比較累。」

我低頭不語，想不通為什麼所有人都要為那個人說話，他明明拋棄了我媽。

江離又說道：「妳不是都已經原諒于子非了嗎？」

我皺眉：「誰說我原諒他了？」

江離說道：「至少妳已經不恨他了。」

我錯愕，的確，好像，我確實不怎麼恨于子非了？

江離循循善誘道：「乖，快承認，其實妳已經不恨于子非了。」

我只好點點頭，說道：「好吧，我確實不恨他了，可是那又怎樣？」

江離狀似恨鐵不成鋼地搖搖頭，又說道：「官小宴啊官小宴，妳還不明白嗎？妳總不能一輩子活在別人的錯誤裡吧？其實恨一個人，是很浪費體力的。有誰會傻到把這輩子的力氣全浪費到仇恨上面？妳不恨于子非了，並不代表妳已經原諒他了，而是妳真的已經放下了。妳能放下于子非，同樣也能放下妳爸。如果一個人總是用別人的錯誤來噁心自己玩，那這個人就真的無藥可救了。」

我被江離說得一愣一愣的，大腦一時遲鈍下來。我結結巴巴地反駁他：「可是……他做的那些事……」

江離揉揉額頭，說道：「好吧，他的確做過不怎麼厚道的事情，那麼，妳恨他，是恨他拋棄妳，還是恨他拋棄我岳母？」

「我……」

江離：「如果妳恨的是他拋棄我岳母，也就是妳媽，那麼，現在妳媽還恨他嗎？我估計她早已經很明智地放下那段過去了吧，說不定現在還想來第二春呢。妳說人家被拋棄的人都已經想開了，妳還有什麼想不開的？總不可能在這件事情上，妳受到的傷害比妳媽媽還大吧？」

「我……」

江離：「再說，妳如果恨的是他拋棄妳、不管妳，那妳的這種想法就更可笑了。他養了妳十六年，疼了妳十六年，這十六年裡他對妳好不好？好吧？那麼，他對妳好了十六年，妳卻因為他的一個錯誤而恨他一輩子……妳還覺得委屈的是妳？好吧，雖然我不贊成妳爸爸當年那樣做，但是我也更加地不贊成妳因為這件事情鬧得父女反目！」

「我……」我驚慌地看著江離，不知所措。今天的他很不一樣。平日裡江離都是掩藏住鋒芒，即使生氣的時候也不會太激動，只是偶爾皺一下眉。而現在，他彷彿全身注射了亢奮劑，兩眼冒光，臉上的表情那叫一個精彩生動，煥發著耀眼的活力，就彷彿辯論賽中的明星選手。

江離又說：「我們退一步講，妳覺得妳和妳爸鬧成這個樣子，妳媽媽會因為女兒為她出氣而開心嗎？」

呃？

江離：「恰恰相反！我岳母她老人家才沒那麼狹隘。她其實最擔心的是妳不能和自己的父親搞好關係吧。她自己的女兒總是對自己的父親懷著仇恨，妳覺得這樣的母親心裡會好過嗎？」

我不敢看江離，滿腦子混亂。

江離最後做了一個總結：「總之，官小宴妳就是個思想極端的傻瓜笨蛋，還軟弱自私不會替別人考慮，我岳母能忍妳到今天，也算是個奇跡了。」

我沮喪地垂著頭，不置可否。

江離卻像審問犯人一樣：「妳把頭抬起來，不許逃避，逃避只會讓妳更軟弱。」

我抬頭看江離，興許是我此時眼睛太朦朧導致的錯覺，我竟然看到他眼中有一閃而過的慌亂。

江離恢復了平靜，輕皺著眉頭說道：「噯，妳怎麼又哭了？」

我擦著眼睛，不說話。你把我說得一文不值，還不許我傷懷一下嗎？

江離無奈地搖搖頭：「妳就會對男人用這一招。」說著，他招手叫來服務生，結帳走人。

我因為情緒比較低落，所以任由江離結完帳拉著我出去了……後來我也沒再提過這事，也沒還他錢，就彷彿這頓飯的確是我請的一樣（女人，就要對男人狠一點）。

我趴在車窗上，看著B市璀璨的夜景。

我一遍遍地問自己，我真的恨他嗎？恨那個會接我上下學，會帶我去遊樂場，會背著媽媽買零食給我，會在媽媽的巴掌落到我的頭頂上時，笑嘻嘻地把我抱起來的……爸爸？

十年了，「爸爸」這個詞，在我的字典裡已經有些生疏了，可是，它又是曾經那麼清晰地存在過。

我恨嗎？如果我真的恨，那麼我是因愛而恨，還是故意用一個念頭驅使自己去……恨？

如果我恨，那麼恨有多久？

我假裝不認識他，是因為恨他，還是因為想報復他？抑或者是因為，我想讓他心裡更加愧疚一些？

可是不管怎樣，這一切有意義嗎？他已經離開了，而我的日子還要過，我媽也依然會每天人來瘋一樣地活著，自由自在，一點沒有老年人的覺悟。

似乎沒有我想像得那麼糟。

江離說的沒錯，為了別人的一個錯誤，而使自己陷入痛苦，是真的沒必要。

我媽說的也沒錯，放下別人，其實不過是為了放過自己。

更何況，在我的童年和少年時代，他曾給予了我無法替代的溫暖與關愛。

何必談恨呢。

「江離，我總覺得你不對勁。」

江離挑眉：「我怎麼了？」

我轉著眼珠，說道：「你……你太友善了，正常情況下，你才懶得和我說這些。」我覺得江離今天在飯店裡和我說話的時候，像換了一個人似的，這讓我覺得很不安。作為無商不奸的典型，江離是從來不做虧本買賣的。

江離雙手抱胸，微側著頭看我，看了一會兒，他終於說道：「本來想免費幫妳一下，誰知道妳非要給我回報。」

我我我我我……我有說給他回報嗎？

江離不等我辯解，又說道：「那麼，妳想給我什麼？」他說著，把我上下打量了一下，嫌棄地搖搖頭，「如果妳非要以身相許，我也只好勉為其難了。」

喂！

我懶得搭理他，轉身去洗澡。

江離的聲音在我身後響起：「好吧，先記著妳欠我一樣東西，等我想到了，再說。」

憤怒，這明明是敲詐！

＊　＊　＊

這天跟盒子一起逛街的時候，我遇到了一個意想不到的人——我那生物意義上的爸。當時我就錯愕了。

他的震驚比我小不了多少。他看著我，嘴唇直發顫，就是說不出話來。

我盯著他，嘴巴不聽使喚地叫了一聲：「爸。」

於是被我叫做「爸」的人，更加激動了，此時他的顫抖從嘴唇蔓延到全身，彷彿觸電一般，連站都站不穩。如果我是一個不認識他的人，肯定會認為他突然心臟病發，不行了。

他哆哆嗦嗦地抬起手，彷彿要摸摸我是不是實體的。我心有抵觸，後退一步看著他。

於是他落寞地放下手，盯著我的臉，喃喃說道：「妳終於肯叫我一聲『爸』了。」

我低頭不說話。我也搞不清楚自己此時的心情是什麼。憤怒嗎？我以為我會憤怒，可是真的沒有，我自己都不知道什麼時候，我對這個人的恨已經被另外一種情緒取代。

我抬起頭看他，此時他的臉上有很多皺紋，有幾條還很深。他的鬢角已經泛白，完全不復當年的英姿……他是真的老了，比當年他離開時老了太多。我心中突然湧起一種惆悵感，不知道為什麼。

這時，一個中年婦人走到他的身邊，拉著他的手問道：「你看我穿這件衣服好看嗎？」

他側頭看了她一下，敷衍道：「好看，好看。」

此時中年婦人也發現了我們。她打量了我們一下，然後用疑問的目光看向他。

他放開她的手，說道：「這是小宴。」

那個女人朝我友好地點了一下頭，我也只好朝她笑了笑，叫了一聲「阿姨」。

氣氛頓時有些尷尬。中年女人找藉口去換衣服，走開了。我盯著那女人的背影，對我爸說道：「怎麼，攀上富婆了？」

他苦笑：「富婆怎麼會看得上我呢。」說著，他又解釋道，「我只是運氣好，發了一筆橫財而已。」

我不知道該說什麼好了。

他突然說道：「那麼，我們去下面的咖啡廳裡坐一會兒吧？」語氣裡充滿了希冀，我一時竟然不忍心拒絕……在我記憶裡，很少聽他這樣說話。

盒子先回去了，於是我和我爸一起坐在商場一樓的咖啡廳裡。

我和他在咖啡廳裡靜坐了有一刻鐘，他終於開口：「最近過得還好吧？」

我：「還行。」

他：「江離是個不錯的孩子，好好珍惜吧。」

「我珍惜，他也不見得珍惜。」我說著，還故意意味深長地看了他一眼，相信他明白我的意思。

他於是嘆了口氣，說道：「小宴，我知道妳不願意原諒我，可是妳有沒有想過，如果我當初沒有和妳媽媽離婚，那麼現在我們會是什麼樣子？」

我低頭不語，這種假設我從來沒想過。

「也許我們會適應了彼此，但是我和她結婚將近二十年，都沒有磨合過來，妳覺得再加十年，我們能夠接受彼此的概率有多大？」

我皺眉：「麻煩你別為自己的背叛找藉口。」

他無奈地點頭說：「我知道妳恨我，妳這個孩子的想法太容易絕對化，眼裡容不了半點沙子。」頓了頓，他又說，「其實剛才在商場裡妳能喊我一聲『爸』，我已經很欣慰了。」

我想告訴他，其實我已經不恨他了，現在他在我眼裡就是一個路人，可是聽到他的後面一句話，我又說不出口了，畢竟他和路人是有區別的，如果我隨便叫一個路人「爸」，那個人肯定把我當神經病看。而他，會興奮得說不出話來。

「小宴，這些年我經常想妳。妳還記得嗎？一開始那幾年，我去看妳，帶妳最喜歡吃的糖果，妳假裝看不到我，還躲我。我當時確實有點後悔，後悔和妳媽離婚。可是後來我又會很僥倖地想，妳會不會只是一時和我賭氣，等過一陣子就好了？這種念頭在我心中持續了幾年，後來妳看我的眼神越來越不對勁，我也算明白了，妳恨我恨到骨子裡去了。當時我心裡非常難過，可是又不敢去看妳，怕妳看到我不高興。」

我心裡好像有什麼東西揪著一樣難受。於是我說道：「這些陳芝麻爛穀子的事情，你就別說了吧。」

說了我難受。

「不行，小宴，我都想過了。我難受了十年，妳就難受這麼一會兒，聽我說一會兒吧，也許以後，我們都沒有機會這樣面對面聊天了。今天妳答應和我來坐一會兒，我也很意外，真的……妳以前連看都不願意看我一眼。其實妳不知道，我有多想看見妳，可是我又怕妳看見我不高興，所以也不敢去找妳，真矛盾。有時候妳媽媽會寄一些妳的照片給我，這些妳不知道吧？我估計她不敢告訴妳。其實有一段時間我也想不明白，不明白為什麼明明離婚的是我和妳媽媽，兩個離婚的當事人都可以和平共處，化干戈為玉帛了，而我們的女兒，為什麼總是和我苦大仇深的。後來妳媽媽和我說，這是『愛之深，責之切』，妳是因為太在乎……這個理由讓我高興了好幾天。」

「這幾年我總是夢見妳，各個階段的妳。妳剛學會走路的時候，整隻手抓著我的一根手指，小心翼翼地走。我拉著妳的小手在社區散步的時候，隔壁的張大爺每次看到我們，都會說我在『溜女兒』……我每次作這個夢的時候總是會笑醒，嚇身邊的人一跳。」

「還有妳國文考試不及格，每次妳都是背著妳媽媽，讓我在考卷上簽名。妳知道我不捨得罵妳，呵呵。妳國文成績最高的一次是六十五分吧？那次老師好像還改錯了一題，其實妳可以考六十七分的。我記得當時妳為這兩分，差點哭出來，還是我買了冰淇淋給妳，才總算哄好妳。」

「還記得妳高中的時候，班上男生寫給妳的情書嗎？當時，妳一不小心被我看到了，那封拒絕信，還是我幫妳草擬的呢……那個男生的情書，妳讓我扔了，其實我一直留到了現在……」

我感覺喉嚨乾澀，眼睛發酸，於是壓抑著聲音說道：「你別說了，行嗎？都過了那麼多年的事情了……」

「小宴，我和妳媽媽離婚也是過去那麼多年的事情了，妳不一樣念念不忘嗎？我知道妳恨我……」

我打斷他：「我已經不恨你了。」

他睜大眼看我：「妳說什麼？」

我吸了吸鼻子，仰頭把眼淚逼回去：「我已經不恨你了，真的……我倒是想恨你呢，可是已經恨不起來了。都過去這麼多年了，你和我媽也都過得好好的，誰也不會因為沒了誰而過不下去。」

他激動地叫了我一聲「小宴」，便說不出話來了。

我繼續說道：「我以前一直覺得，一個男人離開一個女人，是一件十惡不赦的事情，可是後來想一想，似乎也沒有那麼誇張。我媽沒了你，活得比你還自在，我覺得如果她繼續和你在一起，可能還真沒有現在活得瀟灑。還有于子非，當初我以為，沒了他，我就沒了全世界。可是後來呢？我現在過得很好啊，倒是于子非，在同一間公司裡遇到我，灰溜溜地離開了。

江離說我這人太極端，我當時還不信，可是現在想想，確實如此。其實我早就應該放下這些了，真的不是什麼大不了的事情。一個人活得是否幸福，取決於他自己的生活態度，而非別人對他的看法，或者對他是否忠誠。」

他點點頭，激動地看著我：「小宴，妳變成熟多了。」

我對他笑，終於有人說我成熟了，讓江離和王凱之流的傢伙們都去死吧，我親爹才是最瞭解我的人！

他有些猶豫地張了張嘴：「那麼……」

我：「放心吧，你還是我爸，而且永遠都是。」

他驚喜地抓住我的一隻手，眼眸發亮。

「我剛才之所以不讓你繼續說，是因為你一說那些事情，我就想哭，真的。我以為我可以把那些事情在腦子裡全都抹殺掉，可是結果呢？不可能的。

江離說過，我不能因為你的一個錯誤，而忘記了你對我十六年的好，現在看來，他說的完全正確，親爹就是親爹，你對我的好，我都記得。可憐天下父母心，當初是我不懂事，讓你傷了心。」

「小宴，江離讓妳改變很多。」

我笑著擦了擦眼角的淚水，說道：「還好吧，他也就嘴巴比較會說話而已。」

他笑了笑，又小心地問道：「小宴，今天晚上，我能請妳吃晚飯嗎？」

我搖頭：「不行，我得回去幫江離做飯。」

他失望地點點頭，不說話。

於是我又說道：「如果你不介意的話，可以和我們共進晚餐。」

他的眼睛又亮起光彩。

我看著眼前這個老男人多變的臉部表情，心情突然就好了起來。

原來，放下心中的擔子，是一件如此輕鬆愜意的事情。

我帶我爸回家的時候，江離看得眼都直了……難得看到被嚇呆了的江離，我得好好欣賞一下……

江離把我爸請進屋之後，趁我爸不注意，把我推進了我的臥室。我正納悶，轉頭一看，善了個哉的，某老太太正趴在我的床上踩地雷呢。

我上去撲到她身上，笑呵呵地說道：「媽，妳怎麼來了？」

我媽因為我而嚇到，手一抖，全軍覆沒。她翻身怒氣沖沖地把我按到床上，幽怨地說：「我路過這裡，就來看看你們，沒想到妳連踩地雷都不讓我玩個痛快了。」

我倒在床上任她蹂躪，笑嘻嘻地說道：「媽，妳去客廳，看看誰來了。」

我媽放開我，狐疑地走出臥室。過了一會兒，客廳裡傳來了我媽的嚎叫：「蒼天啊，官小宴那頭豬終於開竅了……」

嘖嘖，你聽聽，有人這樣罵自己的女兒的嗎……

＊　＊　＊

我在廚房裡忙來忙去，江離幫我打雜，洗菜端盤子。話說有個人供我使喚，這種感覺真不錯啊。

我打算今天親自下廚，讓那兩個老人嘗嘗他們女兒的手藝，雖然某位小老太太不怎麼情願，不過考慮到我今天的心情比較特殊，她也忍了。

我哼著小曲，把一盤肉倒進鍋裡，十分有節奏地炒著。江離在一旁看，突然問道：「妳這頭豬，是怎麼開竅的？」

我斜了他一眼，今天本小姐心情好，就不和他計較了。於是我答道：「反正就像是被雷劈了一下一樣，突然就發現自己以前的想法很無理取鬧，發現自己以前真的是有些偏執……還有啊，我突然發現你說過的好多話都滿有道理的。江離啊，你和我說實話，你大學是不是學心理學的啊？」

江離搖搖頭：「我在大學學的是網路工程。我倒是有個朋友是學心理學的，現在是個心理醫生。妳應該見過，估計沒印象。」

我：「胡說，我怎麼會見過，他叫什麼？」

江離：「他在我們婚禮的時候來過，叫韓梟，這名字妳大概沒聽過。」

我一拍腦袋：「想起來了，韓梟嘛……不過他很靦腆啊，看起來和人交流都有困難，怎麼會是個心理醫生呢？」

江離不解：「怎麼，妳認識他？」

我瞪他一眼：「上次你喝醉，還是他把你送回來的呢。」

江離一聽到自己喝醉這件事情，臉上瞬間有些不忿，不過很快他又勾起嘴角笑了笑，那表情很詭異。

不過我一想到他喝醉這件事，又覺得很蹊蹺：「你那天為什麼會喝醉？韓梟明明都沒有事情，怎麼就只有你醉了？」

江離：「我們打賭，誰第一個結婚，誰就得喝酒，叫喝多少就喝多少。」

就這麼簡單？我翻了個白眼，嘆道：「你們這群老光棍！」

晚餐進行得還算愉快，雖然我和我爸之間還是有些拘謹，不過他畢竟是我爸，以後會慢慢好起來的。況且有我媽那個活寶在，氣氛是不會冷場的。

晚飯過後，我爸提議要送我媽回去，於是我和江離把這兩位老人送出門，看著他們駕車離去，一直到消失。

江離看著他們消失的方向，突然對我說道：「官小宴，今天是妳這十多年來最輕鬆的一天吧？」

我眼眶一紅，不說話。可是心裡卻承認，的確是。原來愛永遠比恨要來得痛快。

江離輕輕拍了拍我的腦袋：「回去吧，外面冷。」

我們回到家，江離突然說道：「官小宴，耶誕節快到了。」

我嗯了一聲，沒理他……我對耶誕節不怎麼感興趣。

江離：「妳知道耶誕節是誰的生日嗎？」

「耶穌。」我覺得江離真無聊，問這麼小兒科的問題。

江離：「嗯，除了耶穌呢？」

呃？除了耶穌，還有誰是十二月二十五日生日？難不成是釋迦牟尼？這個世界還沒那麼玄幻吧……

江離似乎有些氣惱：「我的！」

我撓撓頭，歪著頭看他：「然後呢？你是想跟我炫耀你的生日和耶穌是同一天嗎？」

「官小宴！」江離直直地看著我，「妳不覺得應該送我點禮物嗎？」

「為什麼？」哪有人直接跟別人伸手要生日禮物的，江離你臉皮真厚。

江離理直氣壯：「妳是我老婆。」

我更加不服氣：「你還是我老公呢，我過生日怎麼沒看到你送我禮物？」

江離：「那我明天補上。」

我無語，我八月過生日，你十二月補送禮物給我，你也好意思送得出手？

＊ ＊ ＊

雖然我是江離的御用廚師，不過廚師在週六週日這兩天可以懶床不做早餐，對於我這個十分具有人性化的建議，江離選擇了認可……他很少有這麼開明的時候。

於是，週日我打定主意，要睡個大大的懶覺，連週六失去的一併補回來。然而，天不遂人願。

週日上午，我正夢到我在修理江離，卻有人不停地搖我。搖啊搖，搖啊搖，我不耐煩地翻了個身，隨口說了一句：「別搗亂。」又睡過去。

江離涼颼颼地的聲音從上方傳來：「官小宴，妳再不起床，我就扒了妳衣服。」

你敢！造反了你！

江離彷彿會讀心術一般：「妳看我敢不敢。」

我只好從床上坐起，扒了扒頭髮，瞇著眼睛，幽怨地說道：「你搞什麼名堂？要吃早點去樓下買，想吃油條吃油條，想喝豆漿喝豆漿。」為什麼非要折騰我啊……

江離揪著我的後衣領一角，把我拎下床：「趕快去洗臉，我有東西要送給妳。」

我只好揉著眼睛，莫名其妙地走出臥室。

洗漱完畢，我頓時感覺清醒了許多，雖然頭還是沉沉的。我遊蕩進客廳，倒在沙發上，幽怨地嘆道：「江離你到底搞什麼！」

江離突然搬出一個大盒子放到我面前：「生日禮物。」

生……生日禮物？我迷茫地看著他，突然一拍腦門，想起來了。江離昨天貌似真的說過要補送我生日禮物……咳咳，雖然我的生日已經過去了將近四個月吧……

好吧，既然送禮物的人好意思送，那麼我也只好矜持地收下了。於是我拆開接過來的那個盒子。那個盒子沉甸甸的，也不知道裡面裝了什麼。能讓江離在這麼短的時間內弄到的東西……不會是板磚吧？

看那盒子的長寬高，如果是板磚，應該不止一塊。

想到這裡，我拆包裝的手停了下來，心有顧忌地看著江離。

江離不明所以：「怎麼了？」

我：「江離，你老實告訴我，這裡面是什麼？」

江離：「妳拆開不就知道了，裡面又沒有炸彈。」

我猶豫著說道：「那裡面……其實是板磚對不對？」

「官、小、宴！」

江離幾乎是咬著牙說出這三個字。

我發現不妙，於是一邊諂笑著解釋這只是一個玩笑，一邊俐落地打開了盒子。

然後，我呆住了。

一個纖薄的白色筆記型電腦躺在盒子裡，彷彿一位聖潔的美女，躺在大床上——請原諒我的語文水準，比喻能用到這種程度，已經是我的極限了。（這其實是擬人句）

我顫抖地摩挲著那白色外殼上被咬了一口的蘋果，激動地問江離：「這東西很貴吧？」

江離跟我裝瀟灑：「不要在乎錢的問題……妳是不是很開心？」

我使勁點點頭，是啊，開心到都快哭了：「可是江離，你送我這麼貴的東西，那你過生日的時候我豈不是要……」

江離頓時拉下臉來：「妳愛要不要。」說著，就要把那本本搶回去。

我眼明手快地把本本抱在懷裡，嘿嘿笑道：「那個……謝謝你啊！」

江離掃了我一眼，一副不屑和我計較的姿態。他側過臉說：「其實禮物不一定要貴，只要用心就好。當然，」他說著，話鋒一轉，涼颼颼地看了我一眼，「如果妳不肯用心，那就狠狠砸錢吧。」

咳咳，我用心，我一定用心。

不過由於我受盡這個變態的欺淩，於是打算在言語上找回場子：「江離你這種人過什麼生日啊，你的出生簡直就是世界黑暗的開始！」

江離不甘示弱：「那妳的出生就是人類文明的倒退。」

我：「……」

善了個哉的，罵人都能罵出這麼工整的對仗，江離你就是變態！

第九章

這天下班，我一坐進江離的車，就發現氣氛不怎麼友好。

江離的臉彷彿深秋的湖水一樣，讓人瞬間產生一種涼意。他目不斜視地開著車，絲毫沒有理會我的意思，連諷刺都不想。

我忐忑地坐在座位上，不說話。我覺得江離今天肯定吃了誰的虧，現在正在氣頭上。雖然我不敢和他說話，不過我對於能把江離氣成這樣的人，是很好奇並且崇拜的……我真想拜會一下那個人，如果可以的話，也許能拜他為師也說不定……

不過，我突然想到另外一個問題：江離心情這麼差，肯定需要發洩，如果他發洩……那我就是那個倒楣的出氣筒吧？欲哭無淚，我怎麼這麼悲哀啊……

果然，剛回到家，江離就開始找碴了。他倚著門，板著臉看著沙發上的我，說道：「官小宴，妳就沒有什麼話想對我說？」

我雖然怕他欺負我，但又十分討厭他這種找碴行為，於是面無表情地回擊道：「江離，你就沒有什麼話想問我？」

江離走過來把一本雜誌扔到我面前：「看第七頁，妳的傑作。」

我覺得莫名其妙，翻開雜誌找到第七頁，於是了然。第七頁是一個廣告圖片，滿滿一頁紙上，是我和王凱兩人相得益彰的混搭服裝，以及大大的笑臉。我頭一次發現，原來我自己笑起來還是挺燦爛的嘛。而且王凱的眼神和表情都很到位，他低頭動情地看著小紅帽（也就是我），那眼神有些溫暖，有些熾熱，又有些寵溺……如果單看這張照片，絕對不會有人相信，這廝其實就是個喜歡調戲各色女人的大野狼。

我想起來了，這不就是前一陣王凱心血來潮，拉我和他拍的一個平面廣告？由於他答應給我年終獎金加倍，所以我沒有理由拒絕。

於是我欣賞著這則廣告，由衷地感嘆道：「這張照片拍得太成功了，我得保存下來，留個紀念。」也可以順便拿它羞辱一下王凱。

我剛說完，江離卻突然一把將雜誌奪過去，譏笑道：「都紅杏出牆了還這麼理直氣壯？」

汗，你說什麼呢！誰紅杏出牆了，誰誰誰！我被江離說得有些火大，反駁道：「拍個廣告就是紅杏出牆嗎？拜託你有點常識好不好！」

江離：「拍個廣告，需要笑得這麼開心嗎？」

我覺得江離簡直不可理喻，於是揮揮手說道：「行了行了，我知道你心情不好，廚房裡的杯具、餐具隨便你摔，別找我麻煩就行了……再說了，我就算紅杏出牆，關你什麼事？」

「我……」江離欲言又止，停了停，終於說道，「我只是突然發現，妳的品味比妳的智商還要低。」

我冷哼一聲，說道：「我很懷疑，你是不是嫉妒我了？說實話吧，江離，你這輩子是不是都沒上過雜誌？……當然，徵婚啟事除外喔。話說，我不僅上雜誌了，還拍了這麼漂亮的廣告，還……」我說到這裡止住，站起身拍了拍江離的肩膀，意味深長地說道，「說實話，我很理解你的心情，畢竟大家都是普通人，其實想出名，很難的……」

江離聽了我的話，冷笑一聲拍開我的手，說道：「拍個二流廣告，上個三流雜誌，妳就變這樣了？說實話吧，這種雜誌我才懶得上。」

我一本正經地點頭：「吃不到的葡萄永遠是酸的。」

江離捏著下巴思索了一會兒，突然說道：「其實上雜誌也不是什麼難事。」

我覺得他這話很好笑：「開玩笑，不信我們打賭？」

「賭就賭，」江離說著，又拎了拎那本雜誌，隨即嫌惡地扔在一邊：「比這本雜誌高級的雜誌，妳隨便挑一種，如果我能上，妳就輸了。」

「行，我就不信了，你真以為自己是神嗎？」我覺得江離已經自戀得失去理智了，不過考慮到他有可能出賣色相，我又補充道，「不能學我拍廣告，你要有專訪。」

江離想都沒想就點頭：「沒問題。」

我有點心虛，怕江離真的有兩把刷子，於是說道：「那麼，就選ZZ時尚吧。」

江離答得更加乾脆：「好，就選這一家。」

這下我有些疑惑了，江離這傢伙難道瘋了？他不知道ZZ時尚的門檻有多高嗎？話說，ZZ時尚是國內最頂尖的時尚雜誌，能上這個雜誌專訪的，都是那些很成功的知名人士，並且要十分有品味、會生活，當然對於時尚的敏感度也要很高。

我看看江離，搖搖頭。其實江離更像是一個無業青年。那麼，成功的知名人士——如果他真的是什麼成功的知名人士，他的老婆——我，總該知道吧？於是這一條，pass。再說，有品味、會生活，他除了有一點潔癖，不喜歡吃辣，其他的沒什麼特別之處，而且他連香水都不怎麼喜歡。於是這一條，也pass。最後，時尚敏感度？開玩笑，時尚敏感度高的人，會舉著一本三流雜誌對我耀武揚威？於是，時尚與江離沒半毛錢的關係，pass。

總之，江離全身上下唯一可取的地方就是他的那一身皮相，如果ZZ時尚是一個很激情的雜誌，那麼，也許其中的某一頁上會出現這枚小攻的身影——當然極有可能是衣不蔽體。

於是我得意地笑：「你就等著認輸吧，ZZ時尚是隨隨便便哪個人都能上的？」

江離卻滿不在乎，他開始考慮賭注問題了：「要拿什麼當賭注？妳最喜歡什麼東西？」

我毫不猶豫地答道：「錢。」

江離：「好，我們就用各自全部的銀行存款來打賭吧。妳輸了，妳的錢全歸我，我輸了，我的錢全歸妳。」

我倒吸一口冷氣，江離這麼有自信的樣子總讓我心裡發慌，他……他不會認識ZZ時尚的主編什麼的吧？想到這裡，我猶豫著問道：「江離啊，你很有把握上那個雜誌的專訪，對不對？」

江離搖頭：「沒有，我不怎麼瞭解那本雜誌。」

我不信：「那你為什麼還要和我打賭，你不怕輸嗎？」

江離：「我覺得上雜誌應該不是難事吧。」

好吧，變態的思維和正常人是不一樣的，尤其是一個自戀的變態，這個我可以理解。所以我鄙視之餘，也不去細究江離的大腦構造……我終於發現，原來江離最大的缺點就是自戀輕敵，哇哈哈哈，這次有你好受的！

於是我覺得自己差不多穩操勝券了，便說道：「那好吧，你銀行存款是多少？」

江離繼續搖頭：「不知道，反正比妳多。」

我再次無語，不過想到他的寶馬，還有他的這套大房子，於是我也認了，應該是真的比我多吧……

江離：「考慮到我比妳有錢，如果就這樣的話，不公平，所以妳還得加點條件。」

我：「好吧。」

早知道江離不是省油的燈。

江離：「我要是贏了，妳就……辭職吧。」

我驚悚：「為什麼？」我現在的工作多好啊，除了上司有時候有點無聊，其他的基本上無可挑剔，而且錢又多。

江離挑眉看我：「妳不願意？」

我當然不願意，想當初王凱可是給我加了一倍的薪水啊，這樣的好工作打著燈籠都難找好不好！

江離：「不願意就算了，本來我也覺得上雜誌可能沒那麼簡單……」

我一把抓住江離的手：「願意願意願意我願意！」江離難得這麼衝動沒理智，看來這次我是贏定了，不抓住機會，這輩子都會後悔！

江離低頭看著我的手，勾起嘴角，說道：「成交。」

我懸著的心總算落定。這時，江離又說：「可是我覺得，妳好像占了我的便宜。」

我義正言辭地斥責他：「都說好的事情了，君子一言既出，駟馬難追……不行，我不相信你的人品，我們還是簽個協議以防萬一。」

我說完，不等江離反應，跑去書房刷刷刷地寫了兩份協議，自己簽好字，然後拿給江離。江離提著筆，遲遲不肯簽：「我覺得不太公平，要不然我們別打賭了吧？」

我一扠腰：「不行，你怎麼能說話不算數呢？你還是不是男人啊……」

於是，在「男人論」的威脅下，江離老老實實地簽字。

我笑咪咪地收起協議，開始憧憬著江離被我贏光錢的美好未來。

此時，江離的聲音卻不合時宜地響起：「官小宴，後天是我生日，妳的生日禮物準備好了嗎？」

一句話把我打回現實。

＊＊＊

我在思考。

我在思考，這世界上有沒有一種東西，不需要浪費錢，卻會受到某些挑剔變態的鍾情與偏愛。

要不然，就送他一件藝術品吧？變態通常都比較喜歡藝術。

而如果我想買一件還算能入江離的眼的藝術品……搞不好我就破產了……

所以，就讓我官大藝術家親手製作一件藝術品送給江離吧。

其實藝術是一件很玄的東西，重點全在於唬弄。東西難看不要緊，只要你能把它誇成一朵花，再難看的東西也能讓人拚了命地砸銀子。

由於時間的緊迫性，以及我所掌握的藝術品種的局限性，我最終決定送江離一個 DIY 的陶瓷藝術品，反正不管做成什麼樣，我都是用心做了，符合江離的要求。

於是在十二月二十四號這一天，我請了一天的假，拎著盒子來到了一家規模不小的陶藝店。

盒子一聽說江離明天生日，我今天才為他準備禮物，立即敲我的腦袋罵我不開竅，我幽怨地被她虐著，心想妳懂什麼啊……

我覺得我很有藝術造詣，店主也這麼誇獎我……因為能把一個普通的花瓶弄得這樣七扭八歪，千瘡百孔的，實在不多見。最沒見過世面的就是盒子了，她竟然說我的藝術品是慘不忍睹的典範。我再次感嘆，妳懂什麼啊……

當然話說回來，雖然我做的這件藝術品很藝術，不過我也不得不承認，它真的很醜……

盒子終於看不下去了，自己做了一個漂亮的碗，然後她捧著碗，說道：「要不然，我們在上面刻點字？」

我盯著我那醜得不像樣的花瓶，本來就難看，如果再配上我那兩筆幼稚的字體，豈不是更難看？於是我朝盒子嘿嘿笑道：「好啊，妳幫我刻吧。」

盒子用手肘撞了我一下，說道：「胡說什麼呢，這可是妳幫江離做的生日禮物，當然要妳親自刻了。」

我苦著一張臉看她，不說話。

盒子大概理解到了我的痛苦，於是說道：「妳笨啊，非刻中文字不行嗎？我們可以刻法文、日文、滿文、蒙古文，專挑江離看不懂的不就行了。」

也對，我真笨。我充滿希冀地望著盒子：「那麼妳會法文、日文、滿文、蒙古文嗎？」

盒子搖頭：「我只負責出主意。」

我又洩氣了。

這時，盒子突然指著櫃檯前的一張大大的海報，對我說：「妳看，那上面全是稀奇古怪的字，肯定有我們要的。」說著，拉著我上前。

盒子指著那海報上的一處，說道：「這個我認識，happy birthday，生日快樂。」

廢話，這個我也認識。

盒子的手往下移了移：「這個，是法文。」

我：「什麼意思？」

盒子搖頭：「不知道，反正不是『你好』的意思。」

我真想一腳踹到她那翹翹的屁股上，以發洩我的不滿。

就在我猶豫著要不要襲擊盒子的屁股時，一個男聲從我們身旁傳來：「那個也是『生日快樂』的意思。」

我和盒子同時抬頭，看到一個大概四十多歲，已經禿頭的大叔站在盒子的旁邊，離她很近。他的眼珠子骨碌碌地轉，轉來轉去也沒離開盒子的D罩杯。

盒子站起身，後退了兩步，警惕地看他。

我和盒子敵視加鄙視的眼神絲毫沒有影響到那個大叔，他渾然忘我地走到海報前，指著法文下面一行有小圓點的字母，說道：「這個是德語，也是『生日快樂』的意思。」然後接著下移，「義大利語，『生日快樂』，西班牙語，『生日快樂』……」

盒子看著他得意的樣子，開口打斷他：「那麼，最後一行字呢？」

我的目光也跟著移動到了這一排字的最下面一行，那是一行很奇怪的字母，反正我沒見過。

禿頂大叔有些為難：「這個好像是希伯來語，至於是什麼意思……」

盒子誇張地笑了笑，說道：「什麼意思，當然是『生日快樂』的意思，我六歲就學希伯來語了……」

禿頂大叔狐疑地看著盒子，最終在她的笑聲中灰溜溜地離開了。

我搭著盒子的肩膀，在她的咪咪上戳了一下，淫笑道：「小妞，妳六歲的時候連『鋤禾日當午』都背不起來吧？」

盒子瞪我一眼：「少廢話，趕快刻字，就刻這個希伯來語。」

我又看了一眼那串奇怪的符號，說道：「到底是不是生日快樂的意思啊？那要是什麼咒語，江離非劈了我不可。」

盒子在我的後腦勺上敲了一下：「我說，妳腦子能不能開竅一點啊？這一排字都是『生日快樂』的意思，單單到最後一個就變咒語了？」

我一想也對，於是便著手刻了起來。反正即使是咒語，江離也看不懂。

我在花瓶的周身刻滿了希伯來語的「生日快樂」，這種古老的符號為這個抽象派的藝術品覆蓋了一層莊重的神祕感，將現代的藝術與傳統元素完美地結合在一起，這簡直就是天才的傑作。

當然了，盒子對於我的傑作有另外一種說法：不倫不類。

我恨盒子，深深地。

＊　＊　＊

我抱著我的天才藝術品回到家時，已經是晚上了。今天平安夜，一路上我看到好多地方都亮起了聖誕樹，很漂亮。不過我這人不信天主信地主，對耶誕節也不怎麼感興趣，完全是湊熱鬧。

我一進家門，便被客廳裡的一棵巨大人造聖誕樹嚇到了。那棵聖誕樹渾身掛滿了彩球、彩燈，樹下還有精美的禮物盒。我嚇得退出門去，重新看了一眼門牌——沒錯，是我家。

我輕輕地走近那顆聖誕樹，繞著它轉了幾圈，隨即朝著書房喊道：「江離，這玩意兒是你弄來的吧？」

江離從書房走出來，倚著門框看我，點頭說道：「是。」

我摸著下巴，也點了點頭：「看不出來你還很幼稚，我六歲的時候就不玩這個了……」

江離看著聖誕樹，面無表情：「是嗎？他們說女人都喜歡這個，」他說著，又看向我，「妳不喜歡？」然後深深地看了我一眼，那意思是，妳敢說妳不喜歡？

我打了個冷顫，連連點頭：「喜歡，我怎麼可能不喜歡呢，嘿嘿嘿嘿……」

江離的目光落在我懷中的禮品盒上，他走到我面前，勾起嘴角，臉上浮起笑意，低頭問我：「妳拿著什麼東西？」

聖誕樹上一閃一閃的彩燈光芒照在江離的臉上，有點迷離的詭異，但是又有一種說不出口的奇異美感，我不禁感嘆，江離果然比較適合這種光怪陸離的變態氣質。

我把手中的盒子遞給江離，仰頭笑道：「江離，生日快樂。」

江離胡亂揉了揉我的頭，然後笑咪咪地接過禮品盒，迅速拆開包裝。於是，那個奇醜無比的藝術品暴露在他的面前。他舉著瓶子，問道：「哪裡買的，這造型還真是……獨特。」

我得意地笑了笑，說道：「這是我親手做的，限量版，全球只有一份。怎麼樣，我是不是很有才華？」

江離給了我一個獎勵性的微笑，然後又把花瓶拿到燈光下去看上面的字。我剛想和他賣弄一下學識，卻見江離突然低聲笑了起來，笑聲很悅耳，不過我卻打了個冷顫。他轉過身，一手拎著那個花瓶，一手勾住我的肩膀，低頭笑吟吟地說道：「官小宴，我也愛妳。」

江離離我很近，近到我都能感覺他的呼吸噴在我的脖子上。我一下子慌了神，推開他：「你搞什麼！」

江離晃了晃手中的花瓶，笑得像隻大灰狼：「妳不是愛我嗎？別和我裝害羞。」

我被他的自戀搞得莫名其妙：「不就是個花瓶，你需要這樣嗎？」

江離摩挲著花瓶的瓶身，時不時地用指尖輕輕敲一下花瓶，然後挑眉笑道：「這些字是妳親手刻上去的？」

我：「是啊，你還不知道這些字是什麼意思吧？我來教教你……」

「我當然知道，」江離彎起嘴角，笑得很妖孽，「這是希伯來語，『我愛你』的意思。這算是妳的表白吧？夠含蓄的。」

我冷笑三聲，得意地說道：「算了吧江離，這個明明就是『生日快樂』的意思，你別騙我了。」

江離收起笑容：「妳真的不知道這是什麼意思？」

我繼續冷笑：「我當然知道，這就是『生日快樂』的意思。你不知道這東西，我是可以理解的，畢竟並不是所有人都可以像本小姐這樣博學……」自己先吐一下。

「官小宴，」江離握著花瓶坐在沙發上，「這就是希伯來語『我愛你』的意思。妳已經向我表白了，後悔也沒有用。」

我怒，拎過筆記型電腦，說道：「你也不知道，我也不知道，網路知道。」

江離不理會我，自顧自地盯著花瓶看了一會兒，說道：「我考慮好了，看在妳這麼有誠意的份上，我決定接受妳。」

我拎起抱枕砸到他頭上，一邊打開網頁一邊罵道：「我才不要被一個變態接受！」

江離抱著花瓶坐在沙發上，沒說話，也沒對我有任何反擊。我有些奇怪他怎麼突然這麼老實了，不過也懶得理他，於是急忙打開網頁開始搜。

找到了，找到了，我搶過江離的花瓶，看著上面的字一個一個對照，然後我就驚悚了。

不一樣，真的不一樣。

花瓶上的字和網路上搜出來的希伯來語「生日快樂」的字，不一樣。

我懷疑是因為我刻的字太難看，於是又對照了一遍，最終確定，是真的不一樣。

一隻手伸過來，拿走了那只醜花瓶。江離抱著花瓶，得意地道：「官小宴，妳還可以再笨一點嗎？」

我不服，搜出希伯來語「我愛你」的字，又對比了一下，結果可想而知。

我靠在沙發上，有些洩勁：「江離，把那個瓶子還給我吧，明天我再送你個好看的。」

江離：「沒關係，我就喜歡其貌不揚的東西，比如這花瓶，再比如，」他頓了頓，抬起眼睛看我，「妳。」

我怒，撲向他想把那只花瓶搶過來，善了個哉的，我可丟不起這個人。

江離敏捷地站起身，把花瓶背到身後，然後低頭看著沙發上撲了空的我。他搖頭嘆道：「官小宴，妳能不能有點出息？都送出去的東西了，妳也好意思要回去？」

我趴在沙發上一動不動，悲憤得想撓牆。

江離卻得理不饒人，他蹲下身，拍了拍我的頭，那感覺，就彷彿在拍他養的一條金毛鬆獅犬。然後他把下巴墊在沙發上，得意地看著我。他的臉離我的臉很近，我都能看到他長長的睫毛在抖啊抖，真想一根根給他拔下來……我作為一個女人，睫毛都沒他的長！

江離眼睛一眨不眨地看著我，說道：「官小宴，我總覺得妳是故意的，妳其實想向我表白，對不對？」

我無力地翻了翻眼睛，說道：「拜託，我就是再沒出息，也不會向一個同性戀表白好不好！」

江離：「那麼，如果我不是同性戀呢？」

我伸出一隻手來拍了拍江離的肩膀以示安慰：「好孩子，這種事情沒有如果，是就是。」

江離：「那如果我是個雙性戀呢？」

我：「那就更變態了……我說，你不會真是個雙性戀吧？」

江離站起身，居高臨下的感覺十足。他垂著眼睛看我，不屑地說道：「怎麼可能，妳這種女人，我是看不上的。」

我覺得江離的話很奇怪，可是又不知道哪裡奇怪。於是我只好冷笑三聲，回應道：「放心吧，你這種男人，我也看不上。」

＊　＊　＊

今天江離生日，於是我要無條件地服從這個壽星。晚上的時候我們去看了電影，然後又跑去唱歌，江離逼著我為他唱生日歌，然後他就在我那破鑼嗓子的歌喉裡特別得意地喝著紅酒，時不時地朝我笑，詭異地笑。

我們玩到很晚才回家。回到家，江離像大爺似的往沙發上一靠，眼皮都不抬一下地對我說道：「官小宴，去幫我煮宵夜，要很長很長的長壽麵……如果麵不好吃，我就吃妳。」

噎。

於是官丫鬟灰溜溜地撲進廚房，在深夜十一點多的廚房裡幫江大爺煮長壽麵。

當我把兩碗麵擺到桌上時，江離獎勵性地拍了拍我的頭，說道：「妳真體貼，知道我晚飯沒吃好，做這麼多。」

「那個……江離啊……另外一碗是我的……」

江離不緊不慢地把兩隻碗裡的麵各咬了一口，隨即瞟了我一眼，說道：「冰箱裡有蛋糕，巧克力的，妳的最愛。」

我目瞪口呆地看著江離這種無賴行為，竟然忘了阻止。等到他說什麼蛋糕不蛋糕的，我才回過神來，惱怒道：「你有沒有良心啊？」

江離頭也不抬：「沒有。」

我：「……」

見過無恥的，沒見過這麼無恥的！我恨得牙癢癢，卻拿他沒有辦法。此時我只好和他裝可憐：「江離，蛋糕吃了會發胖的，你忍心看我變成胖子嗎？」他要是敢說忍心，我真怕我會衝動地端起那碗麵扣到他的臉上。

江離終於肯抬頭正視我了，他把我上下打量了一下，搖頭嘆道：「就妳身上那幾兩肉，一個男人要是和妳睡覺，也許還不如抱著兩斤排骨有手感。」

我：「……」

江離：「減肥也不是每個人都有資格，妳最好還是長點肉吧，我討厭瘦骨嶙峋的東西，妳這樣讓我容易產生虐待妳的欲望。」

我：「@#&*#%￥！」

你已經很虐待我了！

我走進臥室的時候，江離正側躺在床上，單手拄著頭，跟個睡美人似的。他一看到我走進房間，立即看過來，那目光隨著我移動，看得我心裡發毛，尋思著我是不是哪裡又得罪他了。

「官小宴。」他眼眸裡盛著莫名其妙的笑意，叫我。

「嗯？」我警惕地看他，不知道這傢伙又要搞什麼。

「過來。」

這不是廢話嗎？我要睡覺，當然要過去了。我大搖大擺地走到床邊，掀開被子鑽進去。

江離卻突然壓過來。他雙手撐在我的身體兩側，低頭笑咪咪地看著我，然後在我的過度驚嚇中慢悠悠地說道：「官小宴，想不想生個孩子？」

我大驚，使勁去推他，邊推邊說道：「你知不知道我最怕的就是生孩子！」

江離卻抓住我的雙手，不讓我動。他低下頭，鼻尖幾乎碰到我的鼻子，那眼睛裡有一種變態的光在流轉，嚇得我睡意全無。他笑咪咪地說道：「官小宴，我們生個孩子吧，不會很疼的。」呼吸打在我的臉上，雖然是熱的，卻引得我全身一陣戰慄。

我驚恐地看著他黑亮黑亮的眼睛，那眼睛裡都能倒映出我的影子，不過由於光線太暗，我看得不是很真切。這種詭異的氣氛讓我感覺到窒息，於是我顫抖地說道：「江離，你瘋了吧？」

江離：「丈夫有讓妻子生孩子的權利和義務。」

我：「那我們離婚吧，生孩子這種事情，沒得商量。」

江離挑眉：「妳不想和我生孩子？」

我翻了翻眼睛，很直截了當：「不想。」生孩子是多麼恐怖的一件事情啊，傻子才想！

「其實我也不想，」江離側身躺回去，鬆開了對我的鉗制，「如果生個孩子像妳這麼笨，那就不好了。」

總比生個變態好！

江離：「當然，我更不想和一根排骨生孩子。」

其實你是想和一個男人生孩子！

江離：「妳腹誹我什麼呢？」

我：「沒有……」

＊　＊　＊

到了年底，公司的各級長官們開完了年終總結的會議，就一起跑去某飯店裡吃飯了。這頓飯剛開始的時候還滿正式隆重的，發展到後來，就完全是推杯交盞了，反正我們的人不管說什麼都喜歡在酒桌上見真章，這個可以理解。令我不能理解的是，為什麼總是有人來和我敬酒。後來我突然想到一句古語，什麼「一人得道，雞犬升天」，估計我就是王凱的雞犬，別人對我客氣，也全是看在他的面子上。

看來長官就是長官啊，雖然這個長官讓我真的尊敬不起來。

雖然我對酒精有免疫體質，但是我不得不承認，這東西是真的很難喝，遠沒有可樂加美粒果喝起來痛快。如果不是有心事，怎麼喝怎麼難受。好吧，雖然我喝不醉，但是我可以裝醉。我演戲演不好，不過裝醉真的很成功。

於是我幾杯酒下肚之後，便哼唧著趴在桌子上不肯起來，我喝醉就這樣，怎麼樣！

醉得不省人事的人是不能主動要求回去的，因此我只好乖乖地趴在桌子上裝睡，大家也漸漸忽略了我這號人的存在，繼續觥籌交錯著。王凱這人還算有良心，他自己喝得差不多了，便拎起我，和大家告了個別，出去了。我裝得醉眼朦朧地回頭一望，發現在場清醒的人當中，十有八九看我們的眼神都是不對勁的。唉，現在這個年頭的人怎麼都這麼不純潔呢……

王凱掏出鑰匙想去取車，我死活不同意，抱著飯店門口的柱子不肯放手，嘴裡嚎叫著：「不要不要，酒後駕車是違法的！」善了個哉的，你不要命，我還要呢。

王凱笑呵呵地揉著我的頭，說道：「沒關係，在市區裡只有塞死人的，沒有撞死人的。」

我完美地演繹著一個醉鬼應有的固執，抱著柱子梗起脖子，說什麼都不行。

王凱無奈，只好揣起鑰匙，扶著我去攔計程車。他一手拉著我的手臂，一手扶著我的肩膀，幾乎將我整個人扯進懷裡。我對這個姿勢很不滿，不過考慮到我現在是個醉鬼，於是只好忍著不反抗。

我靠在王凱懷裡，晃蕩著走著路，邊走邊斷斷續續地說：「送……送我回家……」

王凱的聲音從我的頭頂上方響起：「好好好，知道了。妳這個人，都醉成這樣了還知道提防我。」

我怕他看出破綻，只好又胡說八道地亂扯了一頓。

王凱把我塞進計程車，和司機說了我家的地址，我這才放下心來。說實話王凱這個人吧，我也不能說他喪失道德，只能說，這個人的思想太過開放，他似乎從來不把和女人上床當一回事，而且在他的意識裡，似乎別的女人也應該這麼想。因此我今天還真是不得不防著他，萬一大家酒後亂性，饑不擇食了呢？

王凱把我塞進車廂，自己也鑽了進來，然後他又把我扯進他的懷裡。我掙扎地動了動，他卻按著我，說道：「別動，我怕妳撞到頭。」

他的理由這麼正當，我倒覺得自己有些矯情了。於是我只好乖乖地靠在他的懷裡，閉著眼睛假裝睡覺。

計程車停在我家樓下。我打開車門，踉踉蹌蹌地走下車。善了個哉的，裝了一路的醉，我終於可以解脫了。

王凱卻跟上來，扶著我的肩膀，說道：「我送妳上去。」

我試著躲開他，可是無論怎麼躲，他的雙手總是能穩穩地搭在我的肩膀上，我洩氣，任他扶著——其實更像是拎著——上了樓。

我們站在我家門口，王凱一手扶著我，一手去按門鈴。我想說我有鑰匙，可是我一個醉鬼，當然不能幹這麼明白的事情，於是瞇著眼睛什麼都不說。等到王凱按了半天門鈴，裡面沒有人應門，我還吆喝著使勁拍了幾下門，大喊道：「江離，給我開門！」即使是裝醉，那也是醉了，江離不敢把一個醉鬼怎麼樣的。

裡面還是沒人應門，看來江離是真的不在家。王凱低頭看向我，問道：「小宴宴，妳有鑰匙嗎？」

我白痴一般地朝他笑笑，然後摸出了鑰匙。

王凱臉上的笑容很奇怪，不知道是在生氣還是在忍笑。他接過鑰匙，開門，然後扶著我走進客廳。

王凱把我放在沙發上，自己坐在了我的身邊。

我踢了踢他的腳，朝他嘿嘿一笑，說道：「你最好趕快走，我老公可惦記著你呢。」

王凱卻莞爾：「我也惦記著妳呢。」

我無語，靠在沙發上閉目養神。估計我不搭理他，他自己覺得無聊，就離開了吧。

「小宴宴，妳老公不在家。」

「小宴宴，妳不覺得我們其實可以做點什麼嗎？」

我沒說話。我不相信這傢伙有那麼大的膽子，敢在我的地盤動我。

「小宴宴，妳不說話就表示默認了？」

我忍不住說道：「你就不怕江離強X你？」

王凱沒說話。我有些奇怪，睜開眼睛，卻嚇了一跳——王凱那張臉近在咫尺，他的嘴唇幾乎貼到了我的臉頰上。我一驚，伸手去推他，他卻雙臂環著我，將我固定在懷裡，任我怎麼用力，都無濟於事。

王凱抱緊我，下巴在我的肩窩處蹭了蹭，然後他伏在我耳邊，低聲說道：「為了妳，我沒什麼好怕的。」他說完，輕輕咬了一下我的耳垂。

我顫了一下，在他懷中掙扎道：「你放開我，放開我！」

王凱卻抬起一條腿，按住我掙扎著的雙腿，然後他一手抓住我的兩隻手腕，抬起頭看我的眼睛，那目光灼灼閃亮，跳動著危險的火焰。他的聲音有些急切，又有些暗啞。他對我說：「小宴宴，妳應該瞭解男人的。」

「放開我！」

「對不起，我控制不了自己。」

「王凱，你放開我，我們是朋友。」

他卻不聽，低頭吻我的脖子，一下一下，不輕不重。我聽著他淩亂而粗重的呼吸聲，越來越害怕。

「王凱，你放開我，我求求你了。」

王凱像沒聽到一般，順著我的脖子一路向下，他扯開我衣服的釦子，在我的鎖骨上輾轉吻著。我想推開他，可是手被抓著；我想踢開他，可是腿被壓著。於是，我的掙扎變成了不倫不類的扭動。

我感覺王凱比剛才更加激動了，他的另一隻手順著我的腰，一路向上，探進我的衣服，摩挲著我的肌膚，然後扣住了我胸罩的釦子。

我絕望地閉上眼睛，腦子裡突然閃過江離的身影。這小子，該來的時候死去哪裡了！

就在這時，一個身影晃進來，接著鉗制在我身上的力量便消失了。我定睛一看，只見江離正背對著我，殺氣騰騰地站在王凱面前。

王凱被江離一拳揍到臉上，踉蹌地後退了兩步，嘴角滲出血絲。

只聽到江離沉聲說道：「趁我後悔之前，滾。」

王凱直直地看著江離，過了一會兒，他抓起外套，轉身離去。

我縮在沙發上，看著江離的背影，心裡湧起一陣暖流。

江離轉過身來，他坐在我旁邊，揉了揉我的腦袋，說道：「沒事的，不用害怕。」

我也不知道自己怎麼回事，一聽到江離這樣說，我鼻子一酸，眼淚竟然流了下來……

江離慌忙地抽出紙巾幫我擦著眼淚，「妳……妳別哭……」

我一聽他這樣說，哭得更凶了。我並不是一個愛哭的人，剛才面對王凱的非禮我也沒有流眼淚，可是現在，我也不明白為什麼，心裡總似乎有千言萬語的委屈，需要宣洩出來。

江離見狀，乾脆把我拉進懷裡，輕輕地拍著我的後背，「有我在，沒事的。」

我趴在他懷裡，不管不顧地哭著，停不下來，一邊哭還一邊抽抽噎噎地說：「江離，你怎麼現在才來啊……」

江離的聲音裡充滿了歉意：「對不起，不會有下次了。」

我抽噎得說不出話來。這時，江離循循善誘地道：「不如這樣吧，反正元旦假期就要到了，這個假期我當妳的奴隸，任妳驅使，好不好？」

我抬起頭，忍著淚水，「真……真的？」

江離微微勾起嘴角，「當然。」

我從他懷裡坐起來，使勁擦乾淚水，「好吧，我不哭了，真的。」不就是被人非禮一下嗎？都奔三的人了，誰沒見過幾頭色狼呢，更何況江離不是及時趕到了嗎……我這麼想著，心裡豁然開朗。

江離看著我，狀似無奈地搖了搖頭，「官小宴，妳變臉倒是挺快。」

我不好意思地笑了笑，「江離，謝謝你。」剛說完，眼淚又不爭氣地流了下來。

江離微笑著幫我擦眼淚，「不用和我客氣。」

我這才發現，江離雖然平常總是欺負我，不過在關鍵時刻及時出手幫助我的也是他，不管怎麼說，他也很夠意思了。而且為了哄我開心，還主動要當我奴隸，這種大無畏的自我犧牲精神，是多麼可歌可泣啊……

我心裡的陰霾因江離這種犧牲精神，徹底一掃而空了。

可是，我很快又糾結起來，因為江離說了，接下來的三天假期，他都聽我的……雖然今天的事情我對他也心存感激，不過一想到以前他是怎麼壓榨我的，我又很想蹂躪他，這次貌似是個好機會啊……我的心裡無比矛盾，不知道到底要不要對江離伸出魔掌。

就在這時，江離側頭看著我，笑咪咪地說：「官小宴，妳哭起來真像一隻猴子。」

他這句話成功點燃了我心頭的怒火。我只好捏捏拳頭，好吧，江離你既然不仁，就不要怪我不義了……

✻ ✻ ✻

元旦到了。

元旦意味著什麼？在昨天之前，元旦對於我來說不過是一個假期，跟勞動節、中秋節沒什麼太大的區別。可是今年的這個元旦，將會成為一個十分具有紀念意義的元旦，將成為一個被記載入我官小宴光輝史冊的元旦，將會是一個成功的元旦、勝利的元旦、一個翻身農奴把歌唱的元旦……

說白了，今天明天後天，江離這傢伙即將被我驅使三天……一想到這裡，我就異常興奮且血脈噴張，恨不得在江離脖子上拴個鏈子，牽著他出去溜溜。怎麼樣，我官小宴也有欺負江離的那一天！

一想到這裡，我就突然覺得，其實自己昨晚被王凱欺負也是值得的，好吧，我就是這麼沒有節操的一個人……

江離十分有做奴隸的自覺，一大早就買好了早餐等我起床，服務真到位。我獎勵性地瞪了他一眼，開始享用早餐。

江離悶不吭聲地敲開一顆雞蛋，三兩下剝好放到我的碗裡，然後抬頭微微一笑，笑得那叫一個傾國傾城，我嚇得下巴差點掉下來。

沒想到啊沒想到，江離這傢伙還能和「美豔」一詞搭上邊……雖然我很不想承認，可是他剛才那一笑，確實像一道絢麗的春景，讓人不由得屏住呼吸，被這美景所震撼。

「來，吃雞蛋。」

江離低沉而溫柔的聲音像上等絲綢一樣流淌著。

我抖了一下，揉揉眼睛，強迫自己把視線從江離的臉上轉移到碗中的雞蛋上。要知道，美色再美，也不能填飽肚子，我是一個很務實的人。

於是我戳著雞蛋，狠狠地咬了下去。

我之前對於元旦假期沒有什麼安排。我本來就是一個不怎麼愛出門的人，況且我還挺怕冷的，於是我本來打算元旦好好在家裡大吃大喝睡大覺，享受一下封建地主婆的生活。可是現在不同了，我改變了想法。你說江離難得被我蹂躪一次，我要是不拉著他出去轉轉，那多浪費資源。

可是去哪裡呢？

這個時候，某奴隸獻計：「去滑雪怎麼樣？」

某奴隸主點頭，此計甚好。可是……我不會啊……

某奴隸敲著奴隸主的頭：「不會可以學啊，笨蛋。」

奴隸主怒目而視，造反你了，怎麼說話呢！

某奴隸於是改敲為揉，輕輕地撫摸著奴隸主的頭，眼裡的柔情能滴出水來：「主人，我可以教妳。」

奴隸主……吐了……

※　※　※

雖然我不會滑雪，不過考慮到我天資聰穎（這算自嘲吧……），估計滑雪也算不上什麼太難的事情。我正想整裝待發，江離突然發話了：「妳有滑雪板嗎？妳有滑雪服嗎？妳訂票了嗎？」

我傻掉，搖頭。

江離恨鐵不成鋼地搖搖頭：「那麼妳現在去，是去幫滑雪場顧大門吧？」

我沮喪地點點頭，又搖了搖頭。

於是，奴隸主被奴隸拎著奔向了商場。

我看著鏡子前的江離，越看越不順眼。善了個哉的，這小子平時頂著一張好看得不像話的臉，我已經忍他很久了，平常能嘲笑他的地方也只有「不會穿衣服」這一項了，因為他經常只是隨便穿一件襯衫、牛仔褲，然後胡亂套一件外套了事……可是現在呢？

於是我突然發現，這小子哪是不會搭衣服，他根本就是懶得搭衣服！

他拎著我在商場轉了一個多小時，把各式各樣的衣服往我身上比劃，一會兒說這件外套顏色不搭調，一會兒說那條褲子不夠有型，一會兒又說其實另外一套挺不錯，可惜妳太瘦小了，撐不起來……翻桌！你想嘲笑我的身材就直說，需要這麼拐彎抹角嗎！

最後江離終於拍板決定了一套，我穿在身上，在鏡子前轉了好幾圈，發現還真是不錯，很年輕、很動感，而且襯得我挺英姿颯爽的，說句更加自戀的話，和某些雜誌上的廣告有得拚。

我正想誇獎江離幾句，卻聽到他對推銷員說：「依照她這身衣服，給我來套男款的。」

等到江離從試衣間出來之後，我……悲憤了。

從頭到尾都是我在試衣服，結果我試出來的衣服穿在他身上，比穿在我身上還好看一百倍！這套衣服穿在我身上撐死了就是裝模作樣的動感，結果到他身上，就完全是散發著運動的氣息，他就彷彿是個身經百戰的運動健將，我甚至出現幻覺，好像看到了他踩著滑雪板在雪場飛奔的英姿。

和江離站在一起，他就是那英俊的白馬，而我，就是那灰頭土臉的老鼠。

於是我只有羨慕嫉妒恨了……

鏡中的江離彷彿感受到了我充滿敵意的目光，他看向我這邊，朝我微微一笑。挑釁，赤裸裸的挑釁啊！

我還沒說話，只感覺身旁的推銷員踉蹌了一下，然後她扶著衣架，兩頰緋紅一臉花痴地望著江離。

奴隸主……又吐了……

＊　＊　＊

吃過午飯，我問江離下午去哪裡，江離說：「去看看我岳母吧。」

我想也對，有些日子沒看到我媽了，怪想她的。於是打她電話，那老太太一聽我們要去看她，樂了：「正好我想唱歌了，你們陪我啊。」

我淡定地闔上手機，對她這種行為見怪不怪。話說我媽雖然是個奔六十的老太太，可是她比我瘋，現在好多年輕人愛玩的東西，她都愛玩。她還曾經有一個十八歲的網友，結果她整天追著那孩子讓人家叫她奶奶，後來那孩子一怒之下把她拖進了黑名單。

看吧，肖綺玲，這世界上能忍受妳的，也就只有妳親閨女了。

＊　＊　＊

兩個小時後，我和我的奴隸帶著一堆禮物敲響了我們家的門。除了禮物，我們還帶來了今天新買的滑雪裝備——我媽發話了，讓我們今天在她這裡過夜，為了不耽誤明天的行程，我們今天搞得像候鳥搬家一樣。

去KTV的路上，我問我媽，明天打算幹嘛，要不要和我們一起去滑雪。

我媽擺擺手說道：「不，我有別的事情。」

我被我媽神神祕祕的樣子搞得莫名其妙：「妳有什麼事情？見網友？」

我媽卻瞇著眼睛不肯鬆口：「妳不用管，反正沒妳的事。」

我嘆，今天這些人怎麼都這麼莫名其妙。

其實我對唱歌還是挺有畏懼心理的。套用江離的一句話形容我唱歌，那就是，別人唱歌是偶爾跑調，我唱歌是偶爾不走音。我媽經常恨鐵不成鋼地拍著我的頭，感嘆她一個天生的歌手，怎麼會生出我這個五音不全的女兒。雖然我對「天生的歌手」這個形容詞很有幾分懷疑，不過考慮到我確實是五音不全得有些過分，因此我也沒有揭發過她。

不過今天我倒是不擔心，怕什麼，我媽欺負我，我就欺負江離，誰教他是我的奴隸來著！

因此我們一進KTV的包廂，我就把江離踢去點歌，然後自己坐在我媽身旁，幫她遞水拿麥克風，伺候得她無比舒坦。

於是，我媽就在她的女兒女婿的服務下，先後唱了經典的革命歌曲，我在一旁聽得頭髮都快豎起來了。

我媽唱歌唱得太專心，沒有發現我的糾結，倒是江離，一個勁地回頭看我，還忍不住奸笑。我那個氣啊，這小子明顯是在幸災樂禍！於是我撿起另外一隻麥克風，對著江離說道：「你，去給我點一杯柳橙汁！」

江離於是灰溜溜地遵命了。我正得意，我媽冷不防地舉著麥克風敲到了我的頭上，一邊敲一邊呵斥道：「這孩子，江離你也太寵她了！」

我抱著頭，扭頭委屈地看著我媽，您老人家什麼都不懂好嗎！我都被他壓迫了半年，好不容易有機會囂張一下，這次還是用身體換來的呢（喂！）……

江離笑呵呵地把柳橙汁遞到我面前，對我媽說道：「媽，小宴只是和我開玩笑。」

「江離你不用護著她，我自己的女兒我清楚得很。」我媽說著，還不爽快，又敲我的頭。

我捂著腦袋悲憤地說道：「媽妳別敲了，敲頭會變笨的。」

我媽卻說：「妳已經很笨了，不在乎再笨一點。」

善了個哉的，我又開始懷疑我到底是不是她親女兒了。

我瞟了一眼我的奴隸，希望他能幫我說說話。可惜的是，他此時的表情……一臉贊同，於是我又悲憤了。

我以為江離會附和我媽，借機嘲笑我一下，誰知道他卻說道：

「其實笨也有笨的好處。」

這算什麼，明褒暗貶？我一個眼刀飛過去，擺出奴隸主慣有的盛氣凌人的架子，對江離說道：「你給我一邊涼快去，這裡沒你說話的份！」

我剛說完，我媽就一巴掌拍到我頭上：「怎麼這麼說話！江離你別理她，過來唱歌。」

我媽說著，又指了指我，「妳！去點歌！」

我無語問蒼天，唯有淚千行。我算是看出來了，有我媽撐腰，我就算想欺負江離，那也是妄想。

我問江離唱什麼歌，他踟踟地答道：「除了周杰倫的，其他都可以。」

於是我隨便點了一大堆周杰倫的歌，又跑回來坐在我媽的身旁。

江離側頭看我，得意地笑了笑，說道：「其實我挺喜歡唱他的歌的。」

我……我第N次悲憤！這小子太奸詐了，他知道我會故意點他不喜歡的，所以他說他不喜歡周杰倫，其實是喜歡！

為什麼我總是上他的當？這到底是為什麼……

此時我媽幸災樂禍地看著我，那表情彷彿在說：傻了吧？上當了吧？

我心裡有一個弱弱的聲音在迴盪：其實不是我傻，是江離太狡猾……

我正沉浸在悲憤中還沒緩過神來，江離已經開始唱歌了。於是我……悲憤持續中……

我就不明白了，為什麼老天爺把什麼都給了他？

長得好看，身材好，還有一個發達得有點過分的大腦，除此之外，還懂得許多雜七雜八的東西，炒股、掃病毒、修電腦，還能幫我偷帳號（偷回自己的）。而且他生活得特別健康，沒有不良嗜好，品味又好，貌似還是運動健將……

然後現在，我又發現，這小子唱歌竟然也能這麼好聽！

江離唱的第一首歌是《青花瓷》，他的聲音本來就很低沉，唱這首歌的時候又多出一種孤獨的味道，讓人心裡都跟著有點淒涼和惆悵了。我以前聽過無數次《青花瓷》，每次都是覺得好聽，但具體好聽在哪裡，不清楚。今天耳邊聽江離唱著，眼前看著那個MV，不知怎麼的就難過起來。

為什麼他們兩個不能在一起呢？為什麼一次又一次地錯過呢？為什麼青花瓷那麼美，這首歌那麼美，我卻聽得有點想哭呢……

當我還沉浸在《青花瓷》帶給我的震撼時，我媽已經和江離一起合唱起《千里之外》了。這次江離的聲音顯得有些清冽，在唱到「送你離開」這一句時，他顯得有一點不捨又有一點堅決，連眼神都變得複雜起來。我扭臉看著他投入的樣子，不禁對他膜拜起來。江離其實才是那個「天生的歌手」吧？

唱完《千里之外》，我媽竟然帶頭鼓掌起來，她讚賞地看了看江離，然後又鄙夷地看了看我，最終搖了搖頭。

我瀑布汗，這是赤裸裸的歧視啊！於是我義無反顧地抄起麥克風，決定和江離合唱接下來的那首《珊瑚海》。

很快地，我發現我簡直是在自尋死路。好壞都是相對的，我要是從外面隨便找個破鑼嗓子和我合唱，估計人們也不會覺得我唱歌走音了。可是現在呢，現在是江離！

我哆哆嗦嗦地拿著麥克風，畏懼地望著江離。現在後悔也沒有用了，硬著頭皮上吧。我現在的目標是，不僅自己走音，也要把江離帶跑。

我像唱 Rap 一樣唱著《珊瑚海》，可惜我的本色演出並沒有把江離帶跑調，這多少讓我有些遺憾。不過我覺得自己今天發揮得不錯，和過去的自己相比強多了，雖然我依然走音，但至少也能跟上音樂拍子了……我拒絕承認我的進步是因為江離。

當我唱到「轉身離開，有話說不出來」時，我鬼使神差地轉頭看向江離。沒想到江離也在看我，包廂裡昏暗的燈光下，江離的眼睛亮如星辰。可是那雙眼睛裡似乎盛著一種難言的情緒，讓我有點不知所措。我心裡一陣煩躁，扭過頭去不再看他。

這時我媽拍了拍我的肩膀，提醒我：「閨女，妳唱錯歌詞了。」

❇ ❇ ❇

江離又唱了幾首歌，都是周杰倫的，而且都很傷感。我覺得自己今天真是莫名其妙，好像著魔了一樣，聽著他歌聲裡的那些失落、惆悵、惋惜等各種情緒，心裡越來越難受，以前聽這些歌的時候並沒有這種感覺啊。

於是我鬱悶地指責江離：「江離，你都唱什麼歌啊，跟怨婦似的！」

江離沉默了一會兒，抬眼看我，口氣有點委屈：「這些都是妳點的。」

我：「……」

好在下一首歌為我解了圍，《聽媽媽的話》，這首歌不惆悵，還可以拍我媽的馬屁。

江離低沉的嗓音彌漫在包廂裡，我聽得那叫一個如痴如醉。

「聽媽媽的話，別讓她受傷

想快快長大，才能保護她

美麗的白髮，幸福中發芽

天使的魔法，溫暖中慈祥……」

我倒在我媽懷裡，狗腿地笑道：「媽，我一定聽妳的話！」

我媽揉著我的頭髮，心情愉悅：「真的？」

我使勁點頭，一邊還玩著我媽的手：「那當然，妳可是我親媽。」雖然偶爾我也會懷疑一下下……

於是我媽說道：「那我想要個外孫。」

我：「……」

❈　❈　❈

吃過晚飯，我們一家三口（這句話怎麼這麼彆扭）坐在電視機前看著綜藝節目。江離很不喜歡看那些綜藝，以前我們就經常搶電視。不過今天他不敢了，因為我媽也喜歡看綜藝。

由於今天我媽一直偏袒江離，這讓我心裡很不爽，因此我正算計著要不要黑江離一下。於是我靠在我媽肩上，一邊看電視一邊說道：「媽，江離老說綜藝節目不好看，你說他這人是不是有問題。」

我媽正被主持人逗得哈哈直笑，聽到我的話，她一把把我的頭推開，說道：「妳喜歡的東西，別人就一定要喜歡嗎？我平時都怎麼教妳的，怎麼越長越回去了？」

我揉揉腦袋，不服，於是重新靠在她背上，接著告狀：「江離還說，總是看這些東西，會越來越笨。」

我媽把我拎起來推到江離身上，幫江離解釋道：「他的意思是，看這些東西，會使笨的人越來越笨。」

我坐起來想和我媽理論，沒有人這麼欺負人的，還是欺負她親閨女！欺負她親閨女也就算了，還護著她女婿！

我媽卻眼明手快地不等我開口，又一把把我推到江離身上，施暴之後還得意洋洋地說道：「別總是纏著我，我對妳的撫養義務在妳十八歲的時候就結束了，現在撫養妳的人是江離！」

善了個哉的，是我在撫養他好不好！他每天都吃我做的飯、穿我洗的衣服！

我剛想說話，卻被江離攬著肩膀拖進懷裡，他的手臂很有力，按得我動彈不了。我就這樣被他扣著，靠在他胸口上。我很憤怒，他明明是我的奴隸，真是造反他了！可是在我媽面前，我又不好意思發飆，反正即使我真的發飆，倒楣的那個也肯定是我。

江離擁著我，下巴親昵地蹭了蹭我的頭，然後我就聽到他含著笑意對我媽說：「我只是偶爾和小宴開個玩笑，沒想到她竟然還記得。」

我怒，偶爾開個玩笑？我可是至少每星期都能聽到一次！

我又掙扎了兩下，江離終於放開了我。我靠在沙發上，抓了抓頭髮，惱怒地瞪他。江離卻悠然自得地笑，就彷彿我不是在瞪他，而是在勾引他似的……我怎麼會想到「勾引」這個詞，真是活見鬼了！

我搖搖腦袋，這個世界真是越來越莫名其妙了。

＊　＊　＊

晚上要睡覺的時候，我一把抱住我媽，笑嘻嘻地說道：「媽，我要和妳睡。」

我媽不耐煩地推開我：「妳胡說八道什麼呢？」

我不依不饒地在她身上蹭啊蹭，像個小哈巴狗似的撒嬌：「媽，我就要和妳睡，我都多久沒和妳睡了……」

我媽打了個哈欠，無視我。

這時，江離發揮了他的奴隸作用：「媽，小宴是想妳了，就讓她和妳睡吧，」他說著，停頓了一下，又說道，「反正我們兩個在一起的機會還有很多。」

於是我媽欣然應允。

善了個哉的，差別待遇，雙重標準！我跟在我媽身後，扭頭憤恨地瞪了一眼江離。

＊＊＊

我四仰八叉地倒在床上，我媽走過來一巴掌搧到我頭上，用一種十分嚴肅的口吻對我說：「說，妳是不是和江離吵架了？」

我揉揉腦袋，委屈地答道：「沒有啊……」

我媽長長地嘆了口氣，說道：「小宴啊，妳也老大不小了，為娘希望妳不要再錯過江離了。」

我呵呵傻笑道：「媽，妳想太多了。」

我媽瞪我一眼：「妳你自己不懂得珍惜，江離他對妳真是太好了。」

娘，妳不瞭解情況，他今天是我的奴隸，他敢不對我好嗎！

我媽見我不說話，又補充道：「女人哪，找個能和自己過一輩子的男人不容易，妳這丫頭，還不知道心疼江離。」

我把頭埋在被子裡，依然不說話。我媽的「一輩子」論刺激到我了，說實話，我還真沒想過和江離過一輩子這個事情。以前傻的時候也想過和于子非過一輩子，結果呢？現在我和江離在一起，基本上就是過著有一天算一天的日子，如果真的就這樣一輩子過下去呢？好像也不是什麼壞事……可是，為什麼我的心裡會顯得空落落的呢？

＊　＊　＊

一大早起來，我媽就不見了。我實在很好奇她這樣心急火燎地到底有什麼事情，可是那老太太咬緊牙關就是不說。

隨便吃了點早飯，我和我的奴隸就直奔滑雪場了。

江離比較喜歡滑單板，我覺得這肯定是因為單板看起來比較花俏、比較帥，可見江離此人其實還是很悶騷的。

當然，我是單板雙板無所謂——反正我都不會。不過既然江離答應要教我，自然我也要滑單板。

我踩在滑雪板上，感覺自己的兩隻腳都被束縛住了，彷彿動一動就會跌倒，於是我一動也不敢動地在原地傻站著，然後江離不聲不響地推了我一把……

那句話怎麼說來著？對，像離弦的箭一樣，「嗖」地一下就出去了……雖然我不像箭那麼誇張，不過速度也是夠嗆，況且我處在下坡上，越往下滑，速度越快。我嚇得不輕，張開手臂哇哇亂叫著，一邊拚命向後仰，希望能夠減輕一點速度，可惜一點用都沒有。我感覺自己像坐在一輛無人駕駛的失控汽車上，隨時都有可能發生事故。

於是事故真的發生了……

就在我張牙舞爪左搖右晃的時候，我一個沒站穩，「轟」地一下摔在雪上。雖然不至於受傷，但是……屁股好痛！

江離踩著滑板，悠哉悠哉地滑了過來。他滑行的路線基本上就是蛇形，左拐右拐，可惜就是摔不倒。看到他那一臉從容的淡定樣，我就生氣。

江離笑咪咪地彎腰拉我起來，我拽著他的手站起來的時候，趁著他不注意，突然一下子撲到他身上。江離沒防備，華麗麗地向後摔去，他當然也沒忘記拉著我一起倒下去。

我壓在江離身上，掐著他的脖子惡狠狠地說道：「造反你了，為什麼偷襲我！」

江離毫無反抗地任我欺壓，臉上還掛著若有若無的笑意。此時他的表情並沒有往日的淩厲和冷冰冰，反而有了一絲的柔和。冬天上午的陽光還透著一股清冷，可是打在他長長的睫毛上，倒讓人覺得有那麼一種暖意，從心底裡緩緩滑過。我被他這個偽善的樣子欺騙，慢慢地鬆了手。

江離依然老老實實地躺在地上，從容地微笑，說道：「我不過是想看看妳的平衡感怎麼樣。」一邊說話，睫毛還抖啊抖。

我被那陽光下的長睫毛吸引，鬼使神差地伸手去撥。此時我戴著厚手套，手套上還沾著雪。江離似乎被我嚇了一跳，他扭過頭，躲開我的手套，沉聲說道：「官小宴，別胡鬧。」也不知道是怎麼回事，我總覺得他的聲音裡帶著一種若有若無的笑意。

我回過神來，訕訕地收回了手，一本正經地說：「那麼……你覺得我的平衡感怎麼樣？」

江離微微一笑：「還不錯。」

我被他誇得龍心大悅，決定不再計較他偷襲我的事情。可惜此時江離又補上一句：「大腦不發達，小腦總要發達一些吧。」

我剛吃力地站起來，差一點又因為他這句話跌倒。

可惜我拿他沒辦法啊，望天……這世界上總是有一些變態，大腦小腦同時發達，比如我眼前這隻。

此時，江離也站了起來……我拒絕承認他連站起身的動作都很帥。

江離拍掉我身上和頭上的雪，這才說道：「好了，我們開始上課。」

望著蒼茫的雪地，看著江離挺拔的身影，嫻熟的姿勢，我揉了揉屁股，悲從中來。

江離揹著手，站在雪坡上面，高深莫測地說道：「妳剛才滑下去的時候，犯了個很普遍的錯誤，那就是拚命地想停下來。其實如果妳擺好姿勢一直向前衝，可以滑得很好的。這世界上總是有些事情，一旦開始就無法停下來，一發不可收拾，比如說滑雪，再比如說……」

我撓撓頭，似懂非懂：「再比如說什麼？」

江離卻不回答，朝我扯出一個略顯勉強的笑容：「妳猜。」

我猜什麼猜！

雖然不滿，不過我還是很體貼地對江離說道：「江離，你笑不出來就不要勉強了，沒有人規定奴隸必須要對奴隸主笑。」

江離踉蹌了一下，差點沒站穩，於是我發現他的雪技，也許，貌似不怎麼樣……

江離站在我的身側，扶著我的肩膀幫我矯正姿勢，一邊說道：「妳的重心要前傾，不要總是向後仰……喂，妳到底知不知道什麼是重心？前傾，對，身體不用那麼僵硬……」

我照著江離說的做，可是他貌似總是不滿意。我怒，狠狠地瞪他。

江離無奈地搖搖頭，他挪動身體，站在了我的右前側，把一隻手伸到我的面前，我剛好搆不到的位置。然後他說：「這樣吧，我在前妳在後，妳想辦法抓住我的手。」

我動了一下，身體向前傾了傾，然後順著雪坡滑了下去。

江離在我滑出去的同時也滑了出去，他一直平舉著手，我伸長了手臂想要抓住他的手，卻總是差那麼一點點。我以前聽過一個笑話，說在一頭拉磨的驢面前拴一根蘿蔔，那頭驢就會為了吃到蘿蔔，一直往前走……我覺得我現在就挺像那頭驢的……

不過江離這個方法還真是行之有效，滑了一會兒我就發現，自己這種姿勢雖然比較蠢，不過真的越來越穩了，果然江離在某些時候還是可以信賴的。

於是我得意之下，沒有注意到腳下的變化，一不小心踩了空。一般情況下，人遇到突發事件總是身體反應快過大腦反應，因此這時候我還沒搞懂發生了怎麼回事，便條件反射地向後仰，可想而知接下來的情況……

不過江離的反應可真夠快，他一見情況不妙，腳下的滑板一橫，就急煞下來，此時我由於慣性依然在前進，剛要超過江離，就被他攔著腰抱住，我揮著手臂向後倒去。由於雪上太滑，江離一個沒穩住，被我壓著也向後倒去……

我摔在地上的時候感覺身下軟軟的，一點都不疼，於是我就良心發現了。我吃力地從江離身上爬起來，跪坐在他旁邊，推了推他，擔心地問道：「江離，你沒摔壞吧？」

江離睜開眼睛，眼睫毛忽閃忽閃的。我覺得自己今天真是奇怪得可以，為什麼老是注意他的眼睫毛呢……是的，一定是江離的睫毛比我長，我嫉妒了……

江離眨眨眼睛，躺在地上一動不動。我以為他摔壞了，俯下身又推了推他，皺著眉頭問道：「江離啊，你是不是摔壞腦子了？」

江離彎起嘴角笑了笑，答道：「我沒有摔壞……但是被壓壞了。」

一句話說得讓我更加不好意思了。雖然我一直覺得這小子教得不怎麼樣，不過對於這起事故我還是要負主要責任。於是我的臉紅了一紅，朝江離說道：「那個……對不起啊……」

雖然我今天是奴隸主，不過也是一個講道理的奴隸主，一個民主的奴隸主。

江離卻說道：「妳幫我揉揉，我就不怪妳了。」

汗，我忍！

我忍著揍他一頓的衝動，溫柔地拍了拍他的肩膀，笑道：「哪裡疼啊？讓本主人幫你揉揉。」

江離像大爺似的從容地躺在地上，瞇著眼睛說道：「哪裡都疼，妳隨便揉吧。」

意識到這小子純粹是在開玩笑，我徹底怒了，撲到他身上掐他的脖子：「造反你了，快給我起來！」

江離不情不願地站起來，姿勢依然是無敵地帥（我拒絕承認），然後他把在地上吃力地吭哧著的我扶起來，幫我拍掉身上的雪。他看著我，欲語還休了一會兒，終於鼓足勇氣說道：「官小宴，我還是覺得妳笨。」

我：「……」

先別說我到底笨不笨，就算我笨，你也不用說得這麼直接吧？江離的話傷害了我的自尊，勾起了我的怒火，於是我冷笑道：「說實話，我倒是覺得你教得也不怎麼樣啊。我說江離啊，你到底會不會滑雪啊？還單板？我這麼有天賦的學生都被你教成這樣，簡直誤人子弟！」

江離很有高手姿態地抬頭望望天空，然後面無表情地說道：「那我們去U型池吧。」

我頂著滿頭問號：「U型池是什麼東西？」

江離掃了我一眼，那眼神，像在看白痴一樣。

我又悲憤了，為什麼人家當奴隸都能當得如此囂張啊，捶地！

＊　＊　＊

當我看到那個巨大得像一個陡峭河溝一樣的東西時，我終於明白U型池是什麼東西。說白了，U型池就是一個U型的池子（這不是廢話嗎？）。它像一個劈開一半的巨大水管，斜靠在山坡上，這東西的具體用處和普通的滑雪場有什麼不同，我暫時也沒看出來，大家可以去估狗一下，它什麼都知道。

我比較好奇的是，為什麼這U型池場地遠沒有普通場地那麼多人？難道這東西不好玩？

後來我才知道，貌似是因為這個U型池在國內比較罕見，玩起來也比較危險，而且場地費貌似很貴，更重要的是，這東西只對本滑雪場的高級會員開放……總的來說就是，這個池子，它很矜持。

我站在U型池的盡頭，隔著半圓形的滑道，抬頭望著站在幾十公尺外出發點的江離。由於我們隔得比較遠，此時江離在我眼中已經是小小的一隻了，看起來倒是滿好玩的。

江離調整了一下，滑入了賽道。

然後我就發現這U型池的好處了。

這U型池的好處就在於——炫技。

只見江離飛快地滑入池道中，然後順著U型池的池壁往上衝，最後衝過池壁，停在半空中，他很騷包地一手抓著滑板的板刃，空出一手保持平衡，然後挺腰在半空中擺出一個拉風的姿勢……我雖然很想拒絕承認，但是我不得不承認，他這個姿勢，很帥。

江離在空中停頓了一下，然後落入池中，繼續重複著加速後上升的過程，接著在另一面的池壁中衝上半空，依然抓了一下板刃，但是姿勢調換了一下，不過同樣地耐看。

江離落入池中，再次衝向半空。我以為這次他依然會抓著板刃擺出一個酷酷的姿勢，沒想到他衝出池壁的時候，突然就著衝力，整個人做了個轉體……

是的，我沒有看錯，我也沒有寫錯，是轉體，以身體的縱軸為中心，迅速地轉了一圈或者兩圈，也許是一圈半……我沒看清他到底轉了多少圈，因為他轉得太快了。我瞪大眼睛看著他，希望能看清楚他的動作，可這是徒勞。雖然他離我越來越近，可惜他的速度太快，我看得眼花繚亂。於是我不得不承認，江離這小子，貌似確實有兩把刷子，不，好像不止兩把……

江離再次下降，升空，依然是轉體，不過這次貌似比上次又多了一圈或者一圈半，我的眼睛瞪得疫疼，可就是跟不上他的動作。江離你就是力與美的結合啊，力與美！

江離離我越來越近，眼看著就要滑到池子的盡頭了，我以為他會再來個縱向轉體，卻沒想到他衝上空中的時候，突然像刺蝟一樣蜷起身體，然後以身體的橫軸為中心，迅速地翻轉起來……

江離如一架靈巧的戰鬥機在空中翻飛，我抬眼望著他，激動得說不出話來。帥，太帥了，帥翻了！

我一直以為江離是那種低調而內斂的人，這樣的人通常都是理智而溫吞的。而像今天這樣的極限運動，是屬於那種激情四射，張揚奔放的人的。沒想到啊沒想到，玩極限運動竟然能玩出這樣的境界，而且我看著他沉著地在空中變換著各種花樣，總能感覺到他有一種駕馭一切的豪情。

江離的心裡，應該也有火一樣的激情吧？只不過這種激情是隱性的，只有在這種場合才能釋放出來。

江離滑到我面前時，我依然處在由於太強烈地震驚，而無法回過神來的狀態。江離舉起手在我面前晃啊晃，我沒有理他。然後他竟然雙手扶著我頭左搖右擺……於是我回魂了。

我激動地看著江離，說話都有些結巴：「江離，你你你你你太帥了！你要教我教我教我……」

江離臉上閃過一絲得意之色，然後他很快淡定下來，裝模作樣地搖頭說道：「不行，太危險。」

我繼續語無倫次：「沒關係，沒關係，我不怕危險！」

江離：「其實我是覺得妳學不會。」

我：「……」

我的心情很複雜。一方面我因為發現江離是個人才而膜拜他，另一方面我又被他氣得夠嗆。我思來想去，覺得江離的話貌似也有一點道理，況且從那麼高的地方滑下來，我還真有點怕。於是我想通了，也絕望了。我絕望地扶著江離的肩膀使勁搖晃，一邊搖晃一邊說道：「那你再表演一次給我看，快！」

江離發揮了奴隸本色，乖乖地又跑去出發點了。

雖然已經看過一次，但是江離第二次衝下來的時候，我還是激動不已。尤其是看到他那個刺蝟翻（那個不叫刺蝟翻好不好）的時候，我由於一時難以克制，竟然對著江離大喊道：

「江離啊，你太帥了！」

江離此時離我不遠，估計聽到我的話了，不過他的反應卻讓我吃了一驚。

他從空中掉在了池壁上，屁股著地……

第十章

江離撞在池壁上，又被迫滑動了兩下，滑到U型池的底部，停了下來。然後他就躺在地上不動了……

我嚇壞了，拔腿跑過去，蹲在他旁邊。我不確定江離身上的哪個零件有了損傷，因此也不敢大意地碰他，只好小心問道：「你你你……你沒事吧？」

江離睜開雙眼，眸子裡有絢麗的光在流動。他微微勾起嘴角，看起來心情並不糟糕。他說：「官小宴，就算我真的很帥，妳也不用喊那麼大聲吧？」

我老臉一紅，不知道該說什麼。話說，我剛才確實不夠矜持，估計江離是被我嚇到了。

想像一下，一個人正在專心做一件事情，突然有人對著他大吼一聲……

江離見我不說話，又騷包地說道：「其實妳偷偷告訴我就可以了。」

我：「……」

江離，你好冷。

我問江離：「你摔到哪裡了？嚴不嚴重？」

江離懶洋洋地把手臂一抬：「先扶我起來吧。」

於是我老實照做。雖然我的心底深處有一個聲音一直在嘶喊，官小宴，其實妳才是主人啊，主人……

我扶著江離，不無擔心地問道：「江離，你要不要去醫院？疼不疼？」

江離毫不客氣地將半個身體都壓在我的身上，他皺著眉頭哼唧了兩下，隨即說道：「妳倒是挺關心我的。」

我瞪他：「廢話！你是我奴隸，你要是殘廢了，誰來伺候我？」

江離卻說道：「我要是殘廢了，就該換妳伺候我了。」

我惱怒：「想得美，你要是殘廢了，我就把你人道毀滅了。」

江離沒有被我嚇退，他從容說道：「我現在離殘廢不遠了，估計妳得伺候我幾天。」

這時，我們身旁走過兩個白人。其中一個人看了江離一眼，轉身和另外一個人嘰哩呱啦地交談起來。

我問江離：「他們在說什麼鳥語？」

江離還沒回答，這時，其中一個白人操著一口不太流利的北京腔對我說：「小姐，我他媽說的不是鳥語。」

我頓時冷汗淋漓。這傢伙學什麼不好，學我們說髒話，說髒話也就算了，還自己罵自己……

江離不等我說話，朝著那兩個人帶著歉意地笑了笑，拉著我離開了。

我鬱悶無比，問江離道：「他們說的是法語嗎？」

他們都走這麼遠了，江離還在笑，他點頭道：「是。」

我：「那他們在說什麼？」

江離：「他們說妳很可愛。」

我頓時就理解了，江離他不懂法語。不過這小子還算聰明，誇得本小姐心花怒放，雖然我一直都知道我很可愛……（喂！）

當然，在很久之後，當我得知江離他其實能聽懂法語時，他在我的威逼之下，才總算道出了那兩個白人交談的真實內容。情況如下：

白人A對白人B說：「我剛才看到這個人掉下來時的防護動作做得很好，應該是不會受傷的吧？」

白人B回答：「我也看到了，他肯定沒受傷，這個女人上當了。」

白人A又說：「不過這個男人的空中技巧真不錯……小姐，我他媽說的不是鳥語。」後面這一句是中文。

＊　＊　＊

我和江離離開滑雪場的時候，我問他能不能開車，他咬咬牙，說道：「勉強可以。」

於是我更加愧疚了。

回到家時，江離大大咧咧地往沙發上一趴，眼皮都不抬一下地指揮我：「官小宴，幫我倒杯水。」

我唯唯諾諾地應聲，乖乖地去幫他倒水。至此，奴隸與奴隸主的角色徹底互換。

我只有無語問蒼天，唯有淚千行了，表面上還得裝作特別開心的樣子，因為人家江離是病號……我怎麼這麼倒楣啊！

我把水遞給江離，小心翼翼地問道：「江離啊，你真的不用去醫院嗎？」

江離大度地擺擺手：「沒事，妳不用擔心了。」

我更加不好意思了：「醫藥費我出吧……當然，你要是覺得過意不去，你就自己掏腰包吧……」

江離喝了一口水，懶洋洋地把水杯放在我手上，我恭恭敬敬地接過來。然後江離端著病號架子說道：「都說了沒事了，在家休息幾天就好。」

我還是有些過意不去，想說話，可是又不知道說點什麼。

這時江離又說道：「妳要是不放心，就在家照顧我吧。」

我有些為難：「可是我要上班……不然還是送你去醫院吧？」

「上班？」江離嘴角彎了彎，笑容裡有一絲狡黠，「妳想都別想了。」

我茫然，為什麼我連想都不要想上班了？

江離得意地抬起下巴，看向書房的方向：「去，我書房的桌子上有一本雜誌，叫ZZ時尚，把它拿過來。」

我心裡一沉，無比緊張地看著江離。ZZ時尚？ZZ時尚！我和江離似乎提過一次ZZ時尚，而那次，正好是我和他打一個賭……這小子，不會真的上了ZZ時尚的專訪了吧？天啊，怎麼可能？

我如遭雷擊般站在原地，一動也不動，江離拽了拽我的衣角，幸災樂禍地說道：「怎麼了，妳怕什麼？」

我打了個冷顫，哆哆嗦嗦地把水杯放在茶几上，然後步履蹣跚地挪去書房。

江離書桌上最顯眼的位置，有一本嶄新的雜誌靜靜地躺在那裡。裝訂雖然精美，我卻覺得很猙獰。

然後，那雜誌的封面上，江離衣著光鮮，表情從容，淡定自若地微笑著，彷彿在說：官小宴，傻了吧？

我兩腿一軟，差一點跌倒，還好我及時扶住了桌子。我顫抖地拿起那本雜誌，仔細看封面上的人，也許、也許只是和江離有點像？雖然長這麼像不太可能，不過，萬一呢？

我翻開專訪那一頁，赫然看到那大大的名字——AD？

我頓時激動起來，雜誌上這小子叫AD，他不叫江離！善了個哉的，我差一點就被這小子騙了！不過，這世界上竟然有長得這麼像的兩個人，還真是神奇。

於是我興沖沖地舉著雜誌跑回客廳，蹲在江離面前，指著雜誌上那個名字對他說：「江離你想騙誰啊，這個人是AD！」

江離此時正趴在沙發上閉目養神，他聽到我的話，連眼睛都沒睜開，氣定神閒地說道：「忘記告訴妳，我行走江湖的名字，就是AD。」

我手一抖，差點把雜誌扔在地上。太神奇了，江離這種人都能上ZZ時尚？他除了比一般人聰明一點，比一般人懂得多一點，貌似也沒什麼過人之處吧？

我不甘心地認真看那雜誌的專訪，當我看到「XQ網」三個大字時，我頓時張大嘴巴，說不出話來。

XQ網，短短幾年之內迅速崛起的一個網站，雖然沒有其他幾個大型網站的綜合實力強，卻是成長速度最快、發展前景最被看好的網站之一。

我是外行人，對XQ網的領域優勢不太瞭解，不過從一個普通線民的角度來講，XQ網確實做得不錯。這個網站的眼光很獨到，比如，現在國內有好幾款網頁遊戲，最初流行起來，似乎都是在XQ網。而且這個網站的論壇很生猛，許多在別的網站有可能被刪的貼文或者言論，在這個網站的論壇裡都可以若無其事地飄著。

另外，這個網站的伺服器很強大，速度超級快，並且從來不出差錯。除此之外我還喜歡它一些比較獨特的小功能，很方便實用。我的部落格就是在XQ網開的，而且我有不少小東西都是在XQ網的購物頻道買的。

而這本最新一期的ZZ時尚，它的人物專訪裡的第一句話就是，「作為XQ網的創始人，AD……」

可想而知，我有多震驚了。

AD是XQ網的創始人，而江離提供的證詞顯示，這個AD就是江離的分身。那麼，江離，他……就是……XQ網的創始人……

於是，這個世界玄幻了……

我死死地盯著雜誌上的那一行字，然後摸索著在江離的手臂上掐了一把，隨著江離的一聲慘叫，我丟掉雜誌，遲鈍地看著江離，慢吞吞地說道：「原來真的不是幻覺。」

江離揉著手臂，狀似無奈地搖了搖頭：「官小宴，老老實實地接受現實吧。」

我突然撲上去掐住他的脖子，一邊搖晃著他，一邊痛心疾首地說道：「你說你說你說，怎麼會這樣？你怎麼突然就變成ＸＱ網的創始人了……」

江離輕而易舉地掰開我的雙手，泰然自若：「我一直都是。」

我：「那你以前怎麼不說？」

江離：「妳也沒問。」

我：「……」

我捏了捏拳頭，心底有怒火在燃燒。這傢伙是故意的，絕對是！作為ＸＱ網的創始人，而且他又長得這麼美型，還會裝模作樣，他想上ＺＺ時尚簡直是輕而易舉的事情！於是他故意設了個陷阱，說要和我打賭，等著我去跳！

想到這裡我不淡定了，揪起江離的衣領，凶狠地說道：「你！你是不是故意要和我打賭的！」

江離此時正雙臂撐著沙發，並不反抗。他得意地挑眉道：「我記得，是妳主動要和我打賭的。」

我一愣，隨即想到了另外一點：「那你為什麼假裝自己沒實力上雜誌？」

江離微微一笑：「這叫兵不厭詐，我說妳就信？」

我：「……」

我又無語問蒼天，唯有淚千行了，這個世界太黑暗了，竟然生出江離這種人間禍害。他根本就是條害蟲！

江離拎開我的手，笑咪咪地說道：「官小宴，妳還記得我們打的那個賭嗎？」

來了！我悲憤地看著他，我說忘記了，你會相信嗎？

江離點頭道：「我知道妳沒忘記。那麼，從現在開始，妳所有的銀行存款都是我的了，妳有什麼意見？」

我無力地搖頭。

江離繼續自顧自地說道：「還有，後天別忘記去辭職，需要我陪同嗎？」

我更加無力：「你想去就去吧。」

我知道你想看看王凱。

江離搖頭，深嘆一口氣：「官小宴，其實如果妳在打這個賭的時候把銀行裡的錢都領出來，那樣不管賭局的結果怎樣，妳都不會有經濟損失的。」

汗，還真是個好辦法，我怎麼就沒想到呢？江離啊江離，你不早點說，就等我現在賭輸了的時候說，好讓我後悔？你這不是存心氣我嗎……

我坐在地板上，背靠著沙發，連抬頭的力氣都沒有了。

江離卻揪了揪我的一縷頭髮，心情愉悅得很。他說：「官小宴，快去做飯。」

我錢也沒了，工作也沒了，還做什麼飯！餓死算了！

江離見我無動於衷，於是說道：「那好，妳不做，我做。」

我打了個冷顫，無奈道：「行行行，我做還不行嗎？江離你真是我大爺！」我說著，吃力地從地板上站起來，朝廚房走去。

背後的江離突然說道：「我有那麼老嗎？」

我轉身瞪他：「閉嘴！江離，你好冷！」

＊　＊　＊

江離的身體真不是蓋的，被我伺候了一天，到一月四號的時候已經生龍活虎了。所以，他可以大搖大擺地押著我去辭職了。

我從來沒聽說過有誰是因為和人打賭而辭職的，因此我真的要為自己掬一把同情淚。

王凱正悠閒地坐在巨大的辦公桌後面。當他看到我走進他的辦公室的時候，咧嘴笑了笑，然後，他看到了我身後的江離，笑容就僵在臉上了……

我從嘴角上扯出一絲勉強的笑容，把辭職信放在他的桌上。

王凱看到辭職信，臉色一變。他掃了江離一眼，淡淡地對我說道：「官祕書，妳是真的想辭職嗎？」

我猶豫地點了點頭，低頭不敢看王凱，王總，其實我真不想辭職……我那好不容易坑矇拐騙來的高薪職業啊……

王凱：「是因為上次的事？」

我搖頭。

王凱：「那是因為什麼？」

我：「辭職信裡有寫。」

王凱：「我要聽真正的理由。」

真正的理由就是，我打賭打輸了。可是這麼丟人的理由，我是打死也說不出口的……

這時，一直沉默的江離說話了：「辭職信已經交了，小宴，我們可以走了。」

我覺得也是，於是朝王凱歉意地點點頭，轉身和江離離開。

「江離！」王凱突然拍了一下桌子，我嚇了一跳，回頭看去，他已經從椅子上站了起來，臉上籠罩著一層怒意，讓人不敢直視。他盯著江離，說道：「你明明是個 Gay，有什麼資格給她幸福？」

我瞪大眼睛看著王凱，他他他……他怎麼知道江離是 Gay 的事情？我可是作夢都不會說漏嘴的啊。

王凱大概是看出了我的疑惑，他對我笑了一下，說道：「如果我想查一個人，總是有辦法的。」

相當於沒有回答，鬱悶。

江離看著王凱，沉默了一會兒，突然無聲無息地笑了笑。那種笑意，彷彿是看到了什麼不可思議或不可理喻的事情。

江離一隻手臂摟在我的肩膀上，朝王凱說道：「那麼，你有資格？」

王凱板著臉答道：「我當然有，至少我不是Gay！」

江離：「那好，我們來比一比。首先，硬體條件。想必你早就知道我是誰了？南星確實比XQ有錢，不過你好像忘記了，南星是你爸的，就算要和我比，也是王成海那老傢伙和我比吧？」

王凱臉上掛起譏誚的笑：「也許他真的和你比過。」

江離低頭看了我一眼，又說道：「況且，官小宴對這些並不感興趣。她只要每天有飯吃就好，如果再加上一年能拿一二十萬的薪水，她作夢都會笑醒。至於你是不是南星的繼承人，我是不是XQ的創始人，她才懶得管。」

喂喂，就因為你是XQ的創始人，我所有的錢都被你騙光了，你還好意思說！

江離似乎感受到我的不滿，他拍了拍我的肩膀以示安慰，隨即又對王凱說道：「算了，我們還是比關鍵的地方吧。你說你能給官小宴幸福，你憑什麼？憑你那些對付女人的花招嗎？不管我是不是Gay，至少我從來不玩弄女人。」

王凱：「我玩弄別的女人不代表我會玩弄她，我對她是真心的。」

「真心？」江離冷笑，「真心是做出來的，不是說出來的。如果幾句花言巧語就算是真心，那這個世界上的真心也太廉價了吧？官小宴雖然傻，但也不是那麼好糊弄的！」

我拽了拽江離的衣角，抬頭仰望他性感的下巴……江離，你太有口才了……

江離低頭對我微微一笑，隨即又對王凱說道：「我不和你浪費口舌，事實勝於雄辯。我們現在掌握的事實已經足以證明，對於女人來說，你這種人，才是她們最大的安全隱患！退一萬步講，就算你真的有那麼一點點喜歡官小宴，你能喜歡她多久？一個星期？一個月？還是一年？那麼一年之後呢？你有沒有想過當你不喜歡了，你會對她造成什麼樣的傷害？如果你不能設身處地地為她著想，那就麻煩你離她遠一點。

想玩女人就光明正大地玩，別打著愛情的幌子……當然，我是不可能放任官小宴被你玩的。」

「官小宴她生是我江離的人，死是我江離的死人！」

江離說完，不等王凱回答，拎著我轉身出門。估計王凱也會有那麼一瞬間，有大腦突然運行緩慢的感覺吧……畢竟我們都是凡人，而江離，他是一條害蟲……

而我……我的大腦已經完全當機了，黑色的螢幕上只來回跳著一句話：官小宴生是我江離的人，死是我江離的死人！

生是我江離的人，死是我江離的死人……

我被江離拎著走出ＸＸＸ廣告公司的辦公大樓，一路上招來了無數人的側目，期間似乎還夾雜著一些不太矜持的女人的低聲尖叫。當然，我此時已經基本上沒什麼觀感了，滿腦子都是江離最後那一句話的重播，一遍又一遍。

我心裡突然湧起一股淡淡的悲傷，江離他……他怎麼可以隨隨便便說這樣的話呢！他知不知道這樣很容易引起我的誤會？

可是，為什麼我的心底裡又似乎流淌著一種……呃，感動？

我側頭看著江離，心想，如果江離他不是個Gay，如果他不是Gay……

我搖頭苦笑，如果江離不是Gay，那我官小宴也不會有機會靠近他吧？

江離把我塞進車裡的時候，我依然在發呆。他幫我繫好安全帶，又拍了拍我的臉，奇怪地道：「官小宴，妳怎麼回事，臉色這麼蒼白？」

我垂著眼睛不看他，淡淡地說道：「我沒事，謝謝你。」

江離：「別客氣，其實失個業沒什麼大不了的，妳用不著那麼沮喪。」

「喔，」我應了一聲，猶豫了一會兒，鼓足勇氣說道，「江離你……」你是不是其實有一點點喜歡我？可是怎麼可能呢，你明明是個Gay……可是你既然是個Gay，就不要表現得好像有些喜歡我的樣子吧？我緊張得很，自己都感覺不到自己的心跳了。可是我欲言又止了半天，還是什麼都沒有說出口。

江離有些奇怪：「我怎麼了？」

我靠在座位上，小心地垂下眼眸，低聲說道：「其實你不用對我那麼好。」

沉默。

還是沉默。

我以為江離沒有聽到我的話，正好，我也覺得挺不好意思的，權當沒有發生吧，把那些自戀的想法統統拋在腦後，我一遍遍告訴自己：江離喜歡男人，女人全部退散……

就在這時，江離清冷的聲音從一側傳來，他說：「我樂意。」

我覺得江離應該是拿錯劇本了，按照原定思路，他應該會對王凱很感興趣，但現在……雖然我不敢說他似乎是對我感興趣了，但是他對待王凱，一點都不客氣。想到這裡，我又小心翼翼地問江離：「江離，你跟我說實話。」

江離此時正吃著我做的午飯，心情不錯的樣子。他盯著盤中的糖醋排骨，頭也不抬地回道：「說。」

我支支吾吾了半天，終於鼓起勇氣說道：「江離，你真的不喜歡王凱嗎？」

江離：「廢話，難道妳很喜歡？」

我解釋道：「我說的不是那種喜歡，是那種喜歡，呃，就是，男人對男人的喜歡，你理解的唔……」

江離夾著一塊排骨塞進我的嘴裡，臉色不善：「官小宴，妳別逼我。」

＊　＊　＊

由於再一個月就要過年了，因此我也不急著找工作。雖然我的存款全沒了，不過江離說了，只要我好好幫他做飯、做家事，他就會不定時地給我一些零用錢，表現好的話，還有獎金。

我說：「要不然，我去你們XQ工作吧？」

XQ耶，我最喜歡的網站之一，想一想都興奮。

江離卻面無表情地回答：「我覺得妳更適合做一個全職太太。」

於是，我就這樣悲哀地搖身一變，成為了江離的保姆，而且連他的午餐都要送，並且還要陪他吃……因為江離不喜歡一個人吃飯。我被他折磨得有點悲憤，這小子欺人太甚啊……

我實在想不通事情怎麼會發展成這樣，要知道，剛結婚的時候，江離想吃我做的飯，還要看我的臉色好不好！

不管我有什麼想法，反正第二天快中午的時候，我還是拎著巨大的保溫鍋，蹦蹦跳跳地來到了XQ的總部。

長相甜美的櫃檯小姐用比她長相更甜美的喉嚨，笑咪咪地問我找誰。我想也不想，就回答說找江離。櫃檯小姐傻掉。

我突然想起江離的那個分身，於是改口道：「我找AD，送午飯給他。」

甜美的櫃檯瞥了一眼我手中的飯鍋，眼神雖然禮貌，卻依然難掩輕視。她禮貌地問我有沒有預約，然後劈哩啪啦地說了一些話，那意思大概是，想找AD的人多的是，妳算老幾？

我覺得江離這件事幹得真不厚道，明明想讓我送飯，可是為什麼不讓櫃檯放我過去？我翻出手機，氣憤地打電話給江離，質問他又想搞什麼把戲。江離笑呵呵地說沒事，讓我把手機給櫃檯。我照做。

然後，我看到那甜美的櫃檯小姐在把手機放到耳邊的一剎那，臉上充滿了驚喜和激動，還有一股崇敬，就彷彿那其實不是一隻手機，而是梁朝偉遺落的一隻鞋子……然而，一句話的功夫，那臉上所有的正面情緒完全消失，取而代之的是失望、驚恐以及不甘。

我饒有興趣地看著她的表情變化，在這麼短的時間內竟然能變換出這麼多表情，這位小姐真有才。

甜美小姐唯唯諾諾了幾聲，就把手機遞給我，並且熱心地告訴我江離的辦公室在哪裡。

我走進江離辦公室的時候，看到他正在看一些文件。我走過去，豪氣干雲地把飯鍋往他的辦公桌上一放，大聲說道：「開飯了！」

江離抬起頭，看到是我，勾了勾嘴角。他活動了一下肩膀，說道：「先幫我揉揉肩。」

喂，你真當我是你保姆了？我才想拒絕，江離卻說道：「關於獎金……」

我很沒節操地跑到他的身後，不輕不重地幫他揉著肩膀。江離的肩膀真寬闊啊……停停停，我這是在想什麼呢……

我一邊揉著一邊問江離：「你剛才跟櫃檯小妹妹說什麼了？把她嚇得啊。」

江離答道：「沒說什麼，我只不過是告訴她，妳一句話就能讓她離開XQ。」

我嚇了一跳：「我我我我……我有那麼厲害嗎？」

江離愜意地享受著我的服務，一邊翻看著午餐有些什麼，一邊隨意地說道：「妳可以試試。」

好吧，我承認我沒膽子試，這種變態的事情，江離說不定真的做得出來。我突然想到古代的太監宮女們都拚了命地想去皇帝的手下辦事，偶爾三言兩語吹吹風，就能決定一個人的生死。雖然此種職業有點危險，不過這種接近上位者的感覺，真的好爽啊……等一等，為什麼我想到的是太監宮女，而不是皇后貴妃？不對不對，貌似我也不能算是皇后貴妃，我只是江離的掛名老婆，呃，這個在古代那就是……沒有被臨幸過的皇后貴妃？自打耳光，我這都是在想什麼啊啊啊啊……

吃過午飯後，我沒有立即回家，反正回去也沒什麼事幹，倒不如在江離的辦公室玩一會兒，參觀一下XQ創始人的辦公室也不錯，然後我就可以在XQ的論壇裡胡說八道吹吹牛，嗯，挺好。

我窩在寬大的沙發上，看著不遠處的江離。他正在電腦前敲著什麼，很專心。他的皮膚白皙而細膩，眼睛深邃，鼻梁高挺，薄唇微抿。從我這個角度看，他的五官堪稱完美，就像是從漫畫裡走出來的男人。他的髮型很簡單，不長不短地立在頭上，像一個規規矩矩的國中生。他依然懶得往身上搭衣服，上身只隨便套了一件白色襯衫，第一顆釦子開著，隨性而從容。很普通的一件白色襯衫，套在他的身上，卻容易讓人讀出不一樣的味道。冬日裡的陽光鋪灑進來，為他的身體鍍了一層金色的光，我突然傻呼呼地想，站在那層光暈下，會不會很溫暖呢……

這時，江離突然抬起頭朝我這邊看。我一個沒反應過來，就這樣傻愣愣地和他對視著。江離突然彎起嘴角對我微微笑了一下，金色的陽光打在他的唇角上，很好看，也很……誘人……

「官小宴。」江離突然叫我。

我：「嗯？」

江離：「把口水擦掉。」

我意識到自己的失態，慌忙地抬起袖子在嘴巴上擦了擦……哪有！我突然想到，這種花招江離他玩過，我又想到了當時江離薄薄的浴衣下難掩的結實身材，我差點又流出鼻血……

對面傳來了江離愉悅的低笑聲。他一邊笑一邊說道：「官小宴，妳覬覦我的美色已經很久了吧？」

我：「……」

我氣呼呼地倒在沙發上裝成僵硬的屍體，江離你不說破壞氣氛的話會死啊！

我在沙發上躺了一會兒，竟然真的睡著了。我作了一個夢，而且是個，呃，春夢。我夢到江離低頭動情地吻著我，而且我還厚著臉皮伸出舌頭舔了舔嘴唇，然後江離張嘴捉住我的舌頭，繼續纏綿……

可是，我的心底總似乎有一個聲音在迴盪：可惜你是個 Gay，可惜你是個 Gay……

❇　❇　❇

自從那天江離對櫃檯小姐胡說八道之後，我再次進入XQ，都是無比順利。而且XQ的員工看我的眼神，嘖嘖，充滿了敬畏，偶爾還會夾雜著一絲絲的曖昧或者嫉妒，我很少能享受到這樣的眼神，於是小人得志，幫江離送飯送得更賣力了。

時間過得真快，轉眼間春節就要到了，XQ的大部分員工都放了假，而江離，自然不會委屈自己。

於是在大年三十的前一天，我和江離坐上了去L市的飛機。

K城是中國北方一個普通的縣級市，離L市不遠，坐車大概一個多小時能到。江離的爸媽就一直在K城生活。我特別想看看K城到底有什麼特別之處，竟然製造出江離這樣的人間禍害。

我們到江離家的時候已經傍晚了，周圍很安靜，我們很低調。江離家住在K城一中的家屬大樓裡，據說這棟樓裡有很多住戶都是老師，有幾個還是國文老師……

沒事，我不怕，我婆婆還是國文老師呢，有什麼好怕的……我一邊跟在江離身後，一邊胡思亂想，幫自己壯膽。

江離的爸媽熱情地迎接了我們，不過看到那美女國文老師，我還是有點怕。唉，我怎麼就這麼不爭氣呢。

吃過晚飯聊了一會兒，我就打算睡覺了。今天奔波了一天，太累。

可是睡覺的時候我就發現問題了。我要和江離睡在一張床上，蓋一條被子……

那張床是一張標準的雙人床，比江離的那一張小了很多。而且……我還從來沒有和江離蓋過同一條被子……

我偷看江離，他好像很無所謂的樣子。汗，你對女人沒感覺，不代表我對男人沒感覺好不好！

我的臉上莫名其妙地湧起一股燥熱，我低頭尷尬地拽了拽那床被子，矜持地說道：「那個……要不要再跟你媽要一床被子？」

江離面無表情地答非所問：「是我們家媽媽。」

「好吧，我們家媽媽，」我吞吞口水，有點緊張，「那……」到底還有沒有被子啊……

江離的一句話差點讓我嗆住，他說：「我們家有點窮，可能沒有其他被子了。」

我被雷得不輕，勉強能站穩。善了個哉的，你們家窮？你堂堂XQ創始人，總不至於連床被子都買不起吧？

江離好像也意識到了這種說法不太可信，於是他說道：「那我去問問吧。」

他說完後轉身出門，沒過一會兒就回來了，「問過了，有是有，可惜我們家媽媽最近得到了一種新型樟腦丸，沒在用的被子都被熏了樟腦丸。」

我咬了咬牙：「我不介意。」我最近老是作春夢，夢見江離親我。你說萬一我在睡夢中一個不小心獸性大發，把江離那個了，我還怎麼混下去啊。

「妳確定？」江離不懷好意地看著我，「妳確定不介意聞一聞混雜著丁香花和小便味道的樟腦丸？」

我打了個冷顫，這什麼樟腦丸這麼變態啊？丁香花和小便！

「那個，我十分介意。」好吧！一床被子就一床被子吧，我官小宴也不是那種沒定力的人，嗯哼！

我躺在床上，能清晰地感受到身旁江離的呼吸聲，更能清晰地感受到自己的心跳聲，我覺得我真是瘋了。我這個人雖然偶爾會有點好色，但也不是色迷心竅的人啊，況且我對於美色的態度從來都是只遠觀而不褻玩的，可是現在……

我翻了個身背對著江離，壓抑著自己的心跳。我覺得自己真是可悲極了，竟然對一個同性戀發起了花痴。

因為白天太累了，所以我胡思亂想了一會兒，也不知不覺地睡著了。

第二天我醒得很早，當然，江離比我醒得更早，確切來說，是江離他們一家三口都早早起床晨運去了……果然，江離這種變態的習慣是有傳統的。

我從早上見到江離時開始，他就一直時不時地打噴嚏。於是我好心問候他，沒想到他卻不滿地看我一眼，說道：「還不是因為妳半夜總搶我被子，官小宴，妳睡覺還真是熱鬧。」

我又不爭氣地臉紅了，乾脆不理他。

吃過早飯，我的公公婆婆找來筆墨紙硯準備寫對聯。我好久沒見過寫對聯的人了，以至於在我的腦海裡，對聯已經完全是買來的，而非寫出來的了。於是，我看著眼前這書香門第的一家三口湊在一起磨刀霍霍的樣子，我突然覺得自己好低級啊啊啊啊……

美女國文老師寫完一副對聯，抬頭對我和藹地笑了笑，說道：「小宴，過來一起寫。」

我矜持地搖了搖頭：「呵呵，我……我不會……」

國文老師熱情地拉我過去：「沒關係，江離也不會。過年寫點字貼起來，能帶來好運。」

我低頭看看江離寫的大大端正的「福」字，心想原來老師也是會撒謊和迷信的……

算了，寫就寫吧，反正我也不是個矯情的人，是你們非要我寫的，丟人可不算我的。

我提著毛筆，一揮而就，在一張紅紙上寫了「財源廣進」四個大字，有些筆劃粗得像蠟筆小新的眉毛，有些筆劃又細得像吸菸成癮的人的纖細四肢，我寫完後，自己都不忍心看。

美女老師笑呵呵地把我寫的「財源廣進」拿去一旁桌子上擺著晾乾，我有些不好意思，局促地一一看大家的表情。我公公倒是沒什麼異常，依然慈祥地笑著，而江離，雖然笑，但滿臉寫著輕視。於是我腦袋一熱，對他說道：「其實我寫的是草書。」

我這麼一說，真正寫草書的江爸爸把臉扭了過去……

於是我覺得更尷尬了。正好這時，美女國文老師走過來，我像抓住了救命稻草似的，希望她來解一下圍。誰知她興沖沖地走過來，興沖沖地在紅紙上寫了「早生貴子」四個娟秀的字，然後又興沖沖地拿去晾了……

我把頭埋得低低的，不敢看江離。我覺得自己的臉在燒，很嚴重，我想我應該是生病了，病得莫名其妙。

貼對聯的任務交給了我和江離。當我把「財源廣進」貼到江離房間的一個櫃子上時，我扭過頭，一臉期冀地看著江離，說道：「我寫得很難看，對不對？」其實我是想要你安慰我幾句。

果然，江離安慰我道：「還行。」

我感動地看著他，這時，他又補上一句：「至少可以辟邪。」

我：「……」

❇ ❇ ❇

下午的時候和江離去逛了廟會。新年的廟會很熱鬧，我買了很多東西，都給江離拎著。廟會裡的東西雖然好玩，倒也沒什麼太新奇的，不過有一件事情卻讓我驚奇不已。我發現，我們從一中家屬大樓步行到廟會，這短短的十五分鐘之內，路上遇到的人，十個裡有八個認識江離，而且還親切地和他打招呼。年長一點的人叫他「小江」或者「小離」，年輕一點的有直呼他名字的，還有一些人叫他「江哥哥」、「江哥」、「離子哥」……

我覺得很神奇，K城雖然不大，但是也不小吧？怎麼搞得大家都很熟似的？

我有些不可思議，於是問江離：「你認識他們？」

江離特別坦然地回答：「不認識。」

我：「……」

我看到江離那若無其事的樣子，替他囧了一下，隨即又問道：「可是他們好像都認識你啊……」

江離繼續淡定：「估計是因為我們家爸媽的知名度太高了。」

看著江離那麼鎮定，我也就信了，並且暗暗地開始膜拜那兩個人民教師。當然我是後來聽韓梟說，才知道這到底是怎麼一回事。

原來，原來原來，江離的知名度，很有可能是蓋過他……呃，我們的，爸爸媽媽的。為什麼？

K城是一個很小的小城，這裡的教育相對比較落後，如果有一個孩子能考上清華北大那樣的名校，肯定會是一件轟動全城的事情。而江離，他是他們那一屆的省高考狀元，沒錯，省、高考狀元……

有許多人習慣在大年三十的晚上看過年節目，我就是這樣，我的公公婆婆也是這樣。至於江離……他是不是這樣已經不重要了……

於是，一家四口興致勃勃地坐在電視機前看新春過年節目，雖然主持人的禮服雷得我很銷魂，雖然有些舞蹈實在讓人覺得眼花繚亂，莫名其妙，不過我覺得那舞臺的燈光背景做得真美，因此看得也很賣力。看了大概兩個多小時，除了我之外，其他三個人都開始打哈欠。

我左看看右看看，不好意思地說道：「要不然我們早點睡吧？」

國文老師搖搖頭：「我們要守歲，妳如果睏了就先睡吧。」

可是我很興奮，一點都不睏。

這時，江離突然說道：「這節目挺沒意思的吧？」

我剛想搖頭，卻見國文老師和數學老師非常一致地點頭。呃，難道他們不覺得舞臺做得很漂亮嗎？（麻煩妳看重點好不好。）

數學老師提議道：「要不然，我們看電影吧。」

另外兩個人一致贊同。我問江離：「什麼電影？」

江離淡定地回答：「恐怖片。」

我：「……」

要不要這麼變態啊，大年三十的晚上看恐怖片？這一家三口都是什麼人啊……

屋子裡所有的燈都關了，沙發上並排坐著四個人，電視裡藍幽幽的光打在四個人的臉上，分外詭異。

我聽著電視裡那攝人心魄的音樂，感覺汗毛都一根一根地豎起來了。

我不是沒看過恐怖片，正是因為以前看過很多，所有才更害怕，因為我知道這東西到底有多嚇人。而且，如果這部片我以前看過也就算了，可是據說，據說這是今年最新出的，兩個人民教師一直捨不得看，想等兒子媳婦回來的時候，一起看。

我算是長見識了，原來恐怖片，也是可以拿來賀歲的。

我終於有點理解江離了，有這麼彪悍的爹娘，他不彪悍就說不過去了。同時我也開始同情他了，據說這小子從小就被恐怖片薰陶，怪不得他現在性格這麼變態，其實也不能完全怪他……

螢幕上突然出現一個血淋淋的頭！

我「嗷」地慘叫一聲，隨手往身旁抓了一個東西，緊緊地抓著。當我被那個東西反抓住的時候，我才發現，原來我抓的是江離的手。

我老臉一紅，訕訕地甩開他的手，繼續看著電視。還好現在屋子裡比較暗，大家看不出我的尷尬。

隨著劇情發展，房間裡時不時地會傳出我的一兩聲嚎叫，除此之外，就只有電視裡那些讓人毛骨悚然的聲音了。

然後，女主角在半夜三更的時候，來到了自己的花園裡。周圍有淡淡的光，很晦暗，讓人心情沉重無比。花園裡如死一般地寧靜，卻讓人覺得將會有什麼事情要發生。

女主角一步步走向花園深處，一步，一步。

我屏住呼吸，眼睛一眨不眨地死死盯著電視螢幕。出現了，那個傢伙要出現了……

就在這時，有一隻手，緩緩地，爬上了我的肩膀……

我「啊」地大叫一聲，條件反射地要從沙發上跳起來抖掉那一隻手，卻被那隻手死死地按在沙發上！

我還沒反應過來，就又被那隻手的主人拖進了懷裡，緊緊地抱著。然後那個人噙著笑意在我耳畔低聲說道：「全是假的，妳怕什麼？」

廢話，我也知道是假的，可是……可是就是很恐怖啊……

不對，是江離？江離他竟然嚇唬我？我反應過來，掙扎著想要掙脫江離，同時憤恨地質問他：「江離，你為什麼要嚇唬我！你不知道人嚇人會嚇死人嗎？！」

江離卻不放手，他下巴微抬，很有緊迫感地說道：「快看，那個沒有頭的死人出現了。」

我扭頭朝電視螢幕看去，只見那個無頭屍體靜靜地出現在女主角的身後，然後它抬起雙手，輕輕地握住她的頭……

我慘叫一聲，雙手死死地抱住江離，把臉埋在他的胸前不敢再看。太太太恐怖了！

我覺得我肯定是被恐怖片刺激得神經錯亂了，因為我感覺江離的胸腔似乎有輕微的震動，他好像……在笑？

看恐怖片不尖叫也就算了，還能笑出來？果然這個世界比恐怖片還不真實啊！

我趴在江離懷裡，突然發現，我們兩個這樣的姿勢十分十分地，曖昧。我感覺自己的臉像在燃燒一樣，周圍的一切都不存在了，只剩下江離有力的手臂和結實的胸膛。我小心翼翼地仰起頭看江離，卻發現他兩眼直勾勾地盯著電視螢幕，一點表情都沒有。他雙手依然攬著我，完全沒有放開的意思，彷彿這一切都是理所當然。

我低下頭，心裡有一些難過。原來江離是不在乎的，他真的一點都不在乎。他抱著我，就像抱著一隻受了驚嚇的貓，從容而自然。

他不會喜歡我的，他喜歡男人。

可是，我好像有一點點喜歡他了……

我蹭了蹭江離的脖子，選了個舒服的姿勢靠在他的懷裡。雖然這個懷抱不屬於我，但是……就讓我借用一會兒吧。我知道這樣做是不對的，可是我控制不了自己。

我真佩服自己，在這麼混亂的場面中，竟然還能睡著。大概是因為江離的懷抱太溫暖太舒服了吧。

我沒有趕上守歲，也沒有趕上看午夜的煙火。我醒的時候，已經是深夜，床邊一盞橘黃微光的檯燈亮著，溫暖而靜謐。

我是被尿憋醒的。

我迷迷糊糊地醒來時，感覺腰上有一點沉，背後靠著一個硬硬的東西。我下意識地伸手去往腰間摸，然後摸到了一隻手。

於是我瞬間清醒了。然後我就發現，我竟然睡在江離的懷裡。

此時我們側躺在床上，我靠在江離的胸口上，他攬著我的腰，下巴抵著我的頭，姿勢要多親密就有多親密，就像一對恩愛的夫妻。

我的腦袋像是被什麼東西重擊了一下，很久之後才緩過神來。可是，我的心底又翻滾起來——江離他為什麼要抱著我睡？

我心底深處隱隱期待著某個答案，可是，那個答案被我一遍遍否定了。

我心裡掙扎了一會兒，發現自己實在無法在感情與理智之間找到一個平衡，只好乾脆甩掉腦子裡那些亂七八糟的東西，先解決生理問題要緊。

於是我從江離懷中爬起來，披了件衣服去洗手間。

再次回到臥室時，我猶豫了一下，躺在江離的身側，離他稍微遠了一些。有些東西我既然得不到，那麼我寧願自己連希望都不要看到，這樣比較容易死心。

可是，我剛躺好，卻被江離拉入懷中，重新抱好。

我覺得自己的心幾乎要跳出來了，僵硬著身體不敢動。

江離卻在我耳邊，如夢囈般說道：「別胡思亂想了，快睡吧。」

我的心沉了一沉，鼓足勇氣叫他：「江離。」

江離應了一聲。

我吞了吞口水，無比地緊張：「你……你為什麼要抱著我睡覺？」

江離答道：「官小宴，妳不會真想把我凍死吧？」

我身體一鬆，卻不知道是該喜還是該悲。

第十一章

K城的大年初一基本上就是全城拜年日。這個小城本來就不大，親朋好友、街坊四鄰，加上做生意有來往的，或者有師生之情的，互相拜訪一下成了理所應當。

我和江離上午跑去好幾個老師家裡送禮物，又去看望了幾個和江爸江媽交情不錯的長輩，然後在鄰里之間拜訪了一下，下午的時候又一一看望了他的那些親戚。一天下來，累得不得了。還好他家親戚不是很多，不然的話，晚飯都要誤點了。

不過，我這趟下來也沒白跑，至少在江離的老師那裡得到一個讓我有些意外的資訊……原來韓梟和江離是高中同學，而且是同班同學！怪不得兩人一直交情那麼好，可是……

原諒我，我的思想不夠純潔，可是我一想到韓梟帥哥那羞澀的笑容，我就覺得他和江離不會、不會也有曖昧吧？

這個想法讓我坐立不安，我好幾次欲言又止，想問問江離，可是我又覺得自己似乎太多管閒事，江離喜歡誰，和誰有曖昧，理論上是不關我的事……

於是我只好閉緊嘴巴。

江離卻看出了我的異常，他大義凜然地說道：「官小宴，妳有什麼話就直說吧。」

我閃躲著江離的眼神，假裝漫不經心地問道：「那個……我就是有點好奇你和韓梟……呵呵，呵呵呵呵……」

江離頓時拉下臉來：「官小宴，妳別逼我。」

我打了個哆嗦，不敢再問。我不就八卦那麼一小下下嗎？需要逼你嗎……

明天是大年初二，我要回娘家。晚上的時候，我正在收拾東西，突然接到一通國際長途電話。我很疑惑是國外的哪路神仙惦記著我，大年初一打電話過來給我。可是當我聽到電話那頭某個老太太興奮的叫喊聲時，我差點以為自己又出現幻覺了。

我抓緊手機，擦了擦汗，十分不確定地對著手機叫了一聲「媽」，疑問句的語氣。

我媽的語速很快，估計是太激動了：『閨女，為娘我現在站在艾菲菲鐵塔下面打電話給妳，這塔真漂亮！』

我一頭霧水：「艾……艾菲菲是什麼東西？媽，妳在哪裡啊？」

我媽不屑地說道：『艾菲菲就是那個世界名塔啊，法國巴黎那個，閨女妳真沒見過世面啊，連艾菲菲都沒聽說過……』

我滿頭黑線，那是艾菲爾好不好。

原來這老太太跑到巴黎去了，也太迅速了吧？昨天晚上我還打電話給她，當時她還和我抱怨說一個人在家沒意思。有時候，我媽這個人行動的跳脫總是超越了我的接受能力，不知道是她太生猛，還是我的神經太脆弱。我忍著心中濃濃的囧意，說道：「親娘，妳怎麼一聲不吭就跑到巴黎去了……等一下，媽，妳在和誰說話？」

我媽咳了兩下，一本正經地說道：『沒……沒有……』

「媽，您就老實招了吧，我可是從妳肚子裡爬出來的。」

經過一番鬥智鬥勇，我終於知道我媽最近的神神祕祕是因為什麼了。簡單來說就是，這小老太太有了第二春……

我抱著手機賊笑了半天，一邊笑一邊說道：「媽，妳是怎麼勾引到那個伯伯的？」

我媽「咕」了一聲，得意地答道：『他經常在晨運的時候偷偷看我，怎麼樣，為娘我雖然年紀大了，不過魅力真是不減當年啊……』

我咳了一下，打斷她：「娘啊，這麼好的事情妳怎麼不和我說啊？」

我媽有些不好意思：『我這不是怕妳不同意嗎。』

我一聽就氣了：「妳女兒我是那麼不懂事的人嗎？」

我媽老老實實地答道：『當然不是，嘿嘿嘿嘿……』

我又問道：「那個伯伯是幹什麼的？你們有共同語言嗎？」

我媽：『他是大學中文系教授。』

我：「……」

媽，妳懂的，我最怕的就是國文！

我掛斷手機，無力地倒在床上，悶悶地對江離說道：「我媽跟男人跑了，不理我了。」

江離：「我倒覺得這件事挺好，她老人家也需要有人陪。」

我望著天花板，幽怨地說道：「可是她為什麼偏偏找個中文系的教授啊……」

江離：「那是她的自由。」

善了個哉的，江離你安慰我一下會死啊！

這時江離走到床邊躺下來，然後把我拖進懷裡抱好，拉過被子，說道：「早點睡吧。」語氣無比淡定和自然。

我卻很不淡定，很不自然。我靠在江離懷裡，心懷鬼胎地胡思亂想著。我總覺得我們兩個現在相處的方式很詭異。我發現自己有一些喜歡江離，並且也知道江離不會喜歡我，所以我想停下來，可是我好像越來越無法控制自己。而且江離，他太可恨了。他總是這樣理所當然地做著那些親密的動作，讓我想不多想都很難，而想要多想，也很難。其實我也很可恨，我明明知道我們之間不可能，可是我依然像著了魔似的去享受江離的懷抱，每次都下定決心要把他推開，卻每次都做不到。

我覺得我瘋了。

一個人一旦心中有了某種執念，便無法停下來，即使撞到牆，也不願回頭，而是一次又一次地撞上去，直至頭破血流。

我覺得我現在就是一直往牆上撞，我的行為已經無法受理智的控制，而是一直受到某個執念的驅使。尤其是當江離靠近我一些時，那個執念就會更增一分。

此時，我靠在江離懷裡，緊張兮兮地感受著他的呼吸，他的體溫，他的心跳。我動了動身體，假裝很鎮定地調笑道：「江離啊，你說如果我是一個男人，你會不會喜歡上我？」

「也許吧。」興許是我太緊張導致的錯覺，我覺得江離的聲音有點飄渺。他熱熱的呼吸噴在我的脖子上，於是我又心猿意馬起來……

「那麼，官小宴，妳說我如果不是一個 Gay，妳會不會喜歡上我？」

我心裡一緊，同時卻又失望起來，如果如果，世界上哪裡有那麼多如果？我不是一個男人，江離他也依然是個 Gay。

我輕輕嘆了一口氣，說道：「遺憾的是這世界上沒有如果，早點睡吧，江離。」

＊　＊　＊

第二天是大年初二，我們不用去拜年。下午的時候，江離的高中同學——韓梟，來找江離玩了。

韓梟和江離聊了一會兒天，說了一些朋友的近況，之後三個人覺得無聊，竟然坐在地毯上鬥起地主來。

我對韓梟這個人的印象很好，普通女人都不會討厭靦腆的帥哥吧。我抓著一把撲克牌，一邊打牌一邊和韓梟隨便聊著，問一些無關緊要的問題。

江離出了兩個A，我大方地拽出兩個二甩出去，一邊漫不經心地問韓梟：「韓梟，你有女朋友沒？」

韓梟臉微紅了一下，答道：「沒有。」

「炸彈。」江離毫不客氣地在我的兩個二上面拍上了四個五。

我因為一個炸彈而分神，於是沒頭沒腦地又問了一句：「那你有男朋友沒？」說完我自己都覺得囧了，我這都是在說什麼啊……

果然，韓梟帥哥的臉更加地紅了，他搖了搖頭，莫名其妙地看了我一眼。

江離黑著一張臉，冷颼颼地說道：「官小宴，妳別胡鬧。」

我不服，有個炸彈就了不起了？於是我財大氣粗地甩出四個K，我還怕了你不成！

江離掃了我一眼，雙手攤開亮了底牌……他還剩兩個王。

「妳輸了。」江離一邊說著，一邊身手敏捷地在我臉上貼了張紙條，迄今為止，這已經是第五張紙條了。

我覺得，我之所以輸，不是因為我笨，是江離的運氣太好。

我把手裡的撲克牌扔在地毯上，說道：「不玩了，沒意思。韓梟你講一講你們高中的事情吧。」

韓梟笑道：「高中有很多的事情，妳想知道哪些？」

我斜眼看了江離一眼，不懷好意地說道：「就講講江離的桃色舊聞吧。江離這麼騷包，高中的時候一定有很多女生喜歡他吧？有沒有人偷偷塞情書給他？」

韓梟想了想，搖頭道：「好像沒有。」

我驚奇地看向江離：「不會吧，江離你這麼遜？想當初我高中的時候還有人追呢，而且不止一個。」

江離沒說話，平靜地掃了我一眼。我打了個冷顫，不敢再說話了。

這時，韓梟替江離解釋道：「江哥那時候已經很惹人注意了，只是當時我們學校的女生都不敢。」

我汗，都什麼時代了，有必要那麼矜持嗎？

韓梟大概看出了我的疑惑，然後，他就向我解釋了原因。

再然後，我就倒在地毯上狂笑不止了……

原來，江離的高中時代，一直活在一個女人的陰影之下。

這個女人比他大五歲，是個小混混頭子。K城是小地方，流氓不算多，因此相對來說，這個女人的勢力也不算小。

本來，江離在高中時代是一個老實守本分的好學生，變態的本質也還沒有暴露出來，那時候的他，和女流氓八竿子也打不著。

怪就怪他那張好看得不像話的臉。

話說某一日，女流氓正愜意地在大街上晃蕩，結果一不小心就看到了少年時代的江離，然後，她就驚豔了，流口水了，無法自拔了。

再然後，流氓姊姊展開了強烈的攻勢。

然而，K城一中那些青春活潑純情自然的小女生們，顯然成為了流氓姊姊抱得帥哥歸的最大障礙，於是她毫不客氣地放話出去：一中的女生要是哪一個敢接近江離，流氓姊姊立即打斷她的腿！

雖然帥哥很重要，然而腿貌似更重要一些，關鍵問題是，即使犧牲了腿，她們也未必能得到江離的芳心。於是一中的女孩子們很識時務，沒有人敢太接近江離。

這就是江離沒人追的原因。

我一邊捂著肚子笑一邊說道：「原來K城的人都這麼有才啊，哈哈，笑死我了……那後來呢？」

韓梟：「後來江哥想出一個很聰明的辦法。」

我：「什麼辦法？」

韓梟：「江哥偷偷和那個女流氓說，自己是個同性戀，然後那女流氓就特別惋惜地放過他了。江哥真是聰明，那時候就懂得假裝是同性戀去拒絕別人了。」

我大笑道：「他哪裡是假裝，他明明……」

「官小宴。」江離突然叫我，我抬頭看他，只見他此時目光沉沉，臉色十分地難看。他盯著我，涼颼颼地問道：「很好笑？」

我打了個冷顫，用力搖搖頭：「哪裡哪裡，一點都不好笑，哈哈哈哈……」

江離，原諒我，我實在忍不住。一想到你被女流氓調戲的樣子，我就……血脈噴張……

韓梟走後，我突然湊到江離面前，用食指抬起他的下巴，色瞇瞇地說道：「小帥哥，跟著姊姊走怎麼樣？」

江離目光閃爍，並沒有說話。

我接著淫笑道：「乖，跟著姊姊走，包你吃香喝辣，快活似神仙，啊……」

江離突然把我按在地毯上，我慘叫一聲，驚慌失措地看著他。只見他按著我的肩膀，緩緩地俯下身來。他的臉，越來越近……

江離的瞳仁黑沉黑沉的，彷彿光華盡斂的深海黑珍珠，裡面蘊著無數我讀不懂的情緒。他一點一點地靠近，我從他的眼睛裡能看到自己的倒影，有一些錯愕和驚慌，然而又隱隱有一絲……期待。

江離的鼻尖幾乎碰到我的鼻尖，他盯著我的眼睛，沉聲說道：「官小宴。」

「嗯。」我不由自主地答應了一聲。

江離：「最好別和我玩火。」

我眨了眨眼睛算是點頭。可是，江離他這麼說是什麼意思？是一種警告嗎？

這時，客廳的門突然打開，國文老師和數學老師說笑著走了進來。然後，他們一眼就看到了倒在地上，以曖昧的姿勢糾纏在一起的我們。他們愣住，我和江離看著他們，也愣住。

氣氛尷尬而詭異。

國文老師首先打破了沉默，她訕笑著說道：「那個，那個……早生貴子啊……」

我：「……」

江離：「……」

＊　＊　＊

我一直搞不懂這世界上為什麼會有人喜歡爆竹，又為什麼喜歡放爆竹。在我看來，那種能發生突發性爆炸的東西，除了具有一些恐嚇作用以外，實在沒什麼優點。

而且，我很害怕那些會突然爆炸的東西帶給我的驚嚇，比如爆竹，冷不防「砰」地一下炸開，害別人小心肝禁不住地抖上三抖，實在是讓人不知所措到了極點。

而K城，是沒有管制煙火爆竹的。也就是說，這裡的人，隨時隨地都可以放爆竹……多麼恐怖的一件事情！

正因為如此，每次出門，我看到有小孩子放爆竹，就會捂著耳朵躲得遠遠的，表情要多糾結就有多糾結。江離總是嘲笑我膽小如鼠，我基本上對此是不作回應的，反正他是個變態，變態的想法都很詭異，我理解。

初五這天又有廟會，據說請來了很專業的舞獅隊，於是我和江離興沖沖地跑去觀看。我們剛走出一中家屬大樓，就看到不遠處有一群小孩子朝這邊張望。他們看到我們經過時，竟然驚叫起來。

這時，我看到路邊有一隻巨大的爆竹，正冒著青煙。

我腦子一片空白，還沒反應過來怎麼回事。這時，江離突然一把把我拉開，然後移步擋在我身前，他把我圈在懷裡，用身體擋住了那隻爆竹。

砰！

我嚇了一跳，縮在江離懷裡，不自覺地抖了一下，手心裡竟然冒出了冷汗。

江離一個勁地輕拍著我的後背，輕聲安慰我：「沒事，別怕。」

我抬頭仰望江離，他的表情很柔和，彷彿在安慰一隻受到驚嚇的小動物。我眼眶一紅，淚水竟然掉了下來。

江離看到我哭了，似乎有些不知所措，他緊緊抱著我，一個勁地重複著「別怕，沒事」「這東西不會傷人」……

我卻越來越難過，趴在江離懷裡嗚咽不止。江離，你為什麼要對我這麼好？你知不知道你這樣子，很容易讓我喜歡上你？

江離輕拍著我的後背，柔聲說道：「別怕，有我呢。」

我聽到這句話，也不知道哪裡來的力氣，突然一把把江離推開，使勁蹭了蹭淚水，大聲說道：「你是我什麼人！」說完不理會江離，飛奔回家。

你是我什麼人？你憑什麼對我這麼好！

自從爆竹事件之後，我對待江離的態度，總是有一些閃躲。有些東西，我既然無法得到，那就乾脆躲得遠遠的。

我內心裡很清楚，我已經喜歡上了這個人。也就是說，我悲哀地喜歡上了一個Gay。

可是我和他是不會有結局的，我一遍遍地告訴自己，官小宴，妳要理智，妳要看清楚，妳們是不會有結果的。

官小宴，麻煩妳有點自知之明。

有的時候，江離會莫名其妙地看著我，問：「官小宴，妳好像在躲我？」

這個時候，我會很傻很天真地笑一笑，回答：「沒有啊，江離你想太多了。」

江離，我不是在躲你，我只是想躲避一個不切實際的希望。

春節假期很快就結束，我和江離又回到了正常的生活，不同的是，我依然在躲著他。

江離，在我忘記你之前，我要躲著你。

我也想過要離婚，可是我卻一直狠不下心來。苦笑，官小宴，妳敗就敗在心軟啊。

❇ ❇ ❇

今天是情人節，當然，這個節日與我無關。早上的時候，我接到了王凱的一通電話，主要是慰問。我告訴他，我過得很好，叫他沒事不要騷擾我。王凱笑著回答，這是最後一次。兩個人也沒聊幾句就掛了電話，我不討厭王凱這個人，但對他也沒太多好感，畢竟他曾經非禮過我。而由於他也曾經幫助過我很多，所以我也不太好意思和他記仇。現在勉強把他當朋友吧，但不會太接近。

我看著日曆上那「情人節」三個小字，發了半天呆。

我愛上了一個Gay，這意味著什麼。

我用小刀把「情人節」三個字挖出來，期間一不小心割到了手。我毫無知覺地盯著手指上滲出的點點殷紅，心想，算了，長痛不如短痛，我還是應該和他離婚，一了百了吧。

可是「離婚」兩個字，我曾經鼓了無數次的勇氣，也說不出口。於是，我決定先去喝點酒，壯壯膽。

離我家不遠處有個酒吧，在這個特殊的節日裡打出了「單身」的牌子，專門收留各路光棍。於是，我作為一個已婚光棍來到這裡。出乎我意料的是，這裡的氛圍遠沒有我想像的那麼怨氣重，反而有一種豁然和灑脫。我被這裡的氣氛感染，豪氣干雲地喝起酒來。

也不知喝了多久，反正後來我就覺得整個世界都有些暈乎。雖然我酒量好，不過酒不醉人人自醉，說的就是這個。我晃著手中的高腳杯，迷濛地看著裡面像血一樣暗紅色的液體，含糊地自言自語著。

我的手機震動半天了，於是我翻出來一看，是江離。我毫不猶豫地掛斷。他再打，我再掛斷。他又打。

我接起電話，「喂？」

江離：『官小宴？妳在哪裡？』

我：「你……你管我！」

江離的聲音裡有著薄薄的怒意：『怎麼這麼吵？妳在酒吧對不對？』

我呵呵笑著，「是啊，關你什麼事？」

江離：『妳在約會？』

我一口喝掉杯中的酒，隨即又朝服務生叫了一杯，這才對他說道：「是啊，我在約會，麻煩你不要打擾了我的興致。」

『官小宴！』江離似乎是震怒了，他在電話那邊大聲吼著，『妳馬上給我回來！』

我冷笑，「回去？你是我什麼人？我憑什麼聽你的？」我說完，不等江離說話，就掛斷電話。

我突然發現，這段婚姻真沒意思，除了痛苦，什麼都沒剩下。

算了，喝酒吧，一醉解千愁。

我又喝了一會兒，不遠處有個火紅色頭髮的男人朝我走過來，他坐在我身旁，看著我，「小姐，一個人嗎？」

我沒理他，一口氣喝掉杯中的酒。

紅頭髮笑道：「還真是爽快。」

我又朝服務生叫了一杯酒，然後抬起眼睛似笑非笑地看了他一眼，說道：「你，你是同性戀嗎？」

他好笑地看著我：「小姐，妳醉了？」

我怒瞪著他，「回答我！」

他聳了聳肩，答道：「是又怎樣，不是又怎樣？」

「是的話，就馬上在我面前消失！如果不是，」我重重地把杯子往桌上一放，對他嘿嘿一笑，「很遺憾，我就喜歡同性戀。」

紅頭髮沒有被我嚇退，他抬起一隻手搭在我的肩上，說道：「小姐，妳醉了。」

我剛想抖開他那隻手，卻沒想到有人比我更快，一把就把他拎開。我抬頭朝來人看去，咦，難道我真的喝醉了？不然我怎麼會看到江離……

江離的臉色鐵青，眼底深處怒意洶湧，讓人不敢直視。他把我從座位上拉起來，快步朝門口走去。

江離走得太快，我跟不上他的步伐，幾乎是被他拖著走的。我的手被他抓得生疼，腳步凌亂，於是我一邊反抗他，一邊大聲說道：「放開我！你這個同性戀，你放開我！」

江離聽了我的話，放開了我的手。我揉著手腕，剛想說話，卻冷不防地被他攔腰抱起，迅速地直奔停車場。

我的大腦一片空白，心臟幾乎跳了出來。我緊緊抓著江離的衣服，一時之間不知所措。

江離他……他要幹嘛……

江離把我塞進車裡，繫好安全帶，然後目不斜視地發動車子。他的臉色依然難看得很，我想我有必要說一些話來緩和氣氛，於是我撓撓頭，傻呼呼地笑了笑，問道：「你是怎麼找到我的？」

江離依然板著臉，「手機定位。」

喔，這東西挺高級，我不太懂。

車裡的氣氛很壓抑，我緊張得呼吸都有些困難。短短十幾分鐘的車程，在此時顯得那麼的漫長。

江離把我拎上樓，開門，關門，然後我被他……直接按到了門上。

江離雙手扶著我的肩膀，力道很大。他低頭看著我，眼底彷彿有火焰在跳動，危險而熾熱。

他挑了挑眉毛，慢悠悠地說道：「情人節約會？」聲音很輕，卻讓人忍不住脊背發寒。

我閃躲著他的目光，不自然地解釋道：「那個……我沒有……」

「是嗎？」江離不置可否，但是聽起來好像沒有剛才那麼生氣了。

我閃躲著他的眼神，嘟囔道：「就算我約會，好像也不關你的事吧……」

「官小宴！」江離抓著我肩膀的手突然更用力了一些，他低頭，臉湊近了我幾分，我看到他眼底的怒氣，波濤洶湧。我一陣心驚，不爭氣地低下了頭。

江離卻抬起我的下巴，逼我和他對視。

他盯著我的眼睛，說道：「官小宴，我忍妳很久了！」

我不明所以，然而下一刻，卻幾乎失去了神智。

因為江離，他突然吻住了我的唇……

是那種很用力、帶著怒意的吻，彷彿在施加一種懲罰。江離含著我的嘴唇，重重地舔著，輾轉用他自己的嘴唇和我的相互摩擦著，然後他重新含住我的嘴唇，用牙齒輕輕齧咬著，力道不大，我卻有點疼。我下意識地想要躲開，卻被他扣住後腦勺，他的另一隻手滑到我的腰間，緊緊地攬著我，使我無法動彈。

「唔……」

我想說「疼」，可是「疼」字沒出口，卻已被江離的舌頭侵入口腔。他用力地吸吮著，舌尖掃過我口腔裡的每一個角落，然後勾起我的舌頭和他糾纏……

我的腦袋轟的一下炸開了，江離他……他吻我！他明明是個Gay，他憑什麼吻我！

我又生氣又委屈，加上剛才喝了點酒壯膽，於是毫不客氣地一口咬上他的嘴唇。江離吃痛地放開我的嘴巴，但是雙手依然沒有離開我的腰。

我死死地盯著江離，喘著粗氣說道：「放、放開我。」

此時江離的嘴唇上已經冒出了血珠，浸了口水的嘴唇本就顯得豐盈潤澤，再加上唇上的那點血跡，頓時讓他整個人都顯得妖異而蠱惑。他伸出舌尖，輕輕舔了一下嘴唇，那動作，像一隻饜足的豹。我的心臟莫名地因為他的這個動作，跳得更快了。

江離突然把我緊緊地抱在懷裡，按著我的後背，胸口與他親密地貼在一起。他下巴墊在我的肩膀上，伏在我耳邊氣息淩亂地說道：「官小宴，妳別再氣我了。」

此時我的大腦已經不怎麼能運轉了，被酒精侵蝕過的神志，只剩下一句我鼓了一整晚的勇氣才敢說出來的話：

「江離，我們離婚吧。」

江離攬著我的手一緊，我被他勒得差點一口氣沒喘上來，神志也恢復了些，「疼……」

江離放開我，雙手扶著我的肩膀。他低頭看著我，眼底裡有著震怒，以及……受傷？

我以為自己又出現幻覺了，可是依然心虛地低下頭，不敢看他。

頭頂上方傳來江離極力壓抑著怒氣的聲音：「為什麼？」

我閉上眼睛，今天晚上在大腦中重複了N遍的話脫口而出：「因為我不想再沉淪了。」

江離：「不行，妳必須沉淪！」

我仰頭看他：「為什麼？」

「因為，」江離的眼睛亮晶晶的，他用手指摩挲著我的臉，那種感覺很奇妙，「因為我已經沉淪了。」

我的世界因為他的這一句話，而旋轉起來。

因為我已經沉淪了……因為我已經沉淪了……

嘴唇上突然貼上兩片柔軟而溫熱的東西，輕輕摩擦著。江離的臉近在咫尺，他緊閉著雙眼，眉毛柔和地舒展開來，睫毛輕輕抖動著，彷彿在冬日陽光下跳動的琴弦。

江離輕輕咬了我一下，痛感拉回了我的注意力。他含著我的嘴唇，一邊輕輕舔著，一邊不滿地含糊道：「官小宴，妳別分心。」

聽著江離那呼吸不穩，略帶點怨氣的聲音，我心裡突然滿地陽光。我揚起嘴角，雙手環住他的頸項，閉上眼主動迎了上去。

江離攬在我腰上的手一緊，瘋狂的吻席捲而來。他銜著我的嘴唇，用力地吸吮著，伸出舌頭重重地舔著我的嘴唇。我想學著他的動作，也把舌頭伸出來舔他的，沒想到才一張口，他的舌頭已經靈巧地滑進我的口腔，像風一樣地在我口腔裡的各個角落掃蕩，最後捲住我的舌頭嬉戲……

我被江離吻得雙腿發軟，靠他抱著才能勉強站穩。估計是因為缺氧太嚴重，我現在大腦裡一片空白，而且膠著。我已經失去了所有感官，我的世界裡只有江離了。

江離終於在我即將窒息的最後一刻放開了我。我渾身無力地靠在江離懷裡，大口大口地呼吸著。江離，你不需要這樣吧，接吻像玩命似的，你要是晚一步停下，我說不定就真的缺氧而死了。

江離意猶未盡地舔了舔嘴唇，因水漬而晶亮的雙唇那叫一個誘惑，看得我喉嚨發乾。江離彎起嘴角，臉上綻開一朵溫柔得能溺死人的笑容，他一把把我抱在懷裡，緊緊地攬著，在我耳畔喘著粗氣說道：「官小宴，這樣真好。」

我掙扎了一會兒，吃力地說道：「那、那什麼，江離啊……你能不能讓我正常地呼吸一會兒……」我覺得我真的缺氧缺得不得了了……

江離磨磨蹭蹭地放開我，然後拉著我走進客廳。我看到客廳的茶几上擺著一大束玫瑰花，還有一個盒子，心裡一陣暖流湧過。我走上前，抱起玫瑰花嗅了嗅，扭頭對江離說道：「給我的？」

江離笑著點點頭，隨即把那個盒子推到我面前，「還有這個，巧克力蛋糕。」

我拆開蛋糕的盒子，看著那小巧精緻的蛋糕上一個大大的紅心，一絲久違的甜蜜爬上心頭，「江離，謝謝你。」

江離卻幽怨地看了我一眼，「可惜我買這些的時候，某些人正在酒吧裡廝混。」

我心裡慚愧的小火苗開始燃燒，「對……對不起啊，呵呵，呵呵呵呵……」

大度的江離沒有追究這件事情，他把小湯匙遞給我，「餓了吧？」

說實話我還真的有點餓了，剛才淨想著喝酒了。於是，我毫不客氣地接過小湯匙，挖著巧克力蛋糕吃起來。吃了一會兒，我就覺得江離不對勁了……他正目光灼灼地盯著我，時不時地吞一下口水。

於是我不好意思地放慢動作，關切地問：「江離，你也餓了吧？」

江離直直地看著我，嘴角突然勾起一個邪魅的笑：「是啊，我也餓了。」

我友好地挖了一塊蛋糕送到他面前：「一起吃？」

江離卻偏過頭，「我不吃蛋糕。」

不知道是不是我的錯覺，因為我覺得他的聲音似乎總帶著一股莫名的笑意。

江離一直不怎麼喜歡巧克力蛋糕，這個我知道。於是我十分大方地說道：「好吧，我去幫你做飯。」我說著，從沙發上站起來，要往廚房走。

江離卻一把把我拉進懷裡，額頭抵著我的額頭。他直直地盯著我，目光閃閃：「我也不吃飯。」

我眨了兩下眼睛，不明所以：「那你想吃什麼？」

江離捧起我的臉，笑咪咪地說道：「我要吃妳。」

我還沒反應過來，就已經被江離抱起來，飛快地走進臥室。

江離把我放在他的那張巨大的床上，然後一邊解開襯衫的釦子，一邊傾身壓過來吻我。他一點一點細細地吻著我的臉、額頭、眉毛、眼睛，然後順著眼睛向後，輾轉輕咬著我的耳垂。

我緊張得一動都不敢動，結結巴巴地說道：「江……江離啊，你不覺得……我們這樣，呃，有點太快了嗎……」

江離抬起頭，眼睛裡閃爍著危險的火焰。他勾起嘴角，魅惑地對我微微一笑說：「快？我們結婚半年，現在才洞房，妳還好意思說太快？」他說著，甩掉襯衫，露出精瘦結實的上身，然後俯下身來繼續吻我。他粗重灼熱的呼吸噴在我的脖子上，於是我的心跳越來越快，呼吸也越來越亂……

我緊張得連手都不知道往哪裡放了……沒辦法，我是第一次。

江離一件件剝下我身上的衣服，柔聲安慰我：「妳不用緊張，我又不會吃掉妳。」

我哭笑不得，你剛剛就是說要吃掉我啊……

江離似乎也意識到了自己話裡的問題，於是改口道：「別擔心，我會吃得很小心的。」

我扭過臉，江離其實很不適合安慰人！

江離對我的表情不滿意，扳過我的臉用力地吻著，一邊吻一邊摸索著，扒掉我身上最後一件衣物。

「嗯……江離，這個，會不會很疼啊？」

「乖，我現在已經很疼了。」

「……」

一會兒後。

「咦？好像不是很疼啊。江離，你好小喔……」

「那是手指。」

「……」

「啊啊啊……疼啊！江離你這個混蛋！」

「我……我……」

「怎麼會這麼疼啊？江離你是不是有問題啊……」

「我……我才只進去一點點……」

「疼啊啊啊……」

「唔……」

「啊啊啊……疼死我了！江離，你殺人啊……」

「對……對不起……嗯……」

「疼啊啊啊……」

「妳……妳忍一下，一會兒就好……嗯……」

「疼啊啊啊……」

「忍一忍，嗯……官小宴，妳別亂動……」

「啊啊啊……疼死了……亂動的是你好嗎！」

「……」

一會兒後。

「疼啊啊啊……江離，你這個騙子！」

「嗯……」

「你不是說一會兒就好嗎？這麼久了還沒好！」

「嗯……等……等一下就好……」

「我都等多少下了，疼啊啊啊……」

「嗯……」

「騙子，你給我出去！」

「等……等一下……」

「啊啊啊疼啊……你幹嘛這麼用力啊……」

「啊……」

「啊啊啊……」

「官小宴，我愛妳。」

「嗚，終於結束了。」

第十二章

我醒來的時候，正躺在江離懷裡，感覺渾身都疼，一點力氣都沒有。

都怪江離！要不是他昨晚……我也不會這個樣子……

不過，一想到昨天晚上，我的臉就像中了毒一樣又熱又難受，果然是色字頭上一把刀，我色迷心竅啊……

而且我的心中突然升起了一種不真實感，這就像買樂透，雖然我很盼望能中五百萬，但是我永遠不會想到那五百萬會真的砸到我頭上。

而且現在看來，不僅這五百萬到了我手上，還一夜之間就被我花了……

我偷偷看了一眼江離，這傢伙還沒醒。看著他睡夢中微微勾起的嘴角，我更加難為情。我悄悄地從床上坐起來，想下床找個沒江離的地方冷靜一下。我需要一定的時間，來消化「我和江離已經洞房了」的事實。

我剛下床，手臂突然被人輕輕向後一拉，我驚叫一聲，向後倒去，隨即跌進了一個懷抱裡。

我扭頭，看到江離那雙亮晶晶的眼睛裡彷彿含著笑意。我頓時不知所措地朝他嘿嘿笑了笑，結結巴巴地說道：「那個……江……江離啊，早上好啊……」

江離笑咪咪地吻了吻我的額頭，說道：「早上好。」

江離一吻我，我就感覺自己的臉頰又燒起來了。我不敢看江離，訕訕地別過臉去。

江離卻笑道：「妳都快三十歲了，還學人家小姊姊裝純情？」

我又羞又憤，乾脆抓起江離上的一隻手，放在嘴邊狠狠地咬了一口。

江離放開我的身體，雙手撐在我的腦袋兩側。他低頭笑吟吟地看著我說：「想咬我？」

我閃躲著他的目光，嘿嘿傻笑了兩聲。

「那我只好以牙還牙了。」江離說著，低頭噙住我的唇，一隻手已經開始解我的睡衣釦子。

我側過頭躲開他的吻，一邊大口呼吸一邊說道：「江離，我渾身都疼。」

江離重新躺下來，把我拉進懷裡。他此時呼吸有些亂，噴在我的脖子上，那種感覺怪怪的。

江離就這樣靜靜地抱著我，沒說話。我心裡卻有一些話想和他說，可是又不知道要怎麼說。

我叫：「江離。」

「嗯。」江離答應了一聲。

我：「江離啊，我還是覺得事情發展得有些跳脫，你說我們怎麼就、怎麼就……」

江離悶聲說道：「怎麼，妳不喜歡？」

我：「也不是，就是覺得好快啊……」我才暗戀你沒多久嘛。

江離：「可是我等這一天已經等很久了。」

我抓緊江離的手，問道：「那……江離，你是從什麼時候開始喜歡我的？」

江離特別文藝地答道：「從我的目光離不開妳的時候。」

我打了個冷顫，對此不作評論。

我又問：「那你怎麼沒跟我說呢？」

江離：「我怕妳不喜歡我，怕妳一怒之下跟我離婚。」

我朝他吐了吐舌頭：「我喜歡你，我真的喜歡你。」

江離溫和地笑了起來。他親暱地捏了捏我的臉，說道：「說實話，在昨天之前，我還以為……」

我在江離的懷裡拱了拱，笑道：「江離你好笨。」

江離：「彼此彼此，妳也不聰明。」

我：「江離，我還是不明白，你……你當初可是親口承認自己是Gay的……」

江離瞪了我一眼：「我說錯了。」

我：「……」

這樣也行？

江離揉著我的頭，溫和地說道：「不管怎麼說，我是喜歡妳的，喜歡很久了。」

我一瞬間被感動了，在他身上蹭著，說道：「我也是。」

我們兩個抱在一起在床上躺了一會兒，誰都沒有說話。可是，我卻突然想到一件很嚴重的事情。

「江離，我……」我的聲音堪比蚊子，自己都不知道要怎麼開口。

江離抓住我的手，牢牢地握在手心裡。

他說：「官小宴，我們都已經洞房了，妳還有什麼不好意思和我說的？」

我汗，江離你有必要那麼直接嗎！

我深呼一口氣，鼓足勇氣說道：「江離，我……我昨晚沒有流血……」

昨天江離幫我洗澡的時候，我就沒看到那些本該出現的紅色，只是當時太累了，腦袋已經不能運轉了。今天突然想到這件事情，卻讓我怎麼想都不舒服。我可以不在乎自己的第一次到底有沒有見紅，可是江離……他不可能不在乎吧？他會不會認為，我已經和于子非或者其他什麼男人……了？

正當我胡思亂想的時候，江離竟然伏在我耳邊呵呵低笑起來，聲音雖然很悅耳，可是我聽起來卻覺得有些著惱。於是我在江離的手背上掐了一下，以表達我的不滿。

江離任我蹂躪著，輕聲說道：「所以呢？官小宴，妳想表達什麼？」

我長嘆一口氣，信誓旦旦道：「江離，我真的是第一次。」

江離在我的臉頰上吻了一下，隨即說道：「官小宴，不管妳是不是第一次，我對妳都是一樣的。」

我失落地說道：「其實你……還是不相信我對吧？」

江離抱緊我，柔聲說道：「怎麼會呢，妳說什麼我都信。」

我有些感動，在他的懷裡蹭了蹭。

江離又說：「反正妳有沒有撒謊，我一眼就能看出來。」

我：「……」

江離，你確定你這是在安慰我嗎？

❊　❊　❊

因為太累，我睡著了，一直到下午才醒。醒來時，江離已經買飯回來了，很豐盛。我從昨天晚上就沒有吃東西，到現在胃基本上是空的了，於是看到食物，那個激動啊……

江離一邊幫我夾著菜，一邊輕輕拍著我的後背，說道：「吃慢點，沒人和妳搶。」

我感動地看了一眼江離，江離你真好，全都是我愛吃的，我能慢慢來嗎？

江離又說道：「還累嗎？身上還疼嗎？」

我感動地搖搖頭，不累！不疼！

於是江離又笑呵呵地幫我夾菜。

等到一輪風捲殘雲之後，我滿意地拍著圓滾滾的肚皮，有飯吃的感覺真好！

江離和藹地揉了揉我的腦袋，笑咪咪地說道：「吃飽了？」

「飽了，真好吃啊，江離你表現不錯！」

江離把我拉入懷中，兩隻眼睛亮晶晶地看著我，曖昧一笑，說道：「妳吃飽了，該我了。」

我的小心肝又不爭氣地跳了起來：「呃，江離你……你幹嘛……」

江離輕佻地用食指挑起我的下巴，緩緩地低聲說道：「妳說呢，我還能幹嘛？」

我汗，大哥你能不能不要突然表現得這麼色情好不好？我需要一個適應的過程……

「可是江離啊，我、我……」

「妳不累，妳不疼，妳不餓，妳有什麼問題嗎？」

善了個哉的，原來他那幾句問候都是有目的的，我還傻呼呼地感動呢……江離，你太奸詐了！

此時，江離理了理我的頭髮，然後不停地用手指輕摩挲著我的臉頰，笑得那個風騷啊。他說：「我們去臥室？」

「不要。」剛吃完飯就做劇烈運動，影響消化。

江離低下頭，薄唇若有若無地摩擦著我的嘴唇，他盯著我的眼睛，緩緩地，用他那低沉而有些沙啞的嗓音對我說道：「那麼，我不介意在這裡做。」

我：「……」

我算是徹底明白了，在江離面前，我永遠都別想有翻身的機會。

江離把我抱上他的大床，三兩下除掉我的衣服。我突然想到一個不合時宜的問題，於是問道：「江離，你不用去上班嗎？」

江離此時正專心致志地咬著我的耳垂，他聽到我的話，頭也不抬，含糊地答道：「上班哪有上床重要。」

我：「……」

江離，你這樣做是不對的！

＊　＊　＊

我和江離忙到很晚才睡——確切來說，是我被他折騰到很晚才睡。剛開始的時候，我還很享受，可是後來實在累得受不了，可惡的是江離那小子卻一直樂此不疲，還聲稱要「把以前錯過的都補回來」。我一怒之下集中全身的力氣把他踹下床，然後義正言辭地警告他：

「江離，你明天不去上班，我們就分房！」

江離從床下爬上來，把我拽進懷裡規規矩矩地抱著，那表情，怎麼看怎麼像一個委屈的孩子。我一個勁地對自己說，不要被這傢伙的表面欺騙了，不要被他欺騙了……

江離的下巴墊在我的肩上，在我耳邊低聲叫我：「官小宴。」

我：「嗯？」

江離：「明天我就去上班。」

我：「嗯，反正你不能在家待著。」

江離：「我知道了，妳別生氣了。」

我：「嗯，我沒生氣。」

江離：「真的？」

我：「真的。」

江離：「上班是明天的事情……那麼我今天晚上做什麼？」

我：「……」

我還沒說話，江離已經抬起我的下巴堵住了我的嘴，另一隻手則順著我的腰一路向下滑……

我默默地垂淚，江離你這個色情狂，色情狂！

江離還算守信用，第二天就乖乖上班去了。他臨走時，還不忘意味深長地笑著告訴我，不用幫他送午飯了，讓我在家好好休息……我羞憤地把頭埋在枕頭裡，不理他。

於是我就在家好好休息了一場，一直睡到中午才起來。

剛起床，就有人打電話，我一看，是盒子。

按下接聽鍵，盒子的大嗓門把我徹底震醒了：『官小宴，來陪我喝酒！』

我揉著耳朵，火大，「盒子！別以為妳比我大兩罩杯就可以為所欲為！現在什麼時候，妳不好好上班喝什麼酒？」

『上班？』盒子冷笑，『開玩笑，那也得有班可上啊！』

我覺得她這話不對勁，「盒子，妳失業了？」

盒子怒吼道：『我不僅失業了，我還失戀了！』

＊　＊　＊

我來到盒子家的時候，看到她正坐在地板上，面前擺著花生烤雞翅、豬耳朵等各種下酒菜，身旁一箱啤酒，還有兩個空酒瓶。

我走過去，把包包丟在一旁，坐在她旁邊，然後搶過她手中的酒瓶道：「怎麼回事？妳給我說清楚。」

盒子又拿起另一瓶酒，譏誚地笑，「妳說可笑不可笑，我壓根什麼都不知道呢，就把他抓姦了！」

我不明所以，接下來盒子就跟我講了她的經歷。話說，昨晚盒子在她男朋友家，當時盒子想到自己看過的一個惡作劇，就想逗一逗她男朋友。於是，她趁著她男朋友洗澡的時候，把自己的一條內褲取出來，等她男朋友從浴室出來，她就拎著那條內褲嚴肅地告訴他，這是從床底下撿到的，你都給我招了吧！盒子當時只想看看他男朋友被誣陷時的囧樣，卻沒想到，他慌慌張張地開始承認錯誤……

盒子講完，喝了一大口酒，「妳說這年頭的男人怎麼都這樣啊？吃著碗裡的，占著鍋裡的，要是討厭我就早說啊，我們分手，好聚好散！」

我拍拍她的肩膀，安慰她：「也許是他太在乎妳吧。」

盒子冷笑，「在乎？妳知不知道，這件事還沒完。那小三今天就知道這件事了，就在剛才，她跑到我們公司鬧，當著那男人的面賞我一巴掌。」

我摸著她的臉，左邊的那一半確實有點腫。於是我也怒了，「那妳打回來沒？」

盒子：「我倒是想，結果妳猜怎麼樣？明明打人的是她，結果哭哭啼啼的也是她，那男人老母雞護小雞似的把她護到身後，我連下手的機會都沒有！」

我咬牙切齒地說道：「這對狗男女也太過分了吧？」

盒子冷哼了一聲，接著喝酒。事情鬧到這個地步，不分手是不可能的，而那個賤男是盒子的頂頭上司，她再在公司待著也沒意思。

我長嘆一口氣，勾著盒子的肩膀悲戚戚地說道：「唉，妳真是紅顏薄命啊。」

盒子甩開我，「去妳的，我還沒死呢。」

我說：「盒子，妳跟姊說實話，妳很愛那個賤男嗎？」

盒子答道：「愛？我現在恨不得把他碎屍萬段，丟到太空當垃圾！我當初真是瞎了眼，妳說那麼多人追我，我挑來挑去，怎麼就挑上他了呢？那時候他就是一個小員工，還沒升官發財呢。果然，男人有錢就變壞……我不是說妳家江離啊。」

沒事，江離已經很壞了。

我拍著她的肩膀，豪氣干雲地說道：「沒事，三條腿的蛤蟆不好找，兩條腿的男人多的是，我們換一個。以妳的美貌和智慧，隨便招招手，肯定有一大群男人蜂擁直上。」

盒子就喜歡被我誇，此時她的臉色有些緩和，不過還是幽怨，「兩條腿的男人多的是，可惜兩條腿的好男人幾乎滅絕了。」

我說道：「我手頭正好有一個。」

盒子眨著大眼睛看著我，不說話。

我捏了捏她的臉，笑道：「如果感動就直說，別跟我客氣。」

「不是，」盒子捏著酒瓶，很認真地說道，「我就是覺得，妳這說話的語氣怎麼像個老鴇啊……」

我：「……」

＊　＊　＊

我陪了盒子兩天，她的情緒漸漸正常起來。其實盒子這個人比我看得開，我估計要是我遇到這件事，得鬱悶好一陣子。

第三天晚上，我回到了家裡。一進門就跌進了一個熟悉的懷抱裡，江離抱著我，聲音裡不無幽怨：「妳怎麼現在才回來？」

我歉疚地環上他的後背，哄孩子一般地說道：「這幾天沒幫你做飯，餓到了吧？」

江離伏在我耳邊低笑：「是啊，餓到了。」

他說完，伸出舌尖舔了一下我的耳垂。

我的臉迅速燒了起來。

屋子裡的曖昧氣息還未消失，我無力地靠在江離赤裸的胸膛上，低低地喘息著。江離的手又纏了過來，滑到我的胸前輕輕地摩挲著。我拎開他的手，說道：「我要去洗澡。」

「嗯，我也去。」他說著，下床，把我從床上抱起來，「我早就想洗鴛鴦浴了。」

我：「……」

被江離在浴室裡蹂躪之後，我覺得我有必要說別的事情來轉移江離的注意力，於是當我們回到床上的時候，我義正言辭地說道：「江離，盒子分手了。」

江離把我拉進懷裡抱著，淡淡地說道：「嗯，妳說過。」

我有些忿忿：「那個男人真是瞎了狗眼，盒子這麼好的人，他竟然捨得背叛。」

江離又嗯了一聲，問道：「她想報仇嗎？」

我：「怎麼報仇？現在那兩個人已經狼狽為奸了，可憐的盒子。」

江離答道：「報仇的方法有很多，最簡單的，她可以把他們的手機號碼放在交友網上，也夠那兩個人煩一陣子了。」

我吞了吞口水，說道：「這……這招真夠狠。」

江離繼續漫不經心地說：「這種報仇通常有兩條路線，打擊或者拆散，我覺得拆散可能更能讓何姿消氣，攻心為上，小小地離間一下就好了。」

我哆哆嗦嗦地說道：「江離你你你……你太陰險了！」

江離用下巴摩挲著我的肩窩，「其實這些都不過是解一時之氣，沒必要。分手就是分手了，大家從此兩不相欠，各奔東西。」

我點頭：「是啊，盒子現在也看開了，所以我正想要給她介紹個男朋友呢。」

江離輕輕吻著我的脖子，「她不愁沒人要，妳操心什麼？」

我往前探了一下身體，躲開江離。他卻又湊了過來，胸口緊貼著我的後背，「那麼，妳想介紹誰給她認識？」

我答道：「我是這麼想的，反正肥水不流外人田嘛，你那朋友韓梟，現在不也是個光棍嗎？」

江離不滿地捏了捏我的手，「妳怎麼總是惦記著他？」

我乾笑了兩聲，又問：「你覺得韓梟怎麼樣？他現在還沒有女朋友吧？」

江離放開我的手，轉而探進我的睡衣，在我腰間輕輕摩挲著，「韓梟沒有女朋友，妳想怎樣就怎樣吧。」

我還是有些擔心江離的不配合：「那你會幫我約韓梟嗎？」

江離：「是幫何姿約。」

我：「是，那你會幫盒子約韓梟嗎？」

江離嗯了一聲。

我心裡樂開了花，這幾天跟盒子許下的承諾終於可以兌現了。於是我由衷地讚嘆：「江離，你真好啊，呵呵呵呵……」

江離：「真的？」

我猛點頭，「是啊是啊。」

江離：「那親我一下。」

我老臉一紅，扭過臉在江離的臉上輕輕吻了一下。江離目光灼灼地盯著我看，然後突然以迅雷不及掩耳之勢，抬起我的下巴，攫住我的嘴唇。他的另一隻手非常熟練地開始解我的睡衣釦子……

我心裡默默地流淚，盒子啊，妳的桃花可是姊姊用美色換來的……

❇　❇　❇

我和江離分別約了盒子和韓梟，四個人一起吃了一頓飯。

別看盒子這個人在我面前像母夜叉似的，在韓梟面前卻比小媳婦還羞澀，而韓梟……他一如既往地羞澀著……

而江離，他本來就不怎麼愛說話。於是，一頓飯下來，就只有我一個人一直在說話，那種感覺，要多詭異就有多詭異。

不行，我覺得需要給這兩人下一點猛藥。

回到家，我一把我的想法和江離說，江離懷疑地看著我：「不太好吧？」

我不滿：「難道你覺得我家盒子配不上韓梟？」

江離搖頭：「倒不是，不過這種事情，總是女人吃虧一些吧？」

我胸有成竹地擺擺手：「沒事，盒子這人我很瞭解，她今天這種表現，說明她對韓梟一定有感覺，你沒看到她平時吃飯多生猛……話說，你覺得韓梟有沒有喜歡盒子？」

江離卻滿不在乎地說道：「感情可以培養，他該犧牲的時候就得犧牲一下。」

江離，你太無恥了。

於是，在我和江離的密謀之下，我們約了盒子和韓梟週末一起去泡溫泉度假。當然泡溫泉不是重點，重點是我們專門找了一個比較受歡迎的度假村，而且只訂了兩個房間……盒子他們需要的不是姦情，而是曖昧，拉近距離的曖昧……

當我一本正經地宣布，盒子和韓梟需要住同一個房間，而且此度假村沒有剩餘房間時，那兩人都有些傻眼。

盒子終於矜持不下去了，她屈起手指惡狠狠地敲我的腦袋，「官小宴，妳搞什麼！」

韓梟尷尬地咳了一下，笑道：「那……我和江哥住一個房間就好。」

我義正言辭地說道：「江離比盒子還危險呢！」

當我看到江離那發青的臉色時，我意識到自己說了不該說的話，於是訕訕道：「那什麼，反正我就是要和江離睡一個房間！」

我也不管丟不丟人了，乾脆一把摟住江離的脖子，用絕對占有者的姿態看著韓梟，傳達出一種「除了我之外，不管男人女人都不准靠近我家江離」的資訊。

韓梟的臉一紅，不好意思地笑了笑。連盒子都被我這彪悍的舉動驚呆了。

江離卻僵著身體，一動不動地看著我，我知道他是真的生氣了。

＊　＊　＊

度假村裡到處都是溫泉，吃過晚飯，我丟下盒子、韓梟兩人，尾隨江離來到一處很小的溫泉旁邊，這裡很隱蔽，也不知道江離是怎麼找到這裡的。

江離的臉色一直不怎麼好，我知道他是因為我今天說錯的話生氣。他一直想擺脫「Gay」這個帽子，我卻拿來取笑，多傷人啊。

江離站在泉水邊，看著冒著熱氣的泉水發呆。

我走上前，鑽進他懷裡抱住他。我把臉貼在他的胸口上蹭了蹭，低聲說道：「江離，別生氣了好不好？」

江離沒有動。我又說道：「對不起，我不是要故意揭發你性取向的，喔不，我是說，我不是故意要嘲笑你的性取向的……也不是，我的意思是我沒有要懷疑你的性取向，不對，我……」我覺得這個事情比較複雜，越來越說不清楚。

江離顯然被我再次惹毛了，他咬牙切齒一字一頓地說道：「官、小、宴！」

我抬頭，正對上他寒氣森森的目光。我被那目光刺得脊背發涼，心裡一抖，乾脆使出了殺手鐧。

我踮起腳，勾住江離的脖子，叼住他的嘴唇。起初江離的身體有些僵硬，不過他很快就擁住我，並且反攻為守地含住我的嘴唇，深深淺淺地吻著。江離一手扶著我的腰，一手扣住我的後腦，他的吻越來越深，也越來越用力，我的腿已經開始發軟了。

江離扯掉我們身上的衣服，然後將我攔腰抱起，走進溫泉。

溫泉水不深，剛好沒淹過我的胸部。江離扶著我，目光閃閃地低頭看我，他說：「官小宴，我不是Gay，從來都不是。」

我歉疚地低下頭：「對不起，江離。」

江離卻說：「沒有誠意。」

啊？我抬頭，不解地看著他。

江離低頭在我的唇角上輕輕舔了一下，然後他彎起嘴角，目光如夜空下璀璨的星。他低低地略顯沙啞地說道：「官小宴，拿出妳的誠意。」

我老臉一紅，明白了江離所謂是誠意是指什麼。

沒辦法，誰讓我犯了錯。我牙一咬，心一橫，豁出去了。於是我學著江離的樣子，拉過他的臉細細地吻著，然後向下，輕輕吻他的脖子，伸出舌尖重重地舔他的喉結，再往下，輕咬他的鎖骨，用嘴唇慢慢地摩擦，偶爾伸出舌頭……江離握著我肩膀的手一緊，他的手好燙……

我繼續向下，在江離寬闊的胸膛上吻著，最後含住他胸前的果粒，輕輕吸吮……

江離痛苦地呻吟了一下。我以為他疼，於是放開他，抬頭關切地問道：「疼？」

江離此時雙眼緊閉，眉頭輕輕地鎖著。他喘著粗氣說道：「不，不疼，我很喜歡……」

我受到了鼓勵，低頭含住他的另一邊，接著吸吮，嗯，這味道挺不錯的……

江離的胸口劇烈地起伏著，他的呼吸越來越粗重，「嗯……官小宴，我愛妳……」

我含糊地答道：「我也愛你，唔……」

＊　＊　＊

江離把我抱出溫泉，幫我穿好衣服。我躺在泉水邊，渾身酸軟，動都不想動。江離也躺下來，把我拉入懷中抱著。

我突然想起一個很嚴峻的問題：「江離，你剛才沒帶套。」

江離突然半坐起身，他低頭看著我，認真地說道：「官小宴，我們生個孩子吧。」

我垂下眼睛，沒說話。

江離揉了揉我的頭，重新躺好，「沒事，妳不喜歡的話，我們就不要了。」他的聲音很低落，又隱隱透著某種期盼。

我在他胸前蹭了蹭，答道：「江離，我不是不想要，只是，你能不能先讓我有個心理準備？」

生孩子很恐怖耶……

江離：「嗯，要準備多久？」

我：「我也不知道，我只是有點怕。」

江離嘆了口氣，說道：「那就不要勉強自己了吧。」

※　※　※

某一天，我問我媽：「媽，妳當初為什麼把我生下來？」

我媽莫名其妙地看我，「難道我要把妳憋回去？」

我擦擦汗，「我的意思是，妳為什麼決定懷上我呢？」

我媽得意地笑，「生孩子是女人的特權，我要是不試試，都對不起我這肚子。」

善了個哉的，我算是明白了，跟這個精神不正常的老太太，我是真的無法正常交流了。

本來還想採訪一下她，減輕一下自己對懷孕的恐懼呢。

我媽見我不說話，拍了拍我的頭說道：「傻丫頭，妳想生孩子了？」

我臉一紅，「呃，是江離，江離想生……」

我媽不以為意，「想生就生唄，妳需要這麼吞吞吐吐的，像個小媳婦似的嗎？平常的厚臉皮都哪裡去了？」

我囧了囧，答道：「媽，我是怕。」

我媽：「奇了怪了，妳怕什麼？妳是造人，又不是殺人，不用負法律責任的。」

「可是媽，生孩子多累啊，而且養個孩子很費心的。」

我媽笑道：「閨女，終於知道妳娘我把妳拉扯長大有多不容易了？」

我點點頭，「正是因為這樣，才不敢要小孩。」

我媽拍著我的腦袋，說道：「傻子，辛苦是一回事，幸福是另外一回事啊。妳見哪個受苦受難的父母不是心甘情願地疼孩子的？妳有沒有想過他們為什麼心甘情願？還不是因為幸福。」

我撓撓頭，不解，「怎麼個幸福法？」

我媽卻神祕地搖搖頭，「我說了妳也不懂，等妳生了孩子就知道了。我說，妳和江離加把勁啊，爭取早日讓我抱上外孫。」

我不放心地看著我媽，總覺得她說話不太可靠。

我媽看出了我的想法，「妳連妳親媽都不信了？好吧，就算妳不信我，那麼生孩子到底值不值得，只有生過孩子的人才有權發言吧？等等妳去問問別的當媽的人，看她們說的跟我是不是一樣。閨女，妳連我都不信了，妳可真傷為娘的心啊……」我媽說著，眼眶都紅了起來。

我一時慌了手腳，忙說道：「我信，我信還不行嗎……」

＊ ＊ ＊

晚上，我在一些孕婦論壇裡閒逛，看了幾篇準媽媽的懷孕日記。本以為那些孕婦挺著大肚子，應該會喊疼喊累喊難受，沒想到幾乎所有人都覺得自己很幸福，至於怎麼個幸福法，她們也沒說，只是從她們說話的語氣來看，她們心情相當不錯。

讓我記憶深刻的是有一個孕婦說，她本來不喜歡孩子，可是當她第一次聽到自己寶寶的心跳，她差一點就哭了，當時的心柔軟無比，那是一種有別於任何感情的甜蜜……

我怔怔地看著那篇日誌，有些恍惚。

＊ ＊ ＊

考慮到江離曾經霸占著我的部落格多日未還，我打算報復他一下。因此，這天我趁江離上班的時候，打算潛入他的電腦，偷窺他的隱私，最好也能駭他的帳號什麼的。當然，我就算駭帳號也是手動，也就是一個密碼一個密碼地試……

我溜進江離的書房，開機。開機密碼是我的姓名加生日，這個我知道。

江離的桌面是純藍色，一點品味都沒有。我打開他的CDEF槽逛了一下，除了一些亂七八糟看不懂的文件，也沒什麼好玩的。不過，F槽裡有個資料夾讓我著實惱火，那裡面有一些照片，竟然都是江離趁我睡覺的時候偷拍的！我頭一次發現原來我睡覺的樣子是如此的囧，而且姿勢竟然可以詭異成這樣，嘆為觀止，嘆為觀止啊！

我打開瀏覽器，想看一看江離的上網記錄。然後我就發現了一條重要的線索——江離的部落格登入頁面上，默認的用戶名是江離常用的信箱，這個……不會就是江離的部落格吧？我還從來沒有看過他的部落格呢……

我突然興奮起來，在密碼欄裡試了兩個密碼，可惜都不行。我不敢輕易試第三次，因為如果再次登入失敗，就要隔一段時間才能登入。真奇怪，江離最喜歡用的兩個密碼，一個是我的姓名加生日，另一個就是他自己的，我沒有理由登入不了啊？

算了，先看看他部落格裡有什麼東西吧。反正他的瀏覽記錄裡有他的部落格網址。我登上自己的部落格，打開他的部落格網址，接下來沒有看到我預期的部落格，卻看到一串話，說什麼這個用戶有隱私設置，您看不到……汗，江離這是在搞什麼？

不過，我是真的好想看一看江離的部落格啊！

我在書房裡來回踱步，抓耳撓腮地想著所有江離有可能用的密碼，可是又不敢輕易地嘗試，況且就算試了也未必能用，連最有可能的兩個密碼都被排除掉了。

最終，我咬了咬牙，做了一個艱難的決定。

我抓起手機，撥通江離的電話，「喂？江離嗎？把你的部落格密碼交出來！」

江離：『……』

手機那頭的江離久久沒有說話，我心虛，只好抬高聲音故作凶狠地說：「不交是嗎？不交出來的話，今晚就別吃飯了！」

江離嘆了口氣，似乎在忍著笑，『官小宴？有像妳這樣駭帳號的嗎？』

我囧了一囧，強撐著氣勢，「你你你你到底是說還是不說？」

江離：『官小宴的拚音後面加上數字五二零，這個密碼有那麼難猜嗎？』

為了防止江離藉機嘲笑我，我飛快地掛斷了電話。汗，原來是guanxiaoyan520，原來就這麼簡單！

我登上江離的部落格，赫然發現這傢伙把部落格設成除了他自己，誰都不能瀏覽的狀態，這變態！

最近的一篇部落格只有一句話：想要個孩子。

我羞愧地囧了一囧，乾脆從頭到尾開始看他的部落格。

江離的部落格創得早啊，好像是XQ剛成立時就有了，也難怪，誰讓XQ是出自他的手呢。這傢伙國文肯定不好，每個貼文基本上就一兩句話，像流水帳一樣，沒意思。我記得我小學三年級的時候寫作文，都是這種風格的。說實話，如果不知道這部落格是江離的，我肯定不看。

這部落格一開始的時候，都是說一些公司裡的酸甜苦辣鹹，我打著哈欠翻了一會兒，發現XQ在成立不久之後，遇到了一些經營上的困難，貌似很嚴重。江離這個人敘事是很客觀的，如果他說很嚴重，那就是真的很嚴重。

我只知道現在XQ發展得很好，沒想到江離的創業之路這麼坎坷，原來每一個成功者的背後都有一段令人心酸的過往。江離在某一篇部落格裡甚至說「我不知道自己還能撐多久，也不知道XQ還能走多遠」……在我的印象裡，我從來都沒見過這麼憔悴的江離，他向來是氣定神閒，泰然自若，如此無助絕望的樣子，我連想都想像不出來。

我唏噓了一會兒，江離啊，苦了你，今晚做點好吃的幫你補償一下！

接著往下看，我更震驚了。

接下來江離的幾篇部落格，竟然都是在談論一個人，一個女人！

他說：她要和我分手，在這個節骨眼上。

他還說：所謂愛情也不過如此，看來實力才是硬道理。

他又說：今天分手了，給自己放了一天假。從明天開始好好工作。

江離說話依然輕描淡寫，可是我看著這幾篇部落格，心裡卻發酸。原來江離還有這樣的一段過往，在自己事業的最低潮時，被自己最信任最深愛的人拋棄，那是多大的打擊啊，我無法想像。

江離，你放心吧，我官小宴是無論如何也不會拋棄你的，就算你變成個乞丐，我也打定主意要跟你過一輩子了，就這樣！

接下來，江離就真的好好工作了……

他絕口不再提任何關於那個女人的事情，又恢復到了一開始那種三句話不離XQ的狀態。從他的部落格裡可以看出來，XQ的經營狀況慢慢好轉了，而他，卻總有那麼一種鬱鬱寡歡的感覺，說的話也更簡短了，簡潔到不能再簡潔。

看來那個女人對他造成的影響真是大，我心裡突然有些悶。

再接下來，江離進入了他人生中最悲慘的時代。我看著那些部落格不禁感嘆，原來大神也有犯傻的時候啊……

江離在XQ步入正軌之後，終於有心思打理自己的感情了，然而此時他卻發現，自己對任何女人都提不起興趣來。看到這裡我還能理解，畢竟當初那個女人對他的背叛，實實在在地在他的心靈上籠罩了一層陰影，對女人提不起興趣是很正常的。

於是偉大的江天才，在這個時候下了個結論：他的性取向改變了。

這個，勉強可以接受，反正不喜歡女人嘛，那自然就會想到是不是喜歡男人了。可是接下來江離卻苦惱起來，因為他發現自己對男人好像也不感興趣……

不過，豁達的江離在衡量過變成一個同性戀，與變成一個性冷感的利弊後，斷然決定，他還是當同性戀吧……

我看著江離這些犯傻的部落格，想笑，可是一咧嘴，眼淚竟然流了下來。說來說去，江離如此地犯傻，如此地在同性戀和性冷感之間徘徊，還不是因為那個女人對他的傷害太深！江離是堅強的，堅強到可以在分手的第二天就全心投入工作，扭轉XQ的未來。江離也是脆弱的，脆弱到因為一段感情的破裂，而不願再去觸碰女人。

想想自己，我之前不止一次地拿「江離是Gay」這件事情開過玩笑，當時他不知道有多難受，我就是罪人啊。江離，對不起，以後再也不和你開這種玩笑了，我會好好疼你……

我又繼續翻看著，翻著翻著，就翻到了去年夏天的部落格。那時候我們剛結婚，很好奇江離當初都在想些什麼。

領結婚證書的那天，江離在部落格裡寫道：我結婚了，跟一個女人。

廢話，難道你還能和男人結婚嗎……

我們婚禮的那天，江離在部落格裡寫道：我想過和一個女人結婚，但沒想到會和這麼傻的一個女人結婚。

我快吐血了，我有那麼傻嗎？有嗎有嗎有嗎……

第二天，江離寫道：這傻女人做飯還不錯。

喂！先不說我是不是真的傻，就算我確實有那麼一點點……傻，你也不用把「傻女人」三個字掛在嘴邊吧？

接下來，我就幾乎沒看到江離的一句好話。

她竟然不敢一個人睡覺，她都二十七了！不過她那樣子挺有意思的。

她和另外一個男人說我的壞話，真想給她點教訓。

那不是我說的好不好。

昨天晚上她吃多了，好笨。嗯，看到了不該看的，我好像有點反常，是怎麼回事呢？

竟然和我吵架，還回娘家！

最後還不是被你抓回來了！

她哭了，我不想讓她哭，還是傻笑的時候比較有意思。

你做的那頓飯讓我記憶猶新，沒齒難忘！

于子非是不堪一擊的，可是王凱，就有些麻煩了。

咦？江離，你從那時候就喜歡我了嗎？

她偷拍我，還流鼻血。沒想到我的身體對她有那麼大的吸引力。不過，這樣似乎也不錯。

江離你就自戀吧！雖然吸引力確實大了一點……

她竟然和王凱接吻！

還不是被你吻回來了 >_<

為什麼那麼想吻她呢？難道我喜歡她？可是她是女人……

喂，你就是應該喜歡女人好嗎？

她送我的生日禮物，錯把『我愛你』當做『生日快樂』刻上去了。有那麼一瞬間，我是很興奮的，可是她不懂。她說她不會喜歡我，那麼如果我和她表白了，她也許會躲著我。

江離真聰明，如果那時候他真表白了，我還真有可能躲著他，畢竟那時候我的春心還沒有萌動嘛。

王凱竟然對她做那種事情！官小宴，別哭，我會保護妳的。

終於找到一句感動型的了，我容易嗎！

她誇我帥，呵呵。

不得不承認，這小子確實帥。

她終於辭職了，終於可以離那個王凱遠一點了。

我早就該知道，一切都在你的算計之中。

抱著她睡覺的感覺真好，只是開不了口。如果她知道我對她有企圖，大概會和我離婚吧。

不會的，江離，我那時候也對你有企圖了，我們很公平呢。

她在躲著我，她察覺出我喜歡她了，她在躲著我！

江離，你怎麼一遇到感情的事情就犯傻呢……

我們坦白了，原來她是喜歡我的，真好。官小宴，我會一生一世愛妳的。

江離，我也是，我愛你，一生一世。

翻著翻著，就翻到了最後一篇部落格，也是最新的，只有五個字：想要個孩子。

剛開始看到這句話我還沒什麼感覺，可是現在看來，我幾乎能想像到江離那種充滿渴望，可是又不想把我逼太緊的眼神，江離，他是多想要個孩子。

我摸摸肚子，也許，我真的該生個孩子了。

＊　＊　＊

晚上的時候，江離一回來，我就紮進他懷裡，緊緊地抱著他不鬆手。

江離倒是淡定，他輕輕地拍了拍我的後背，柔聲說道：「不開心？」

我在他懷裡輕輕蹭了蹭，悶悶地說道：「江離，我看了你的部落格，從頭到尾。」

江離輕輕擁住我，「然後呢？」

「江離，我愛你，我以後再也不會惹你生氣了，我會對你好，真的。」

江離低聲輕笑著，說道：「怎麼突然這麼熱情呢？」

我老臉一紅，乾脆埋在他懷裡不說話。

江離笑得更厲害了，他收攏手臂，把我緊緊地抱在懷裡。

兩個人就這樣相擁而立了很久，直到廚房裡飄出燒焦的味道……

晚上，我靠在江離懷裡，說道：「那個女人對你的影響真大。」

江離將下巴墊在我的肩膀上，輕聲說道：「還好，我這個人偶爾也會鑽牛角尖。幸虧遇到了妳。」

我被幸福感環繞著，可還是有些不放心，畢竟她差一點扭轉了江離的性取向，這種力量不是一般人有的。於是我又問道：「那麼，如果她回來了，你還會不會……」

江離：「路人。」

啊？

江離解釋道：「她現在對我來說就是個路人。官小宴，妳還不明白嗎？我的前女友也好，妳的前夫也罷，那些人都只是我們的過去，而能夠相互陪伴走過這一輩子的，是我和妳。」

江離太煽情了，我一下子就被他感動到了。我轉過身，認真地看著他，說道：「江離，我們的結婚紀念日快到了，我要送你一個特別的禮物。」

江離卻笑道：「老夫老妻的了，和我客氣什麼……話說，妳打算送什麼？」

囧，江離什麼時候也變得這麼好奇了。我擦擦汗，神祕一笑：「現在還不能說。」

❇ ❇ ❇

我買了一堆驗孕棒藏在家中，每天江離不在的時候，我就偷偷拿出來測。當我期待已久的兩道線終於出現的時候，我們的結婚週年紀念日還有半個月才到。

為了不被江離發現，我躲到了我媽那裡，並且以「認真準備禮物，請勿打擾」為由，謝絕江離的探訪。

江離心不甘情不願又依依不捨地把我送到我媽那裡，他那表情幽怨得，我都快看不下去了。不過為了給他一個驚喜，我忍！

我媽知道我的計畫的時候，抱著我又笑又跳的，活像個孩子。我被她勒得呼吸不暢，吃力地說道：「媽，妳能不能矜持點？」

我媽放開我，開始幫我出謀劃策。

雖然我想送江離一個孩子，但那時候我估計也只懷孕一個月，生不出來。我媽的意思是，把我整個人放在一個大的禮品盒裡，我在孩子就在。我覺得這個想法太雷了，確切地來說，我媽的想法每一個都雷。

我媽還是不甘休，又說要在我的肚子上打個超級巨大的蝴蝶結，以表示江離的禮物就在這裡面。你說這老太太都在出什麼鬼主意。

最後我還是決定採取保守策略，在禮品盒裡裝上我的診斷書，送給江離。我媽對我的這個主意特別鄙視。她一鄙視我就放心了，她鄙視的東西通常都是比較正常的東西。

我和江離的結婚週年紀念日，在我們的二人世界裡低調地拉開了帷幕。我很好奇江離打算送我什麼東西。

江離開車把我從我媽那裡接回家。他從我一上車就開始笑，神祕地笑，笑得我心裡直發毛。該不會江離已經知道我要送他什麼了吧？

不過我一想，又馬上否定了這個想法。這件事情只有我和我媽知道，我自然不會說，我媽雖然不怎麼正常，但還不至於太傻。

於是我問江離：「江離，你為什麼一直笑？你不怕臉上的肌肉僵了嗎？」

江離笑意更甚，「官小宴，我今天開心。」

囧，江離你的某些言行真的很像低齡兒童……

我和江離回到家，我一進家門，幾乎以為自己走錯房間了。

房間中飄著很多氣球，橫七豎八地掛著彩帶，還有一隻巨大的毛絨玩具立在客廳中央笑咪咪地看我。

江離吻了吻我的額頭，說道：「喜歡嗎？」

我點點頭，「這是你給我的禮物？」

江離搖頭笑道：「當然不是，這個是專門為了節日氣氛準備的。」

嗯，是挺有節日氣氛的，不過是兒童節的氣氛。

江離拉著我坐在沙發上，打開電視機，「這才是我給妳的禮物。」

我好奇地盯著電視機看，當看到電視裡的那些畫面時，我的心突然溫暖起來。

那是一首ＭＶ，導演江離，主演江離，作詞作曲江離，演唱還是江離。

ＭＶ的名字是《送給我的老婆》，還真是直接。鏡頭一開始就是江離大大的笑臉，很耀眼也很溫暖。

音樂由舒緩變得歡快，接著，江離開口唱：

喜歡不敢獨自睡覺的膽小鬼，

喜歡看妳生氣時皺起的眉，

喜歡妳傻傻的樣子、撅起的嘴，

喜歡妳乾淨的氣息，
喜歡妳頭髮的香味。

妳煮的菜是我永遠留戀的美味，
甜蜜的杯具是妳煮的咖啡，
妳洗衣妳擦地妳揮灑著汗水，
有一個能幹的老婆我無比的驕傲和欣慰。

別問我愛情長久不長久，
我只願用腳步丈量行走，
我們的愛不是依戀而是陪伴，
我們的陪伴使愛情更加地溫暖。

我的愛是永不退潮的海水，
纏繞著妳走過風風雨雨的輪迴，
想和妳一起看著夕陽背靠背，

我們分分鐘鐘的相依相偎。

隨著音樂的進行，畫面的場景不斷地切換，都是一些很有生活氣息的場景，比如廚房、臥室還有辦公室。我最喜歡的一個畫面是，江離在辦公室裡工作時，突然抬頭，微微地勾起嘴角笑，他的目光落在辦公桌的一角，那裡擺著一個奇醜無比的花瓶……

我吸了吸鼻子，把眼淚憋回去。為了緩解一下氣氛，我調笑道：「江離啊，你還挺厲害的嘛。」

江離毫不客氣地收下我的誇獎，揉著我的腦袋溫柔地笑，「還行，主要是妳給我靈感。」

我的眼淚再也控制不住，掉了下來。江離拉我入懷，輕拍著我的後背，說道：

「傻丫頭，哭什麼。」

我擦了擦眼淚，笑道：「我都忘了，我有重要的禮物要送給你。」我說著，掏出準備好的禮品盒，遞給江離。

江離笑著接過，「什麼東西？」

「打開來看看不就知道了。」

江離小心拆開禮品盒的包裝，打開，裡面躺著一張診斷報告。

他拿起診斷報告看了一會兒，手指開始發抖。我很少看到這麼激動的江離。

江離吞了吞口水，眼睛裡有巨大的驚喜。他直直地看著我，「是……真的？」

我得意地笑，「廢話，你當今天是愚人節嗎？」

江離突然一把把我拉入懷中，緊緊地抱著。他用下巴輕輕蹭著我的頸窩，在我耳邊激動地說：「官小宴，我愛妳。」

我趴在他懷裡，甜甜地答道：「我也愛你，江離。」

江離嗯了一聲，抱得我更緊了。我們就這樣抱在一起，很久沒有說話。雖然沒有說話，我卻覺得心裡暖暖的，滿滿的。

耳邊的歌聲一直在迴盪。

想和你一起看著夕陽背靠背，

我們分分鐘鐘的相依相偎……

番外篇一

江離家有兩個孩子，姊姊江欣，弟弟江裕。姊姊比弟弟大一歲半。

1.關於講故事

欣欣四歲大的時候，有一次，官小宴幫她進行智力開發，從背唐詩開始。

雖然自己國文成績不怎麼樣，不過作為一個媽媽，官小宴也忍了。她把欣欣抱在懷裡，說道：「乖女兒，跟著媽媽念……春眠不覺曉。」

欣欣乖乖地靠在官小宴懷裡，奶聲奶氣地跟著念：「春眠不覺曉。」

官小宴：「處處聞啼鳥。」

欣欣：「處處聞啼鳥。」

官小宴：「月來風雨聲。」

欣欣：「……」

官小宴等了半天，發現欣欣沒動靜，於是又重複了一遍，欣欣還是沒說話。於是官小宴奇怪道：「欣欣，妳怎麼不念了？」

欣欣仰起頭，認真地說道：「媽媽，是『夜來風雨聲』。」

官小宴：「……」

敗在了一個四歲的小屁孩手中，官小宴感到無地自容。為了找回主導權，她馬上拿來一本《故事大全》，說道：「乖女兒，媽媽講故事給妳聽。」

欣欣像黑葡萄一樣的雙眼中立即放出異彩，她甜甜地笑了笑，嬌聲說道：「媽媽最好了。」在一個孩子眼中，故事總比那些枯燥的唐詩有意思許多。

官小宴隨便翻出一段，說道：「我講小紅帽的故事給妳聽吧。」

欣欣癟了癟嘴，不怎麼開心地說道：「媽媽，妳昨天講的就是這個故事。」

官小宴乾咳了兩聲，說道：「那……講白雪公主和七個小矮人的故事。」

欣欣：「前天講的就是這個。」

官小宴無奈地撫額，又翻了一下，說道：「海的女兒怎麼樣？」

欣欣：「不想聽，小美人魚最後死了，嗚……」

「好了，寶貝，不哭不哭，」官小宴心疼地輕拍著欣欣的後背，哄她道，「講歡樂的……蝸牛的故事怎麼樣？」

欣欣依然不依不饒：「那個故事至少聽了十遍了，我都會說給幼稚園裡的阿姨聽了……」

官小宴實在沒轍了，她無力地問道：「那寶貝，妳想聽什麼故事？」

欣欣眨了眨眼睛，猶豫著說道：「我、我想聽，鬼……鬼吹燈的故事……」

官小宴瞬間感覺到脊背一陣發涼，鬼吹燈！

「江、離！」官小宴咬牙切齒地叫著這兩個字，她丟下欣欣，怒氣沖沖地朝書房走去。

2.弟弟的反駁

弟弟在三歲的時候，還只會叫「爸爸」「媽媽」，除此之外不會說任何話。官小宴一直懷疑他的智力有問題，江離卻坦然地安慰她：「不用擔心，兒孫自有兒孫福。」

這天，官小宴和江離兩個人陪兩個孩子坐在地毯上玩拼圖。欣欣一個勁地叫弟弟「笨弟弟」、「不會說話的笨弟弟」，官小宴怕她傷到弟弟幼小的心靈，剛想阻止，卻聽到弟弟突然口齒清晰地對欣欣說道：「笨蛋。」

兩個大人一時間竟然沒反應過來，倒是欣欣被刺激到了，搶過弟弟手中的拼圖，氣呼呼地說道：「你說什麼！」

弟弟還帶著奶氣的聲音又脆又亮，他嘴巴一癟，理直氣壯地說道：「我說妳是笨蛋，妳每次都把這個地方拼錯，笨蛋欣欣。」

欣欣：「……」

官小宴：「……」

江離：「……」

欣欣小朋友被徹底擊潰，「哇」地一下哭了出來。官小宴趕緊把她抱進懷裡，輕拍著她的後背以示安慰，誰知她卻跌跌撞撞地爬進了江離懷裡……

江離笑呵呵地接住欣欣，在她臉上用力親了一下，說道：「乖，我家欣欣不是笨蛋，弟弟才是笨蛋。」

官小宴受到了冷落，十分悲憤，她只好抱起一旁同樣被冷落的弟弟，也在他臉上親了一下，不過，考慮到這有可能被弟弟理解為誹謗姊姊之後的鼓勵，她又趕緊解釋道：「兒子，她是你姊姊，不是笨蛋。」這孩子開口和他姊姊說的第一句話竟然不是「姊姊」，而是「笨蛋」兩個字，官小宴不禁搖頭感嘆，這年頭的小孩都太神奇了……

弟弟有些委屈地低下頭，他抓著官小宴的衣襟，低聲嘟囔著：「可是她就是笨蛋……」

他的話一出，才剛被江離哄好一些的欣欣哭得更凶了。

官小宴不禁冒汗，她在弟弟的臉上懲罰性地捏了捏，問道：「兒子啊，這個詞你是跟誰學的？」

弟弟：「爸爸。」

官小宴：「……」

3. 關於媽媽

欣欣六歲的時候，有一次在客廳裡和弟弟發生了爭吵。官小宴非常不厚道地躲在臥室裡聽他們吵。

原來他們正在討論世界上最厲害的動物是什麼。欣欣認為是爸爸，而弟弟則堅持認為是熊貓。

順便說一句，弟弟對熊貓有著近乎狂熱的迷戀，他的玩具，衣服以及書包什麼的，一定要印上熊貓的標記，他才會放心地用。

於是兩個人爭執不下，最終，欣欣陰險地說道：「你要是不聽我的話，我以後不陪你玩遊戲了。」弟弟很喜歡玩遊戲。

弟弟似乎被這個威脅嚇到了，良久無語。

欣欣覺得威脅不夠力，於是又補充道：「我還會叫爸爸不陪你玩，爸爸可聽我的話了。」

弟弟猶豫了一會兒，說道：「媽媽可以陪我。」

欣欣：「媽媽那麼笨，玩起來肯定沒意思。」

在臥室偷聽的官小宴聽到這一句，悲從中來。她怒氣沖沖地衝出去，扠著腰和欣欣爭辯道：「我笨嗎？我笨嗎？你們每天吃的飯可都是我做的，妳做得出來嗎？」

欣欣不屑道：「媽媽，妳好意思和一個六歲的小孩比廚藝？」

官小宴：「……」

4.弟弟是天才

弟弟七歲的時候，某一天姊姊放學回到家裡就開始哭訴，說數學老師沒收了她的漫畫，還當著全班的面批評她。

官小宴聽了，批評她道：「以後不准上課看漫畫了，這樣是不對的。」

欣欣委屈地嘟囔道：「可是我承認錯誤了啊，老師還是不願意把漫畫還給我。」

官小宴不以為然：「妳要受到懲罰。」

欣欣還是不服，不滿地控訴道：「可是她竟然把我的漫畫給了她兒子！」

官小宴：「老師有這方面的支配權，誰讓妳上課看。」

這時，江離拍了拍欣欣的小腦瓜，說道：「沒關係，爸爸再買給妳。」

官小宴不滿地用筷子戳江離：「喂，你也太寵這孩子了吧？」

這時，一旁悶聲吃飯的弟弟突然對欣欣說道：「如果妳願意把妳新買的那隻玩具熊貓送給我的話，我可以幫妳報仇。」

官小宴以為他在亂說話，也沒多在意。

第二天，官小宴就聽說，欣欣她們數學老師上課的時候，上課檔案全被替換成了滿地打滾的熊貓，而且一點開就是自動播放，怎麼關也停不了，最後老師只好出去找維修部的人員，留下一群八九歲的小孩子在教室裡笑翻了天。當然，其中最高興的莫過於欣欣了。

官小宴一聽到欣欣說這些，頓時滿頭黑線。她把弟弟拎過來，狐疑地問道：「兒子，這件事是不是你幹的？」

弟弟老老實實地點了點頭，懷裡還抱著曾經屬於欣欣的那隻玩具熊貓。

官小宴立即瞪向沙發上某個氣定神閒的身影：「江離！」

江離特別無辜地笑道：「我也沒辦法，我們兒子是個天才。」

官小宴悲憤地敲著弟弟的腦袋：「你爸是天才也就算了，為什麼你也是天才？你們這些傢伙，沒一個讓我放心的！」

弟弟蹭了蹭官小宴的腿，安慰似的說道：「媽媽，妳放心吧，欣欣不是天才，她是個笨蛋。」

欣欣不服：「我才不是笨蛋！還有，不准叫我名字，你懂不懂禮貌？」

弟弟：「妳就是笨蛋，妳連原始程式碼是什麼東西都不知道。」

欣欣：「你……氣死我了！」

於是，一輪烏煙瘴氣的戰爭拉開了序幕。

官小宴在一旁看熱鬧，一邊在心裡默默地擦汗，還好她兒子沒問她原始程式碼是什麼東西，其實她也不知道……

5.小笨豬的意義

弟弟很大的時候，還不會綁鞋帶，欣欣經常藉此嘲笑他。

有一次，弟弟又綁錯了鞋帶，欣欣趁機一個勁地叫他「小笨豬」，還問他：「你知道小笨豬是什麼嗎？」

弟弟一邊研究著鞋帶，一邊面無表情地答道：「知道，是大笨豬的弟弟。」

欣欣：「……」

官小宴在一旁抹汗，一邊慶倖著，幸虧他沒說是老笨豬的兒子……

＊　＊　＊

江離和官小宴的故事到此為止，那麼關於他們的寶寶生活會是怎麼樣的呢？記者某七在前線為大家傳來報導。本次報導的採訪對象是江欣和江裕姊弟，作者某七兼職記者，除此之外，我們還請到了江離和官小宴作為特別嘉賓。好了，閒言少敘，我們的採訪開始。

Q1.

某七：先請問一下你們的名字？

欣欣：明知故問。

弟弟：姓江名裕，字熊貓。

某七：……

Q2.

某七：那麼年齡？

欣欣：八歲。

弟弟：六歲五個月零十八天。

官小宴：兒子，你真有學術精神……

Q3.

某七：最喜歡的是什麼？

欣欣：爸爸。

弟弟：媽媽、熊貓、電腦。排名不分先後。

欣欣（扭臉問弟弟）：「排名不分先後」是什麼東西？

某七：……

Q4.

某七：那麼，最討厭的是什麼？

欣欣：上課。

弟弟：姊姊。

欣欣：……

官小宴（擦汗）：兒子，要友好……

Q5.

某七：喜歡的食物？

欣欣：糖果和巧克力。

弟弟：竹子。

某七：竹、竹子？

官小宴：不好意思啊，我家兒子迷戀熊貓，所以……

某七：所以他喜歡吃竹子？

官小宴／欣欣／弟弟：笨蛋！

某七：……

Q6.

某七：喜歡什麼樣的故事？

欣欣：鬼吹燈。

弟弟：鬼吹燈。

官小宴：……

Q7.

某七：喜歡的遊戲？
欣欣：可以砍人的遊戲。
弟弟：邏輯遊戲或者數字遊戲。
官小宴：閨女，妳要不要這麼暴力啊……

Q8.

某七：喜歡爸爸多一點還是媽媽多一點？
欣欣：爸爸。
弟弟：媽媽。
某七（轉向兩位特別嘉賓）：那麼你們呢？喜歡女兒多一點還是喜歡兒子多一點？
官小宴：兒子。
江離：女兒。
某七：也就是說，你們家很明確地分成了兩派？
官小宴／江離／欣欣／弟弟：……

Q9.

某七：迄今為止收到過最喜歡的禮物？

欣欣：可以發出怪叫的恐怖貓咪。

弟弟：媽媽的吻。

官小宴：兒子，你繼承了你媽的狗腿精神。

Q10.

某七：相對來說喜歡上什麼課？

欣欣：體育課。

弟弟：自習課。

某七：……（扭臉，都不怎麼正常）

Q11.

某七：有沒有抄過別人作業？要誠實喔。

欣欣：沒有，一直都是別人替我抄。

弟弟：沒有，一直都是別人抄我的。

江離：你們倆……

（官小宴的小宇宙在燃燒……）

Q12.

某七：有沒有同學愛？

欣欣：還行，他們不敢不理我。

弟弟：還行，他們總煩我。

官小宴：兒子，你傲嬌了。

Q13.

某七：會不會和同學打架？

欣欣：經常。

弟弟：偶爾。

官小宴：……

Q14.
某七：做過最有成就感的事情？
欣欣：一個人把一個班的小朋友嚇哭。（好奇妳是怎麼做到的）
弟弟：入侵了學校的電腦，那次全校考生的考卷上都被打上了熊貓的浮水印。
江離：兒子……
（官小宴的小宇宙燃燒中……）

Q15.
某七：互相送過對方什麼東西？
欣欣：夾著牙膏的奧利奧。
弟弟：浸過辣椒水的水果糖。
某七（偷偷的自言自語）：腹黑的基因是如此強大……

Q16.
某七：幫對方取的外號？
欣欣／弟弟：笨蛋。

某七：……

Q17.

某七：給你們一個揭發對方的機會。

欣欣：某人至今不會綁鞋帶。

弟弟：某人玩任何遊戲都玩不過我。

欣欣：……

Q18.

某七：如果對方受到別人欺負，會不會及時地挺身而出？

欣欣／弟弟：會。

某七：挺團結哈。

欣欣：當然了，我的弟弟只能由我來欺負。

弟弟：當然了，我的姊姊只能由我來鄙視。

某七：……

Q19.
某七：長大以後想當什麼？
欣欣：恐龍。
弟弟：恐龍獵人。
欣欣：……
官小宴（扭頭對江離竊竊私語）：我們是不是需要幫欣欣找個心理醫生？

Q20.
某七：未來想要娶或嫁什麼樣的人？
欣欣：爸爸。
弟弟：媽媽。
江離/官小宴：不行。

Q21.
某七：最大的願望是什麼？
欣欣：不用上學。

弟弟：養一隻熊貓。

某七（轉向兩位特別嘉賓）：你們覺得他們誰的願望更有可能實現？

官小宴：我覺得世界和平更容易實現一些。

江離：我也是。

番外篇二

江離不喜歡貓，但是官小宴很喜歡。

某天，江離上班，孩子上學，官小宴回娘家，一切都顯得那麼和諧與美好。

官小宴剛回到娘家，就迷迷糊糊地睡著了。然而當她醒來的時候，卻發現自己變成了一隻貓。我們暫且稱之為官小貓吧。

官小貓站在玻璃門前，扭了扭身體，不可置信地看著玻璃門內映出的身影……那是一隻純白色的貓咪，姿態優雅，眼神卻有些慌亂。

官小宴後退了幾步，仰頭向上望，發現這裡是XQ大廈，而牠，正站在XQ的大門口。

XQ……江離……

官小貓習慣性地走進去，想去找江離，卻被門口的警衛擋住了去路。官小貓身手敏捷，左躲右閃，終於衝進了大廳，卻因此引發了一場慌亂。警衛們圍追堵截著，想把牠抓出去，一些女孩子已經開始驚恐地尖叫起來。

官小貓左右發生衝突，突然看到了一個熟悉的身影，於是毫不猶豫地跳進他的懷裡。那個人正是江離。

官小貓委屈地喵嗚著，江離，嗚嗚……

江離被這個突然躥到懷裡的東西嚇了一跳，可是牠那麼委屈地在他懷裡輕蹭的樣子，又讓他有一種熟悉感。也正是這樣，他才沒有及時地把牠丟到地上。

江離拎著官小貓的尾巴，把牠倒提著拿到面前，仔細地看。

「喵嗚喵嗚……」放我下來放我下來！官小宴哀號著，渾身發抖，既委屈又害怕。

「一隻小貓？」江離戳了戳官小貓粉粉的鼻子，「不過，你和我老婆倒是挺像的。」

「喵嗚喵嗚！」廢話，我本來就是！

江離拎著官小貓，無視牠有聲的抗議。他轉頭問身旁呆立不動的警衛，「這是誰的貓？」

警衛結結巴巴地答道：「不……不知道……」

另一個警衛機靈一些，說道：「多半是個流浪貓，這小東西還挺狡猾的。」

江離點點頭，倒提著官小貓走出了XQ大廈。官小貓絕望地伸展開四肢，任身體一晃一晃的，不再反抗。

江離把官小貓丟到副駕駛上，然後開車往回家的路上駛去。

官小貓趴在座位上，鄙夷地喵嗚了一聲。江離你太無恥了，又翹班，現在才中午！

江離屈指敲了敲官小貓的頭，說道：「別囂張，我老婆要是不喜歡你，我就把你送到寵物收容所。」

「喵嗚……」官小貓很委屈，我就是你老婆啊……

江離開了一會兒車，突然決定放一些音樂來聽。然後官小貓就在這些音樂中，炸毛了。

其實與其說那是音樂，倒不如說那是噪音……

更關鍵的是，那些噪音的製造者，正是官小宴……

江離播放的是官小宴平時經常唱的幾首歌，她以前唱的時候倒不覺得有什麼不適，現在一聽，卻怎麼聽怎麼刺耳。

官小貓乾脆低下頭，用兩隻前爪扣到耳朵上，這個姿勢好累。

江離看到官小貓的動作，不禁呵呵低笑起來。他惡劣地拉開牠的前爪，「有那麼難聽嗎？我覺得還不錯。」

「喵嗚！」我不要聽不要聽！

官小貓往一旁蹭了蹭，江離一放開牠的前爪，牠就又捂上了耳朵。

江離的笑意更甚，他自言自語道：「官小宴啊官小宴，連隻貓都嫌棄妳唱歌難聽。」

官小貓囧囧有神地趴在一旁，心裡默默地垂淚。

＊　＊　＊

江離倒拎著官小貓回到家，然後把牠丟到客廳的沙發上，一點都不溫柔。

官小貓喵嗚了一聲，發洩自己的不滿。

江離蹲下身，戳了戳官小貓的腦袋，問道：「餓了吧？」

官小貓立即諂媚地舔了舔江離的手指，牠真的有點餓。

江離勾了勾嘴角，站起身。他走進廚房，不一會兒，又端著一個盤子走了出來。他把官小貓拎到盤子前，「吃吧。」

官小貓看著盤子裡的東西，四肢發抖。那裡面赫然是一條魚，一條翻著眼睛、渾身濕漉漉的魚。官小貓小心地伸出前爪在魚的身上探了探，好滑，還很涼，顯然是剛從冰箱裡取出來的。

太可惡了！江離竟然給牠吃這種東西，好噁心啊！

「怎麼，你不吃？」江離說著，不甘心似的把官小貓的頭按到魚上面，牠的鼻尖都碰到了涼涼的魚鱗。

「喵嗚……」官小貓覺得很委屈，為什麼牠要吃這種東西啊……

「咦，作為一隻貓，你竟然不喜歡吃魚？」江離覺得不可思議，但也沒再逼牠，「那麼，你到底想吃什麼？」

算了，還是我自己去翻吧。官小貓想著，不再理會江離，甩著貓步踱到了廚房。

江離好奇地跟上牠。

官小貓在冰箱前站定，喵嗚了一會兒，扭頭充滿渴望地望著江離。

江離好笑地將牠抱起來，然後打開冰箱門，問道，「你吃什麼？」

官小貓探出前爪，指向了那塊巧克力蛋糕。牠怕江離不同意，抬頭小心翼翼地看著江離。

「你還真是和我老婆一樣，也愛吃這個？」江離一邊說著，一邊將那塊蛋糕取出來，放到地上，然後把官小貓也放下來。

於是，官小貓開始津津有味地啃蛋糕。

江離撐著下巴，思考了一會兒，說道：「不過你是一隻聰明的貓，我老婆卻笨得要命。」

「喵嗚！」你才笨！

江離不再理會官小貓，轉身翻出一袋東西來東弄西弄。官小貓好奇地抬頭看，發現江離此時拿著的，竟然是她的減肥茶。

只見江離握著那一大袋減肥茶，抓著包裝盒的底部，然後嘩啦嘩啦地把裡面的東西全部傾倒進廢水池。官小貓看得眼睛都直了。

江離做完這些，走出廚房，不一會兒又回來，此時他手裡又多出一包東西，他小心地把那個包裹裡的東西，全部倒進了原本裝減肥茶的包裝盒裡。

官小貓看得目瞪口呆，原來是他，是江離！是江離一直在偷換她的減肥茶，怪不得她每次喝減肥茶時都感覺怪怪的，原來那根本就不是！

「喵嗚喵嗚喵嗚！」官小貓怒氣沖沖地丟下蛋糕，衝上去咬住江離的褲腳，誰讓你動我的減肥茶！

江離一腳踢開官小貓，「老實點，不然把你一起扔掉。」

「嗚嗚嗚嗚……」江離你太欺負人了！

＊　＊　＊

江離幹完了壞事，心安理得地跑去客廳看了一會兒電視。官小貓就在客廳裡轉悠了一會兒，就被江離嫌髒，然後江離把牠拎進了浴室。

官小貓老老實實地被他拎著，難道說江離要伺候牠洗澡了？這下倒是有點期待啊。

江離在浴缸裡放了一些水，然後……直接把官小貓扔了進去……

「喵嗚喵嗚喵嗚！」官小貓掙扎著，鼻子裡灌進不少水。牠在水裡撲騰了一會兒，最後發現，只有後腳高高地踮起，前爪乖乖地扒著浴缸的內壁，牠才能勉強把鼻子伸出水面。而浴缸內壁很滑，牠又爬不上來。

也就是說，牠要一直保持著這個詭異的，後腳高高踮起的姿態，累啊！

「喵嗚……」官小貓可憐巴巴地望著江離，後者終於蹲下身來。

官小貓以為他心軟要把牠拉出來，卻沒想到他拿過洗髮精，倒了很多在官小貓的身上，然後胡亂地揉著……

這還沒完。江離在官小貓身上揉了一會兒，又把牠按到水裡胡亂地攪動，官小貓被折磨得暈頭轉向，幾乎失去了意識。

就在官小貓差不多快要掛掉的時候，江離這次把牠重新拎出來，官小貓吐了一口氣，可算是重見天日了。

江離打開淋浴的開關，新一輪的折磨開始。官小貓在緊密的水簾之中咳進了好多水，差一點憋死。

江離關掉淋浴，抓過吹風機，倒拎起官小貓，把吹風機開到最大……

官小貓覺得自己真的要崩潰了。以前牠老覺得江離虐待牠，現在看來，江離當初對自己那算是客氣的了！現在牠就被人拎著，一邊腦充血得很，一邊被狂風吹得，風中淩亂。牠覺得自己隨時都有可能完蛋。江離這個傢伙，到底懂不懂怎麼愛護小動物啊！

江離把官小貓吹乾之後，抓過一條大毛巾蓋到牠頭上，然後若無其事地走出了浴室。

官小貓無限委屈地跟一條毛巾搏鬥著，為什麼？為什麼江離他一點愧疚感都沒有……

＊＊＊

江離把官小貓自己丟在家裡，出去接兩個孩子回來。當欣欣和弟弟發現官小貓時，異常興奮地把牠抓起來使勁地揉。

官小貓反抗，無效，再反抗，再無效。到最後，那兩個孩子玩上了癮，竟然像扔沙包一樣把牠輪流扔出去，輪流接住……

官小宴的心臟幾乎快炸了。

兩個孩子玩了一會兒，江離叫了外賣來吃。欣欣看著一桌子的飯，沒有食欲，她充滿希冀地問江離道：「爸爸，我可以吃糖嗎？」

江離親暱地揉了揉欣欣的頭，「去吧，媽媽把糖果放在了廚房裡第二個櫃子裡，香油瓶的後面。」

欣欣歡呼一聲，丟下筷子奔向廚房。弟弟見狀，小心說道：「爸爸，我也想吃……」

江離點了一下頭，「去吧，別跟你媽說是我告訴你們的。」

「喵嗚！」官小貓使勁叼著江離的褲腳，江離你怎麼可以這樣，你知不知道小孩子不能吃太多糖果！

江離面無表情地一腳踢開官小貓。

晚飯過後，江離坐在客廳裡看電視，欣欣和弟弟纏在他旁邊不肯離開。

江離彈了一下欣欣的鼻尖，問道：「說吧，又闖了什麼禍了？」

欣欣如實交代：「爸爸，我把學校的玻璃打壞了，老師要我明天叫家長過去。」

江離嗯了一聲，在她頭頂上輕輕敲了一下，「妳怎麼這麼調皮？」

欣欣眼睛骨碌碌地轉了轉，「爸爸，你能不能不要告訴媽媽？」

江離：「嗯，不告訴她，妳以後聽話一些，我就不告訴她。」

欣欣甜甜地笑，「好爸爸，我保證以後會聽話！」

江離卻笑道：「妳這句話從會說話的時候就開始說了。」

父女兩人正說著，官小貓不淡定了。牠用爪子使勁拍著江離，嗚嗚嗚地低叫著。江離你太過分了，有你這樣寵孩子的嗎！

江離一如既往地一腳把牠踢開。

這時，弟弟突然拉了拉江離的手，小心說道：「爸爸，我有一些問題想向你請教。」

「好的，我們去書房，」江離說著，從沙發上站起來，拉著弟弟走向書房，一邊說著，「上次我教你的那些指令都會了嗎？你媽媽要是問，就說是你自學的……欣欣妳自己一個人玩貓吧，別把牠玩死啊，我還要送給妳媽媽。」

欣欣甜甜地答應了一聲，隨即一把抓起官小貓，開始一根一根揪牠尾巴上的毛。

官小貓此時只有哀號的份了。

＊＊＊

晚上要睡覺時，官小貓偷偷溜進臥室，跳上床。

江離進來的時候，看到床上的官小貓，皺眉說道：「不好意思，除了我老婆，我不太習慣跟其他生物同床睡覺。」他說著，把官小貓拎了下去。

「喵嗚！」我就是你老婆！官小貓抗議著，重新跳上床。

江離有耐心地把牠再次拎下來。官小貓再次跳上去。

於是江離倒拎著官小貓，嗖地一下扔出了臥室，然後迅速關好門。

官小貓在地上滾了幾下，重新爬回臥室門口，「喵嗚喵嗚喵嗚……」江離，江離，快開門！

官小貓在門外叫了半天，裡面始終沒有動靜。牠只好跳到客廳裡的沙發上，勉強睡一晚上。

第二天，官小宴醒的時候，發現江離正兩手撐著沙發，低頭看她。

她眨眨眼睛，試著叫了一聲「江離」，在確定自己發出的聲音不是「喵嗚」之後，她興奮無比。

江離揉了揉官小宴的頭，說道：「什麼時候回來的？怎麼睡在沙發上？」

一提這個官小宴就火大。她一個鯉魚打挺從沙發上起來，直接躥到江離身上，把他撲倒到地上。她一邊用力掐著江離的脖子，一邊惡狠狠地說道：「江離，我有幾件事情需要你解釋一下！」

接下來是一場狂風暴雨，有違和諧，我們不作過多描述。

—全文完—

高寶書版集團
gobooks.com.tw

YH 024
初次見面，我們閃婚吧！

作　　者　酒小七
責任編輯　陳凱筠
封面設計　恬　恙
內頁排版　賴姵均
企　　劃　方慧娟

發 行 人　朱凱蕾
出　　版　英屬維京群島商高寶國際有限公司台灣分公司
　　　　　Global Group Holdings, Ltd.
地　　址　台北市內湖區洲子街88號3樓
網　　址　gobooks.com.tw
電　　話　(02) 27992788
電　　郵　readers@gobooks.com.tw（讀者服務部）
　　　　　pr@gobooks.com.tw（公關諮詢部）
傳　　真　出版部(02) 27990909　行銷部 (02) 27993088
郵政劃撥　19394552
戶　　名　英屬維京群島商高寶國際有限公司台灣分公司
發　　行　英屬維京群島商高寶國際有限公司台灣分公司
初　　版　2021年 1 月

本著作物由北京晉江原創網絡科技有限公司授權出版。

國家圖書館出版品預行編目(CIP)資料

初次見面，我們閃婚吧! / 酒小七著. -- 初版. --
臺北市：高寶國際出版：高寶國際發行, 2020.01
面；　公分. --

ISBN 978-986-361-973-4（平裝）

857.7　　　　109020422